前情提要

落星山脉，两宗齐聚，大战一触即发。

为了阻止两宗开战，白小纯不得不表明身份，劝说双方联手，吞并玄溪宗、丹溪宗，入主中游分脉，取代空河院。

就在白小纯即将说动几位老祖之际，旱炎老祖出手搅局，打伤白小纯，坚称白小纯残害了中峰血子夜葬。之后，旱炎老祖更试图带领血溪宗之人开启大战。

幸亏血溪宗始祖及时出手，才挽回局面。原来旱炎老祖乃是玄溪宗千面子假扮，企图挑起两宗大战，坐收渔翁之利。

危机过去，两宗顺利合并，齐心协力向玄溪宗、丹溪宗发起冲击，成功拿下另外两宗，成为下游第一大宗门。

至此，逆河宗正式成立！

一念永恒

一念永恒 7

耳根 著

ARTTIME 时代出版
时代出版传媒股份有限公司
安 徽 文 艺 出 版 社

图书在版编目（CIP）数据

一念永恒. 7 / 耳根著. — 合肥 : 安徽文艺出版社,
2021.6
ISBN 978-7-5396-7203-8

Ⅰ. ①一… Ⅱ. ①耳… Ⅲ. ①长篇小说－中国－当代
Ⅳ. ①I247.5

中国版本图书馆CIP数据核字(2021)第093286号

YI NIAN YONGHENG 7

一念永恒 7

耳根 著

出 版 人：段晓静
责任编辑：王婧婧　宋潇婧
装帧设计：周艳芳

出版发行：时代出版传媒股份有限公司 www.press-mart.com
安徽文艺出版社 www.awpub.com
地　　址：合肥市翡翠路1118号　邮政编码：230071
营 销 部：(0551)63533889
印　　制：湖南天闻新华印务有限公司 电话：(0731)88387856

开本：710mm×1000mm　1/16　　印张：18　　字数：280千字
版次：2021年6月第1版
印次：2021年6月第1次印刷
定价：32.00元

目录

CONTENTS

目录
CONTENTS

第 349 章
一封情书

白小纯仔细地研究了寒门养念诀和不死筋后，对未来充满了期待。他感受了一下体内蓬勃的生机，尽管不知道自己有多少寿元，可想来至少有千年，就更为激动。

对于枯燥的修行，他也没有不耐烦，而是沉下心来，修炼寒门养念诀，同时也尝试修炼不死筋。

关于不死筋，白小纯思索良久，首先选择了自己的左脚拇指。

“一根根指头修炼下去，才是最稳妥的！”

白小纯深以为然，幻想自己抬起脚，一指头戳过去，敌人没有防备，被自己重创的画面，他觉得自己的选择没错。

“傻子才会选择手指！手指有什么用处？是个人都会防备，而且，危急关头，总不能用手指逃遁吧。脚指头就不同了，不但可以出其不意地攻击，而且可以用力一点地面，加速逃走。只要小命在，什么都在！”

白小纯想到这里，觉得自己实在是英明神武。他想照照镜子崇拜一下自己，可四下看了看，发现自己的洞府里居然没有铜镜。

“这不行啊，居然没镜子！”

白小纯觉得扫兴，忽然想起自己之前击杀那个空河院的女子后，收走对方的物品时，似乎看到过一面镜子。

他赶紧打开储物袋，翻出一面巴掌大小的圆形镜子。

至于小乌龟，白小纯找了半天，也没看到它，索性不去理会。他早就习惯了小乌龟的神出鬼没。

此刻，白小纯拿着镜子研究一番，忽然乐了，这面镜子不是寻常之物，算是一件不错的法宝，虽然无法与那三样至宝比较，但也有其不俗之处，竟可以形成一具法身。

只不过这法身没有什么战斗力，只能迷惑敌人。当初，那女子被白小纯克制，真身在通天法眼下无所遁形，也就没有使用法身。

"还算不错吧。"

白小纯把玩着镜子，半晌后忽然轻咦一声，仔细看了看镜子，眉心第三目——通天法眼蓦然睁开。

紫光瞬间笼罩洞府，白小纯凝视片刻后，第三目闭合，他若有所思。

"怕是就连那女子也没发现，此物最大的作用不是形成法身，而是……养魂！"

白小纯极为惊奇，他在这面镜子上感受到了与神秘面具相似的波动，两者虽材质不同，但作用大同小异。

白小纯把玩一番，将镜子放在一旁，重新开始修炼。时间流逝，很快又过去了半个月。

这天夜里，白小纯正在修炼，忽然全身汗毛竖起，他猛地睁开眼，发现四周的地面出现了大量波纹。

这些波纹出现的速度极快，眨眼间就覆盖了整个洞府地面，阵阵冰寒的气息笼罩四方，似要将洞府与这个世界隔绝开来。

与此同时，白小纯的储物袋内红光爆发，面具再次飞出，沧桑的声音急促地响起。

"不……"

白小纯深吸一口气，毫不迟疑，在对方说出一个字后，一把取出大量符箓，将天道结丹之力融入其中，全面催动符箓，随即将其扔了出去。

噼里啪啦的声音再次出现，面具内传出怒吼，接着戛然而止。紧接着，面具掉在了地上，地面的波纹也骤然消失。

直到此刻，假夜葬的魂才敢飘出，它瑟瑟发抖，发出惨叫。

"完了完了，他们又来了！怎么办？我们该怎么办……"

白小纯也很后怕，方才他隐隐觉得自己若是慢一些，一旦此地被隔离，自己就危险了。

“阴魂不散！”

白小纯咬牙，看了眼假夜葬的魂，沉吟片刻后，眼中露出果断之色，他突然开口。

“假夜葬，我给你换个家，你要配合我，不然我就把你和这面具一起扔到通天河里喂鱼！”

假夜葬又开始颤抖，想要说些什么，可看到白小纯眼睛都红了，它就不敢开口了，只能惊恐地点头。

“我就不信了，我连那兔子都能收拾，还收拾不了这面具！”

白小纯冷笑，取出那面镜子，仔细研究之后，双手猛地掐诀，一指面具。假夜葬立刻发出惨叫，可被白小纯一瞪，它马上捂住嘴，不敢叫喊。

白小纯全神贯注，体内散发出天道气息，金丹翻滚，修为扩散开来，使得他的右手竟成了金色。这一刻，他的眉心第三目——通天法眼蓦然睁开，修为凝聚，使得紫光比之前还要明亮。

一股恐怖的波动从白小纯身上爆发，通天法眼射出的紫光甚至隐隐出现了金色，一丝天道气息顺着通天法眼散出，落在面具上，白小纯立刻看到了一条若隐若现的丝线，连接着假夜葬的魂与面具。

白小纯毫不迟疑，右手倏地抬起，手上金光璀璨，向着丝线狠狠一斩！

“给我断！”

轰的一声，白小纯的右手直接斩在丝线上。丝线颤动，它原本有韧性，难以被斩断，可碰触到天道气息后，丝线直接融化了！

丝线断去的瞬间，假夜葬发出一声凄厉的惨叫，离开了面具。可就在其离开的同时，空间中突然产生了一股吸力，要将其吸走。

假夜葬叫得更加凄惨了，白小纯一愣，好在镜子就在他身边，他赶紧一甩袖子，镜子急速飞向假夜葬，将它吸入镜子内。

做完这一切，白小纯气喘吁吁。这一切看似容易，可实际上耗费了他大量心力。

此刻，他先检查了一下镜子内的假夜葬，发现它比之前虚弱多了，可好在没有大碍，只是陷入了昏迷，白小纯这才放下心来。

随后，白小纯狠狠地盯着面具，冷笑起来。他取出所有符箓，一张张贴在面具上，再将自己知道的所有禁制都烙印其上，直至将面具层层包裹，彻底封印后，白小纯才放心。

“这一次，我看你还怎么作怪！”白小纯得意地将面具收起，心满意足，继续修炼。

又过去了半个月，这半个月里，面具没有再作怪，而白小纯的修炼也慢慢有了头绪，他甚至还抽出时间研究了一下逆河丹。

半个月后，白小纯实在坐不住了。

“我都已经踏入结丹了，很厉害了，要劳逸结合，不能总是这么修炼。”

白小纯越想越觉得有道理，于是结束闭关，打开洞府，走了出去。

他呼吸了一口新鲜空气，看着纵横四方的逆河宗，内心极为骄傲。于是他背着手，走下了逆河山，在逆河宗内溜达。

“好久没看到宋姐姐了，好想念啊……”

白小纯一想到宋君婉的娇颜，就忍不住心头一热，他眨了眨眼，决定去找宋君婉说说情话。

白小纯一路走去，四周绿荫成片，天空飞鸟盘旋，放眼看去，整个逆河宗内灵气浓郁，仿若仙境。

途中，白小纯还遇到了不少逆河宗弟子，他们看到白小纯后，都露出尊敬的样子，不少人目带狂热，白小纯的身份使他成了逆河宗内最受瞩目的存在。

尤其是玄溪宗弟子与丹溪宗弟子，他们不了解白小纯，所以对白小纯最为崇拜。白小纯白白净净，长相不错，平日里又喜欢卖弄，因此不少女弟子都对他颇有好感。

此刻，白小纯正含笑与弟子们打招呼，路过玄溪一脉时，一个女弟子忽然跑了过来。这女子相貌秀美，满脸通红，飞奔到了白小纯身边。

白小纯正诧异时，这女子咬着下唇，似不敢看他，快速将一封信递给了他。

修士之间都用玉简，这种手写信已不多见。白小纯呆了一下，低头看了眼手中的信，发现信封上有一个心形图案……

“这是……”白小纯睁大了眼，倒吸一口凉气，激动得颤抖起来，“情书！”

第 350 章

你说谎

四周有一些弟子路过，他们全都脚步一顿，齐齐看向白小纯。

这的的确确是一封……情书！

对于白小纯收到情书这件事，他们似乎并不意外，一个个目中带着祝福，不少男弟子都羡慕不已。

白小纯双手颤抖，拿着情书，心中极不平静。他呼吸粗重，始终瞪着双眼，激动无比。

“这是我……这一辈子，收到的第一封情书啊！以前收到的都是战书！”

白小纯感动得快要流下眼泪，他深吸一口气，抬起头，用最深情的目光，遥望那个如兔子一样慌乱远去的女子。

“虽然不知道你叫什么名字，可是……我一定会好好留着这封情书。”

白小纯内心生出无限感慨，这一刻，他忽然觉得自己对逆河宗的归属感无比强烈。

“我爱逆河宗，我爱所有同门……”

白小纯动容，调整了下呼吸，好不容易才平复心情。

他小心翼翼地将这封情书放进了储物袋，这才抬起下巴，小袖一甩，正要说些什么。忽然，又有一个玄溪女弟子咬着下唇，似乎下了很大的决心，从远处快速而来。

这女子到了白小纯面前后，低着头，满脸通红，也快速将一封信放在白小纯手中，随后赶紧跑开。

白小纯呆了……他怔怔地看着手中这第二封信，上面画的不是心形，而是两个手拉手的小人……

不单是白小纯愣住了，四周看热闹的那些弟子也觉得出乎意料，发出阵阵惊呼。

“少祖收到情书……这个不意外，可他居然连续收到两封情书！”

“啊！我许小山玉树临风，怎么没人给我情书？！”

在众人的议论中，白小纯双手颤抖，仰天长啸，他的眼中似有晶莹的泪水，他的身体不断哆嗦，心中充满感动。

“这是我这辈子……收到的第二封情书啊，没想到，今天……我居然能收到两封情书！”

白小纯无比兴奋，他努力保持平稳的呼吸，抬头望着女子远去的身影，感动得不得了。他再次小心翼翼地收起情书，目光变得前所未有的坚定。

“我不能这么自私，从我成为宗门少祖的那一天起，我就不属于自己了，我属于整个宗门，属于所有同门！”

白小纯身上渐渐散出正气，他目光炯炯，索性不去找宋君婉了，而是怀着信念，去了玄溪一脉。

白小纯一路走去，没过多久，又一个女弟子气喘吁吁地跑来，羞涩地扔给白小纯一封信。

然后是第四个、第五个、第六个……

不过两三个时辰的工夫，白小纯竟收到了数十封情书。这些情书全都是手写的，全都带着满满的深情。

这一幕让那些跟随而来的弟子躁动起来。

“天啊，又来了一个！”

“这是怎么了，怎么都送情书？这这这……”

白小纯已经蒙了，收到前几封情书时，他还只是激动，可如今收到数十封情书，他也觉得有些不可思议了。

白小纯看着一个个女弟子红着脸来，红着脸去，心绪起伏，如有滔天大浪翻滚。

“我……我真的这么优秀吗？”白小纯已经晕了。

最后，当白小纯离开玄溪一脉，路过丹溪一脉时，几个丹溪女弟子居然也跑了出来，羞涩地送了他情书。

一个丹溪女弟子独具创意，居然给白小纯炼制了一枚丹药，在丹药上密密麻麻地刻满了文字……

直至黄昏，白小纯才回到逆河山，一路上他都晕乎乎的，感觉幸福来得太突然了，自己还没做好准备。

“一定是我太优秀了，哈哈，这就是魅力吗？我就说嘛，只有充满魅力的人，才能享受到这种待遇。”

白小纯傻笑着回到洞府，盘膝坐下后，连忙把这一天收到的情书全部取出来，一一打开，仔细看着上面每一个字。

白小纯身体颤抖，面色泛红，这一夜，他的心绪波澜起伏。他将每一封情书都看了很多遍后，终于天亮了。

在天亮的刹那，白小纯立刻起身，整个人容光焕发。他整理了一下衣衫，赶紧走出洞府，可刚出去又退了回来，他想了想，索性将少祖道袍穿在了身上。

这道袍极为奢华，水蓝色的绸缎上似乎蕴含水波。上面绣着的五条金龙栩栩如生，白小纯走动时，金龙竟仿佛在他身上环绕，还散发出阵阵奇异的光芒，使得他看起来英气逼人。

这道袍原本是为开宗大典准备的，白小纯只穿了七天，觉得不太舒服。可眼下他重新穿上，拿着铜镜照了照，觉得这一刻的自己俊朗无比。白小纯仰天大笑，大摇大摆地走出了洞府。

这一整天，他都微微抬着下巴，在宗门内溜达，他这副装扮立刻引起了逆河宗弟子的注意。

而昨天的情书事件，经过一夜，也慢慢传开。

不少人听说了此事，如今又看到白小纯这副模样，那些男弟子的神色都变得怪异起来。而那些女弟子看到白小纯后，竟眼睛一亮。

只过去了半个时辰，白小纯就激动地发现，居然又有人给自己送情书。玄溪一脉、丹溪一脉和血溪一脉的女弟子纷纷出现，给他送上情书。

这一幕再次打击到了在四周观望的男弟子。

“这……这到底是怎么了？！”

“天啊！这两天少祖已经收了上百封情书！”

“疯了，都疯了……”

白小纯心中激动，他极力克制自己，脸上保持温和的笑容，向每一个送情书的女弟子微微一笑。

白小纯走在人群内，听着四周艳羡的私语，心中早就乐开花了。

此后一连数日，白小纯都是如此，夜里看情书，白天收情书。这件事越传越广，到了最后，彻底传遍宗门。

所有修士都听说了这件事情，对于白小纯得到大量女弟子青睐之事，每个人都有自己的想法。

几乎所有人谈论的话题都与白小纯有关，许宝财、张大胖等人更是羡慕得不得了。侯小妹与宋君婉也听说了，只不过她们都面色阴沉，似乎很生气的样子。

“三百七十一封！哈哈，这才几天啊，我居然收到了三百七十一封情书！”

白小纯坐在洞府内，激动地看着面前堆积的情书。

“我……我真的这么优秀吗？”

白小纯得意非凡，右手一挥，又取出铜镜。看着镜子里的自己，他越发感慨，觉得要找个人分享一下。

“铜镜，你说，谁才是逆河宗最优秀的人？”

铜镜内，假夜葬听到这句话，赶紧继续假装昏迷。这几天，它听到白小纯问了好多次，可它对白小纯很恐惧，不敢回答，生怕自己一句话没说好又被惩罚。

“别以为我不知道你醒了！铜镜，你说不说？！”

白小纯一瞪眼，低喝一声，吓得假夜葬立刻苏醒过来，讨好地开口。

“主人，你就是逆河宗最优秀的人！”

“你说谎！”白小纯一瞪眼，佯怒道。

假夜葬被白小纯这么一喝，吓得魂飞魄散，尤其是此刻白小纯的双眼似有血色，整个人气势汹汹，假夜葬顿时哀号起来。

“我没说谎，我……我发誓，我发誓绝对没有说谎！你是整个通天大陆最优秀的人，没有之一！”假夜葬都快哭了，生怕自己说得慢了。

“真的？”白小纯狐疑道。

“千真万确！”假夜葬算是明白了白小纯的意思，言之凿凿、斩钉截铁，没有丝毫犹豫。

白小纯轻咳一声，露出满意之色，他放下铜镜，看着面前的情书，不由得感慨起来。

“这么一说，我就明白了，难怪有这么多师妹喜欢我，原来是这样啊。”

第 351 章

来我洞府坐坐

假夜葬察觉到白小纯满意了，总算松了口气，之前它就对白小纯极为恐惧，如今更甚。它心底发愁，不知道白小纯以后会变成什么样子……

白小纯心满意足地收起铜镜，又翻看了一下那些情书，最后乐呵呵地一封封收入储物袋内。

做完这些，白小纯身心愉悦，修炼了一会儿寒门养念诀以及左脚拇指的不死筋，发现距离天亮还有很久，他心中有些不满。

“怎么天亮得这么晚啊？”

白小纯嘀咕了几句，只得沉下心来，研究逆河丹。

时间流逝，很快就到了四更天，外面一片寂静，白小纯正研究逆河丹，忽然，他面色一沉，那种冰寒的感觉再次出现。

与此同时，地面的波动比前几次更强烈，一眨眼的工夫，波纹就扩散至整个洞府。

外人听不到的轰鸣声回荡在洞府内，一股强大的力量似乎要把洞府与四周隔离开来。

与此同时，储物袋内，那被封印的面具爆发出了比之前更加强烈的红光。

这一次，神秘势力似乎花费了更大的代价，才在面具被封印的情况下，勉强引起波动，要与白小纯通话。

面具从储物袋内自行飞出，那沧桑的声音带着一丝焦急，急促地响起。

“听我说……”

这一次说得最多，说出了三个字，可这一切将白小纯吓得不轻。他发出一声尖叫，右手狠狠一抛，大把符箓顿时飞出，轰在了面具上。

与此同时，白小纯全身修为爆发，天道结丹之力全部涌现，镇压这面具。

可就算是这样，面具依旧在挣扎，那个沧桑的声音含混不清，但能感受到，这次对方发了狠，要不惜代价，与白小纯沟通。

“这是你逼我的！”

白小纯心底害怕，眼睛都红了，他将符箓全部扔出后，一闪身，飞奔出洞府，全速冲向逆河山下的通天河！

到了河边，白小纯抬起右手，一拳狠狠砸向河面，轰的一声，掀起了大量河水。他拿来一个玉石打造的大桶，装了满满一桶河水。

这大桶原本是白小纯为了修行准备的，眼下装满通天河水后，他转身直奔洞府。

白小纯回到洞府后，面具还在震动，沧桑的声音更加焦急，也更加连贯了。

“你……不……要……排……”

“排你个头！”白小纯怒吼一声，一把抓住面具，将其扔到了盛满通天河水的大桶内。

在面具被扔进大桶的瞬间，声音戛然而止，面具顿时静止不动了……

白小纯又观察了半晌，这才放下心来，哼了一声。

“还真以为你家白爷爷拿你没办法啊，这一次，我看你如何作怪！”

白小纯得意地长舒一口气，将大桶封印后，收进了储物袋。

以通天河水隔绝面具，若是假夜葬在内，必定会受到影响，所以之前白小纯没有这么处理。可眼下，假夜葬已到铜镜内，所以白小纯毫不迟疑，选择用这种方式，以绝后患。

白小纯做完这些后，心中一块大石终于落地，他不愿得罪神秘势力，也不想把宗门牵扯进来。毕竟这是他自己招惹的事情，所以，不到万不得已，他不会将面具交给宗门处理。

此刻，他彻底放心了，在之后的几天，每天清晨就外出收情书。

张大胖与许宝财找到白小纯，说什么也要和他一起出去收情书，白小纯自然不会拒绝，于是他每天外出时不再是一个人，身边多了张大胖与许宝财。

这两人每次看到女弟子跑到白小纯身边送出情书，都会睁大双眼，羡慕之情溢于言表……

“你说，我都瘦了，为什么没人给我送情书？”

张大胖有些郁闷，看了看自己那已经小了太多，可还是略微凸起的肚子，眼巴巴地望着白小纯。

许宝财也是如此，他将这段日子发生在白小纯身上的传奇事件都记录下来了，此刻心中如蚂蚁在爬，痒痒的……

白小纯走在宗门内，听到张大胖的话，拳抵嘴边干咳一声，抬起下巴。

“这事儿是需要天赋的，你们不要着急，让我慢慢和你们说啊……”

白小纯得意，正要炫耀几句，可就在这时，他发现许宝财的眼睛直了，一旁的张大胖也瞪大了眼，直勾勾地盯着自己身后。

白小纯一愣，他发现不单是张大胖与许宝财，其他人也是这副样子，于是赶紧回头，顿时看到一个少女以曼妙的步态从小路上走来。

少女看起来十八九岁，眼睛漆黑，红唇柔软饱满，鼻子娇俏玲珑，脸部线条优美，肌肤吹弹可破，活脱脱一个国色天香的绝世美人儿！

她穿着素雅的衣裙，遮住了窕窈的身姿。那雪藕般柔软的玉臂和修长的玉腿，配上娇嫩玉润的冰肌玉骨，当真是一个无双的绝色丽人！

此女正是陈曼瑶！

“如今逆河宗第一美女！”许宝财吸气，痴痴低语。

陈曼瑶这第一美女的称号是许宝财封的，他将其记录在册，传遍整个宗门。

此刻，他下意识地挺起胸膛，目露坚毅之色，整个人看起来多了一分英气。

张大胖也下意识地缩了一下微微鼓起的肚子，目光炯炯。

“不会吧？这也太夸张了！”

白小纯听着四周传来的吸气声，看到许宝财与张大胖的举动，感到十分诧异。他扫了陈曼瑶一眼，觉得对方的确漂亮，可没到让人神魂颠倒的程度。

“哼，她收到的情书一定没我多！”

白小纯抬着下巴，看着陈曼瑶，越看越觉得她有些做作，正要不耐烦地走开，忽然，陈曼瑶快走几步，柔声开口，声音如百灵一般清脆。

“白师兄，请留步。”

白小纯一怔，这还是对方第一次和自己打招呼，于是他侧头看了过去。

在他的注视下，陈曼瑶竟俏脸微红，似乎有些羞涩，低头走来，从怀里取出一块粉色手帕，快速放在了白小纯手中。

“白师兄若有时间，今晚三更，可否来小妹洞府……坐坐……”陈曼瑶鼓起勇气，莺声细语。

她说完之后，绝美的俏脸红扑扑的，还千娇百媚地看了白小纯一眼，随后低头快速跑向远处。可以看到，她那白皙的脖颈也红透了。

白小纯怔住了，拿着手帕，整个人有些发蒙。

他收到了太多情书，各种样子的都有，还收到了好几块手帕，却从来没有女弟子这么直接，请他去洞府坐坐……

“那个……她让我去她的洞府坐坐……是什么意思……”白小纯下意识地回头，看向张大胖与许宝财。

张大胖傻眼了。

许宝财呆若木鸡，目露不可思议之色，脑海嗡嗡作响。之前白小纯收到别人的情书，他只是羡慕，可这一次，他亲眼看到陈曼瑶送了情书……

要知道，陈曼瑶可是绝大多数男弟子心目中的仙子，名气极大，压过了其他女弟子，是逆河宗第一美女。可如今，她居然主动邀请白小纯去她的洞府坐坐。

“我怎么知道是什么意思……”许宝财费力地吐出一口浊气，嫉妒地说道。

第 352 章

白师兄，你进来吧

白小纯瞥了许宝财一眼，看出了对方的酸意。他眨了眨眼，又看了看张大胖。

此刻，张大胖目露敬佩之色，重重地拍了下白小纯的肩膀：“小纯，去吧，这也是一种成长……”

白小纯顿时咳嗽起来，赶紧将手帕扔进储物袋，一甩袖子，傲然开口。

“她让我去我就去啊？我偏不去！”

此话一出，众人看向他时，敬佩之意更浓，只是没人注意到，白小纯把手帕扔进储物袋时，眼底有精芒闪过。

这一整天，许宝财心里都酸酸的。直到下午，白小纯回到洞府，众人才散去。可很快，许宝财便将陈曼瑶与白小纯相约之事传开了。

这一次比之前还要轰动，如同一场风暴，横扫逆河宗。要知道，之前的情书事件只是发酵，眼下随着陈曼瑶的出现，顿时如同引动了天雷，轰动八方。

四脉弟子深受震撼，逆河宗内一片哗然。

“什么！陈曼瑶居然仰慕白小纯！”

“都疯了，其他人送情书也就罢了，我最爱的陈师妹怎么能这样？！”

“这不是真的！”

各种言论沸沸扬扬，就连掌门、结丹长老和尚未闭关的老祖，也听说了这件事情。

对他们而言，这一切不过是场闹剧，他们听说之后只是打趣般一笑，而李青候则认真地与许媚香讨论了一下，陈曼瑶这个孩子的秉性如何……

丹溪一脉尚未闭关的两位老祖听说此事后，顿时大喜，甚至还很乐意的样子。

玄溪一脉的老祖也十分欣喜，与丹溪一脉的老祖一样，他们知道白小纯对逆河宗的重要程度。自己这一脉的弟子若能成为白小纯的道侣，对自己这一脉而言，将是一件意义重大的事情。

唯独灵溪一脉的老祖和掌门郑远东有些头痛，尤其是郑远东，他太了解白小纯了，听闻白小纯这段日子天天在宗门溜达，就是为了收情书后，他长叹一声。

“小纯都踏入结丹境了，也不知他到底什么时候才能长大一些……难道到了元婴境，才能好一些？”

郑远东摇头，对改变白小纯的性格已失去信心。

在轰动宗门的同时，宋君婉与侯小妹自然也听说了这件事情，两人立刻紧张起来。对之前的情书事件，她们虽然生气，但觉得没有威胁性。可现在不一样了，陈曼瑶的介入，让两人感受到了强烈的危机。

“轻浮！”

“无耻！”

两人在各自的洞府怒火中烧，宋君婉本就脾气火爆，侯小妹泼辣的一面也被激发出来。

她们两人首次放下了对彼此的成见，居然进行了一次面谈。两人达成一致后，相约于这天黄昏，齐齐杀向白小纯的洞府。

白小纯正坐在洞府内，拿着陈曼瑶的手帕，一副若有所思的样子。突然，他神色一变，感受到了洞府外的杀机。

白小纯吓得一哆嗦，赶紧收起手帕，打开洞府大门，脸上露出温和的笑容。

“宋姐姐、小妹，你们来了，这段时间我很想你们啊……”

宋君婉瞪了白小纯一眼，冷哼一声，没理会他，走入洞府，仔细检查一番后，又瞪了白小纯一眼，竟一言不发地离去了。

白小纯愣住了，侯小妹上前，一把挽住白小纯的手臂。

“小纯哥哥，我也想你啊，今天我在这里陪你好了。”

“啊？”白小纯一怔。

“怎么了？小纯哥哥，你不喜欢我在这里陪你吗？”侯小妹泪眼汪汪地看着白小纯，眼圈有些发红。

白小纯连忙摇头，一拍胸口。

“怎么会呢，那个……”

还没等他说完，侯小妹就笑着拉他走进洞府。

这一夜，侯小妹坐在白小纯身边，不断说话。白小纯眼睁睁地看着时间流逝，直至三更过去，他心底长叹一声。

“怎么了？小纯哥哥，我听说陈曼瑶师姐与你有约？”侯小妹笑眯眯地问道。

“有约又如何？她让我去我就去啊，我白小纯是宗门少祖，我才不去！”白小纯内心一颤，义正词严地开口。

直至第二天清晨，侯小妹才离去。白小纯刚松了口气，宋君婉就来了，又是一天一夜……

之后的一个月里，宋君婉与侯小妹轮流前来，占据了白小纯的所有时间，使得白小纯根本就没办法收情书，也没办法赴约……

好在宗门事务太多，每个人都有很多事情要做，最终，侯小妹与宋君婉不得不离去，白小纯这才松了口气。

不过，这一个月来，情书事件和陈曼瑶的事情都成了过去，众人谈论得少了，尤其是宋君婉与侯小妹的出现，更是让大多数女弟子死了心。

当白小纯终于能自由地在宗门溜达时，他悲哀地发现，竟然没有人给自己情书了。

“我就知道会这样……”

白小纯耷拉着脑袋，不甘心地又溜达了几天，最终绝望地发现，的确没有人送情书了，他这才唉声叹气地回到洞府。

直至深夜，他抬头看了看外面的夜色，眯起双眼。

“我身为宗门少祖，那个……陈师妹有约，我不去似乎不大好……另外，也去看看陈曼瑶……到底有什么目的！”

白小纯眼底精芒一闪，他觉得自己考虑得很全面，符合自己的身份，于是干咳一声，小心翼翼地溜出洞府，一路小跑，来到了陈曼瑶的洞府。

这里属于丹溪一脉，此时夜色已深，周围十分安静。

白小纯一路疾驰，甚至还绕了几圈，确定陈曼瑶的洞府四周没人后，这才来到洞府门前。

他又仔细观察一番，甚至还动用了通天法眼，模糊地看到洞府内，一个女子正在盘膝打坐，四周并没有其他布置。白小纯没有感受到危险，这才安心。

此地极为幽静，只有一条小路通往洞府。洞府外还有一个水潭，水潭上荷花片片，在月光下十分典雅。四周还种着紫色的小花，在这夜里散出幽香。

洞府外，白小纯背着手，抬头看着明月，轻咳一声，淡淡开口。

“陈师妹休息了吗？本少祖应约而来。”

白小纯的声音传入洞府，很快，洞府内就有声音传出。

“是白师兄？”声音柔细，正是陈曼瑶。

洞府大门无声无息地开启，陈曼瑶一脸惊喜地看向白小纯。

“白师兄，你进来吧。”陈曼瑶笑靥如花，羞涩地侧身一让。

白小纯目光扫过陈曼瑶，没有走过去，神情似笑非笑，隐隐散发出冷意！

第 353 章

所谓蛮荒

陈曼瑶俏脸更红，似乎觉得自己太过热情，于是后退几步，嗔道：“白师兄……”

“有意思，可惜，陈曼瑶，你演得不像啊。”白小纯目光冷厉，摇头笑道。

“无缘无故，居然送我手帕，约我三更到来！你空等一个月，也没来找我……陈曼瑶，你真当本少祖是三岁孩童，或是那种见了女人就昏头的蠢货吗？！情书事件怕是你设计好的吧？就是为了引我来此！”

白小纯的声音渐渐冰冷，到了最后，他猛然散开修为，天道结丹之力形成了威压，化作狂风，横扫四方，使得陈曼瑶面色大变，身体瑟瑟发抖。

毕竟，她只是筑基修士而已！

“我本可以不来，但我身为少祖，既然看出了端倪，自然要来调查一番，看看你……到底有什么目的！”

白小纯背着手，抬起下巴，肃然开口，散发出阵阵煞气。他的目光如同利刃，让陈曼瑶呼吸急促。

“白师兄，我……”

陈曼瑶向前走出几步，正要解释，白小纯目中寒芒一闪，右手抬起，一把独角匕首蓦然飞出，飘浮在他头顶，散发出至宝的威压。

这威压一出，配合白小纯的天道结丹修为，顿时形成了一股惊天杀意，锁定了陈曼瑶的身躯。

那把独角匕首正是逆龙角！

“别动，你只有三句话的时间，刚才已说了一句，还有两句。我有责罚任何弟子的权力，若我不满意，你知道后果。”白小纯淡淡开口。

这一刻，白小纯看似如常，可实际上他的左脚拇指已死死抠住鞋底，随时可以爆发。一旦爆发，他就可以用最快的速度离开此地。

那张九洲图甚至也早已被他开启，即刻就能施展。

陈曼瑶脚步一顿，深深看了白小纯一眼。此刻，白小纯处在她布置的阵法之外，显然，对方在来之前就做好了十足的准备。

她的呼吸略缓，首次对白小纯生出了忌惮之心。她凝望白小纯，忽然笑了，收起之前的羞涩，目中露出诡异之芒。

“难怪那群老家伙对你如此在意……白小纯，我发誓对你没有恶意，让你来此，只是希望你能见一个人！”陈曼瑶笑着说道。

“你还剩一句话！”白小纯淡淡开口，头顶的逆龙角吐出寒芒。

陈曼瑶面色微变，沉默片刻后，狠狠一咬牙，忽然开口。

“夜葬、面具、白小纯、神秘势力、探子、永恒不灭之物！”

陈曼瑶话语一出，白小纯面色顿时变得阴沉，他猛地睁大双眼，脑海嗡的一声，头顶的逆龙角刹那飞出，直奔陈曼瑶。

同时，白小纯的左脚拇指在地面狠狠一按，轰的一声，身体骤然后退，九洲图也被他取了出来。

白小纯心神动荡，他猜到陈曼瑶有些不对，可他无论如何也没想到，对方居然是那神秘势力之人！

就在这时，陈曼瑶的眉心出现了一个黑色旋涡，旋涡刚一出现，一缕黑丝就从其中急速飞出，在逆龙角上一绕，竟使得逆龙角静止在空中。

与此同时，黑丝内传出一个沧桑的声音。

“道友相信老夫一次可好？老夫也是无奈，才出此下策，甚至不惜暴露弟子瑶儿的身份，以她的生死为赌注，只为换取一次与你交谈的机会，你相信我一次行不行？！你听我说几句话，若是不满意，你随时都可以走！”

黑丝凝聚在一起，化作一个老者的虚影。老者看向白小纯时，目光深邃，还带着一丝恭敬！

白小纯早已退到半空中。此刻，他平复了一下呼吸，心神略定。

此地的波动引起了逆河宗的注意，数个巡逻的修士，甚至还有一位结丹后期的长老快速飞来。

“少祖，怎么了？”

“发生了什么事情？！”

几个巡逻的修士立刻开口，目光扫向四周，有些疑惑。他们看不到老者的虚影，只觉得那个地方极为诡异，转而看向半空中的白小纯。

“除非你们逆河宗内有天人强者，否则，无人能看到老夫，也看不出这四周的异样。因为你没有进入这片区域，所以他们能看到你！”老者快速开口，只有白小纯可以听到虚影发出的声音。

白小纯脚步一顿，面色阴沉，看了看那些警惕地察看情况的修士，又低头看向下方的老者虚影。

这诡异的一幕，让白小纯沉默了。

“通天大陆范围极广，以通天海为中心，有四条大川，扩散四方，形成了东、西、南、北四脉修真界！”眼看白小纯沉默，虚影老者赶紧开口。

“这四条大川如树枝一样散开，使得灵气不断扩散……可实际上，这个世界，被四条大川的灵气覆盖的区域只有一半！

“另一半区域位于通天大陆四周，那里没有被四条大川的灵气所覆盖，被称为蛮荒！”

白小纯听到虚影老者的话后，心神狂震。

之前他心中就有一些猜测，不过长辈都说，没有通天河灵气的地方是禁区，修士无法在那里存活！

眼下，虚影老者的话如天雷一般，在白小纯的脑海中炸响。白小纯能感觉到，对方没有说谎。

“如果将被通天河灵气覆盖的地方比喻成世俗中的官府，那么，蛮荒里的人们就是……叛党！

“老夫来自蛮荒，血溪宗的血祖同样来自蛮荒！因一些特殊的原因，血祖的尸体才被留在了那里！”虚影老者深吸一口气，凝重地开口。

白小纯瞳孔收缩，关于神秘势力当年为何执意要拿到血祖身上的永恒不灭之物这个问题，老者的解释印证了白小纯的猜测。

“我们并非一定要拿到永恒不灭之物，你愿意收藏，给你便是。老夫的态度之所以会改变，甚至告诉你这些，就是因为……你获得了血祖的传承，你成了二代血祖！归根结底，你与我蛮荒之间，已有因果！”

虚影老者内心稍安，只要白小纯给自己说话的机会，那么一切都好说。老者最担心的，就是白小纯如之前那样，根本就不与自己交谈。

“所以，老夫三番两次试图通过面具与你沟通，但你的防备心太强。无奈之下，老夫才冒着巨大的风险，让瑶儿暗中设计这一切，邀你来此！

“老夫代表蛮荒一部分城池，希望与你保持长期的联系。这种联系对你只有好处。我们的探子遍布四大脉，可以为你提供无数便利，还可以告诉你关于这个世界的一切事情！不过，你得付出一定的代价……”

虚影老者长舒一口气，向着白小纯抱拳，深深一拜。

白小纯心神震动，沉默不语。

他有心离去，但对方的言辞没有任何破绽，还解开了他心中的疑惑，对方冒着暴露陈曼瑶身份的风险设计了这一切，的确很有诚意。

而且，听老者的口气，似乎只要是白小纯想知道的事情，他们都能给出答案。

想到这里，白小纯内心一动。

四周巡逻的修士察看了四周的情况，一无所获，此刻纷纷来到白小纯身边，疑惑地看着他。

“你们先走吧，方才是我的错觉，麻烦诸位了。”

白小纯长舒一口气，向着众人抱拳。

结丹后期长老深深地看了白小纯一眼，没有细问，而是点了点头后，带着众人离去。

很快，此地恢复寂静……

“任何事情，你都知道？”白小纯忽然开口。

第 354 章

指向星空道极

眼看白小纯把四周巡逻的修士支走，老者终于彻底松了口气，他知道，自己应该是打动了白小纯。

“不敢说任何事情，只能说我们蛮荒知道绝大多数事情。我们的探子遍布通天大陆，无论是各脉源头、中游，还是下游，都有我们的人！”

对于白小纯所问的问题，老者迟疑了一下。这是白小纯问的第一个问题，老者仔细思索后，没有把话说满，可语气明显带着傲然之意，显然，他对于自己掌握的情报极为自信。

“好，我要问一个人！”白小纯沉默片刻，缓缓开口。

“什么修为？”老者立刻问道。

“应该是筑基！”白小纯略一沉吟，说道。

“筑基修为？此事简单。这是我们首次建立联系，这样吧，此次不收你任何费用。说吧，此人姓甚名谁，你想知道什么？”老者轻松地道，心中再次松了口气。对蛮荒而言，想知道一个筑基修士的消息，非常简单。

白小纯有些紧张，看到虚影老者如此自信，他心中也生出了希望，于是立刻开口。

“此人叫杜凌菲，当初她……她在灵溪宗叫这个名字，她也在血溪宗的血子试炼中出现过一次，我想知道她的真实身份！”

“查出此人的身份？哪怕你只知道这两点，我们也可以查到，你稍等一会儿！”

虚影老者哂然一笑，身体瞬间消失，似乎回到了蛮荒，全力搜寻信息。

此刻，陈曼瑶闭着眼，老者的出现似乎让她陷入了某种封印当中，若非如此，怕是会对她造成不可逆转的损伤。

白小纯深吸一口气，默默地等待。

时间流逝，很快就过去了半个时辰，对方还是没有出现，白小纯有些焦急。

又过去了半炷香的时间，突然，陈曼瑶身体一震，眉心飘出一缕黑丝，老者的身影重新凝聚出来。

只不过这一次，老者明显面色苍白，目光奇异，还隐隐带着一丝茫然。

“怎么样，有答案了吗？”白小纯连忙问道。

“那个……你换一个问题吧。”老者迟疑了一下，看着白小纯。

“啊？刚才你不是说这个问题很简单吗？不就是查个人嘛，怎么了，居然查不到？”白小纯诧异，怒道。

老者苦笑，目中多出了一丝恐惧，他沉默片刻后，摇了摇头。

“真的查不了。”

白小纯看了老者一眼，突然拿出储物袋，放在一旁。

“小乌龟就在里面，我找不到它，可我知道它在里面。我把它给你们，你给我查杜凌菲的身份！”

“你还是换一个问题吧，老夫真的查不了此人。方才，我只是回去说了一下，让人去查，结果城池震动，甚至引起了天地变化，更为恐怖的是……很多我们派出去的探子，居然无故暴毙！你说，我还能查吗？

“你说的这个人，要么就是极为神秘，要么就是来头很大，你……最好不要去招惹，永远不要遇到才好。”

老者深深地看了白小纯一眼，再次苦笑。

他没有欺骗白小纯，方才回去查探时，的确引起了惊天动地的变化。他也很郁闷，没想到白小纯随意提出的问题竟然会引起如此剧变。

白小纯沉默，心中掀起大浪，他能看出对方没有说谎。

半晌之后，白小纯再次看向老者：“一点线索都没有？”

看到白小纯如此执着，老者迟疑了一下，他想和白小纯维持关系，于是狠狠一咬牙，突然开口。

“只有一个线索——方才，大半探子……都死于星空道极宗！至于这代表了什么，你自己斟酌！”

老者说完，向着白小纯抱拳一拜。

“你随时可以通过面具与我联系，若不放心，也可通过瑶儿。瑶儿虽是探子，但对逆河宗没有歹意，还请道友手下留情……”

老者话中带着一丝恳求之意，随后，他化作一道黑丝，回到了陈曼瑶眉心。

陈曼瑶身体一震，睁眼看了看白小纯，想说些什么，却没有开口，而是欠身一拜，回到了洞府内。

白小纯站在半空，抬头望着星空、明月，想起了很多往事。

“大半探子都死于星空道极宗……这是否说明，关于杜凌菲身份的问题，我可以在星空道极宗找到线索？杜凌菲，你到底是谁……这么寻找，我很累啊……”

白小纯轻叹，摇了摇头，杜凌菲已成了过去，但关于她身份的谜团在白小纯心底挥之不去。

沉默中，白小纯转身走向逆河山，他没有回洞府，而是去拜见了掌门郑远东。

白小纯知道，自己不能继续隐瞒关于陈曼瑶、蛮荒和面具的事情了，对方的探子都已现身，他得让宗门知晓此事。

直到清晨，白小纯才离去。他将一切都告诉了郑远东，至于后面的事情，他不想参与了，如何处理，宗门自有决断。

事关重大，郑远东也无法做主，他拜见了四脉几位老祖后，四脉老祖召见了陈曼瑶。最终，此事没有掀起什么风浪，一切如初。

陈曼瑶依旧是逆河宗天骄，是男弟子心中的仙子。只有白小纯知道，一定是四脉老祖与陈曼瑶背后的势力达成了某种协议。

白小纯放下此事后，开始继续修炼。逆河宗位于中游修真界，这里的天地灵气比下游浓郁太多，使得白小纯修炼的速度比在下游时快了很多。

获得好处的不单是白小纯，经过几个月的闭关修行，周心琪等人也陆续踏入筑基大圆满。只不过没有人敢像白小纯一样匆匆结丹，他们至少要准备半甲子的时间，才敢冲击结丹境。

他们之间也在较量，要比一比谁先踏入结丹境。他们约好，在达到结丹境之后，再解决彼此之间的矛盾。

唯有宋君婉那样早已达到筑基大圆满的修士，才能缩短准备时间，可尽管如此，也需要数年。

张大胖、许宝财、侯小妹和黑三胖等人适应了中游浓郁的天地灵气后，修为陆续攀升，尤其是张大胖，竟一跃达到筑基中期。

每个人都在进步，整个逆河宗都是如此。这段时间，还有几批凝气修士被送至独属逆河宗的几处地脉所在之地，开始新一轮的筑基试炼。

中游宗门拥有自己的筑基圣地，这一点，是下游宗门无法比拟的。

宗门蒸蒸日上，失踪了一段时间的铁蛋也突然出现在白小纯的洞府外。白小纯立刻察觉，快速走出洞府，一眼就看到了铁蛋。

铁蛋身上布满伤痕，有些伤痕甚至快要贯穿它的身躯。

可铁蛋的精神很好，双眼更为明亮，尤其是它的身上，居然散发出一股即将突破的气息！

自从宗门修建好，铁蛋就失踪了，白小纯知晓此事，他隐隐能感知到铁蛋无碍，以为它又去玩耍了，眼下才知道并非如此。

在与铁蛋对视的瞬间，白小纯忽然明白了铁蛋为何失踪。是因为它数次看到白小纯陷入危机，觉得自己没用，无法守护白小纯！

第 355 章

铁蛋渡劫

“以后不要这样，我是你爹，哪有儿子保护爹的呢？应该是我来保护你。等我老了，走不动了，才是你保护我的时候！”白小纯有些鼻酸，大声道，“还有，下次不能失踪，想去干什么，要提前和我打招呼！”

铁蛋眼睛忽闪忽闪，它碰了碰白小纯后，翻身躺下，露出肚皮，还冲着白小纯吐舌头，模样十分可爱，看得白小纯更心疼了。

他赶紧来到铁蛋的面前，右手抬起，体内天道结丹的气息散出，顺着他的右手，融入铁蛋体内，为其梳理经脉。

铁蛋发出舒服的声音，伸出舌头舔着白小纯的脸。

白小纯以天道结丹之力治好了铁蛋的内伤后，他心疼地看着铁蛋身上的伤口，赶紧取出大把丹药，喂给铁蛋。

要知道，这些丹药可以卖得不少灵石，可白小纯毫不吝啬，将丹药一股脑地给了铁蛋，生怕铁蛋的伤好不了。

铁蛋吃着白小纯给的丹药，龇着牙，似乎在笑。它看向白小纯，就如同看着亲人一般，极为温馨。

半晌之后，白小纯又训斥了铁蛋几句。铁蛋摇着尾巴，不断蹭着白小纯，白小纯看到它这副样子，也就不忍心训斥它了。

白小纯带着铁蛋回到了洞府，随着铁蛋的伤势慢慢痊愈，它身上那即将突破的气息更为明显。

白小纯看在眼里，知道铁蛋突破在即，他明白，对战兽而言，踏入结丹境的意义非同凡响，尽管不像修士冲击结丹境时那么危险，可铁蛋毕竟是王兽，冲击结丹境的过程还是与寻常战兽不大一样。

他不放心，于是找到了郑远东。逆河宗对铁蛋很在意，尤其是灵溪一脉。郑远东立刻下了法旨，将铁蛋的结丹之地安排在了逆河山的山顶。

那里存在大量阵法，同时，浓郁的天地之力被神通引导，从通天河内散出，凝聚于此，郑远东甚至还安排了不少结丹修士为铁蛋护法。

就连李子墨老祖也在白小纯拜见之后结束了闭关，出面为铁蛋护法。

逆河宗其他三脉也奉献了自己的力量，血溪一脉送出了几件渡劫的至宝，丹溪一脉则发动千人炼制灵丹。

玄溪一脉索性在逆河山山顶铁蛋闭关的地方，专门布置了阵法。

集合逆河宗四脉之力形成的结丹守护，让逆河宗弟子无不羡慕。而这一切，除了铁蛋本身是王兽的缘故外，更多的是因为白小纯少祖的身份。

七天后，铁蛋痊愈，那种快要突破筑基、踏入结丹的气息，从逆河山的山顶祭坛轰鸣而出，直冲云霄。

天地震动，云层瞬间凝聚，如有天雷炸响，轰鸣之声传遍八方。

铁蛋站在祭坛上，仰天一吼，吼声穿透云层，使得苍穹上的云雾快速扩散。

这一幕使得逆河宗所有修士都心神微震，不少人飞出洞府，抬头看向天空。

“铁蛋结丹！”

“王兽结丹，竟有如此气势！”

“王兽本就罕见，而铁蛋是王兽中的王兽，自然非同凡响！”

就在众人议论时，灵溪一脉的所有战兽全都开始咆哮，似乎在给铁蛋助威。此刻，天角墨龙也出现在天空上，它看了看苍穹，又看了铁蛋一眼，既紧张又期待。

白小纯站在铁蛋的身边，目光炯炯，他要亲自为铁蛋护法。

就在这时，云层猛地收缩，竟有一道黑色闪电轰鸣而出，落向逆河山山顶的祭坛。

在闪电落下的刹那，铁蛋竟不需要阵法相助，也不需要结丹修士护法，而是独自冲入苍穹，直奔闪电而去。

在靠近闪电的一瞬间，铁蛋用头上的角，狠狠撞击过去。

“轰！”

天地震动，闪电竟直接崩溃，化作无数弧形电光，向四周扩散。

半空中的铁蛋开始欢呼，扭动身体，低头得意地看了白小纯一眼，又向着天空咆哮。

白小纯看到铁蛋那得意的样子，干咳一声，觉得它和自己很像，可他心中还是紧张，不断高呼。

“注意一些，一旦不行就立刻下来！没事，不丢人……”

在白小纯开口的瞬间，第二道闪电倏然降临。铁蛋咆哮着，再次撞了过去。轰鸣间，第二道闪电崩溃，接着是第三道。

这三道闪电，一道比一道粗大，它们急速落下，全都轰在铁蛋身上。铁蛋发出怒吼，全身颤抖，可依旧直接撞了上去。

在这三道闪电崩溃后，铁蛋从空中坠落，落入阵法内。

白小纯刚要上前，铁蛋猛地一吸，竟将四周的丹药全部吸入口中。它双眼赤红，仰天怒吼一声，竟再次冲向苍穹。

铁蛋化作一道长虹，速度极快，它的四肢爆发出了惊人的紫色火焰，放眼看去，一道火焰长虹直奔云层而去。

铁蛋是要撞碎那凝聚雷劫的云层！

白小纯倒吸一口凉气，与自己相比，铁蛋实在太疯狂了。

看到这一幕，就连李子墨也睁大了眼，站起了身。四周的结丹修士都感到难以置信，看着彪悍的铁蛋，纷纷吸气。

逆河宗内，其他观望的修士都失声惊呼，消息顿时传开了。

“这……这也太强悍了！”

“天啊，铁蛋这是要碎灭劫云？！”

与此同时，云层翻滚，第四道、第五道、第六道闪电正在酝酿，铁蛋直接撞在了云层上。

“轰轰轰！”

云层崩溃，其内的三道劫雷直接爆开，形成的冲击之力让苍穹震动，强烈的冲击波向着四周扩散。

与此同时，云层中的铁蛋身体膨胀了起来，身长达到了两百丈，它踏着紫色火海，正仰天长啸。

它的身体还在不断地膨胀，似乎在接受天地之力的洗礼，一股独属于王兽的唯我独尊的气势，也随之爆发出来。

这种气势越来越强烈，令所有人心神震动，白小纯更是激动无比。

众人可以清晰地看到，随着王兽气息的爆发，随着天地之力的凝聚，一枚紫色内丹在铁蛋的上方逐渐成形，并不断靠近咆哮的铁蛋。

这枚紫色内丹散发出夺目之光，还有一种奇异的香气，让所有闻到之人心旷神怡。

白小纯更为紧张，呼吸都有些不稳。之前他查阅了很多典籍，还询问了李子墨老祖，得知战兽结丹不需经历雷劫，唯有王兽结丹才需经历雷劫。

而在雷劫之后，天地之力将凝出内丹，铁蛋只要将内丹吞入口中，就可以踏入结丹境，可这个时候也是最危险的时候。

因为无论是对修士还是对凶兽而言，这种以王兽的气息凝聚出的天地大丹都有惊人的吸引力。修士可以用其制成灵药，炼出自身的第二丹。而凶兽更甚，一旦夺得此丹，甚至可以使血脉进化，成为王兽！

此刻，白小纯焦急不已，那枚紫丹距离彻底凝聚只差两分，忽然，从远处的天空中传出一声震耳欲聋的嘶鸣！

这声嘶鸣似乎可以穿透金铁，在众人心中掀起了大浪。

众人依稀可以看到，一条长达千丈的飞蛇从远处急速飞向紫丹。飞蛇身体粗大，目露凶光，身上同样爆发出一股属于王兽的气息！

这飞蛇也是王兽！

第 356 章

王兽紫丹

飞蛇长约千丈，身体直径有数十丈，看起来不像飞蛇，倒更像蛟龙，尤其是它头顶那两根扭曲的角和腹下三爪！

飞蛇全身的鳞片在阳光下折射出耀眼的光芒，仔细感受，还能发现飞蛇身上隐隐散发出一股神圣之意，配上那冲天而起的王兽气息，飞蛇如同万兽之王一般。

王兽的气息让逆河宗内的战兽瑟瑟发抖，完全没有反抗之意。

唯独天角墨龙，全身鳞片竖起，尽管它不住地颤抖着，可依旧在低声咆哮。

这一刻，天地失色，风云翻涌，飞蛇越来越近，那巨大的蛇身以及硕大的头颅让逆河宗众人失声惊呼。

“这是……”

“王兽！”

无数惊呼之声回荡。在下游修真界内，王兽十分罕见，很多人一生都难以得见，铁蛋的出现也是个巧合。

虽然王兽在中游修真界同样罕见，但中游的范围毕竟大了很多，在深山丛林内，时而会有王兽出没。

在飞蛇冲来的一刻，李子墨神色一变，目中精芒一闪，元婴气息轰然爆发。他右手袖子一甩，一股风暴顿时出现在半空中，阻挡飞蛇。

在他之后，铁蛋仰天发出一声嘶吼，同样爆发出王兽的气息，似要与飞蛇争辉。

只不过与飞蛇相比，无论是修为还是气息，铁蛋都差了太多，如同一只幼崽正在与成年之兽厮杀。

在李子墨与铁蛋之后，还有一股气息从祭坛上升起，化作一根巨大的血色气柱，直冲云霄，那是白小纯！

血色气柱是白小纯的气血之力。随着气息散出，他运转天道结丹修为，使得血色气柱的四周环绕了一层金光。

“你敢！”

白小纯双目赤红，声音如天雷炸响，整个人从地面腾空而起。他右手掐诀，一道乌光立刻从储物袋内飞出，正是逆龙角。

逆龙角嗡嗡而动，似乎蕴含了白小纯的所有修为之力，向着飞蛇呼啸而去。

与此同时，白小纯的眉心第三目猛然睁开，射出一道紫光，紫光落在了飞蛇身上。

天地轰鸣，李子墨的风暴使得飞蛇身体一顿。

与此同时，白小纯的逆龙角瞬间飞来，其内蕴含的天道气息让飞蛇的瞳孔猛地收缩。它身体一扭，立刻盘成蛇阵，以肉身对抗。

轰隆之声冲天，风暴崩溃，逆龙角倒卷，飞蛇全身颤动，被生生逼退至百丈之外。

铁蛋发出怒吼，死死地盯着飞蛇，可显然有所顾忌，毕竟这一刻对它而言至关重要，其头顶的紫丹还在快速凝聚。

来自飞蛇的威胁让铁蛋极为不安，忽然，一道身影从地面飞来，出现在铁蛋身边，右手一把按在铁蛋身前。

与身长数百丈的铁蛋相比，这道身影极为微小，可他的右手就像无法被撼动的山峰，落在铁蛋身前，让铁蛋的烦躁和不安顿时消散。

“安心结丹，一切有我！”

这道身影正是白小纯。他沉声开口，看向远处贪婪地盯着紫丹的飞蛇。

很快，李子墨的身影也出现了。地面上那些护法的结丹修士也反应过来了，他们化作一道道长虹，出现在半空中。

这一刻，玄溪一脉的阵法爆发，九把大剑飘浮在半空，闪着丝丝寒光，锁定了飞蛇。

这一切让飞蛇瞳孔收缩，尽管它是元婴王兽，可这里毕竟是逆河宗，是中游四大宗门之一，不到万不得已，它也不愿招惹。

只是铁蛋的紫丹对它的诱惑太大，它甚至可以感受到，若能吞了紫丹，吸收铁蛋的王兽气息，那么，日后它突破元婴境，踏入天人境，也不是不可能的。

逆河宗修士也一样忌惮飞蛇，即使是李子墨，不到万不得已，也不愿招惹这样一只完全成长起来的王兽。

每一只王兽都可以召集无数凶兽，形成兽潮，这对逆河宗来说极为不利。

双方都有所忌惮，僵持起来。

逆河山上，几道元婴老祖的神识射出，锁定在了飞蛇身上。

尽管逆河宗不愿招惹飞蛇，可飞蛇若是不识好歹，试图进攻，那么，逆河宗必然会全力将其斩杀，以绝后患。

“阁下已修到如此程度，我称呼你一声道友，也不算过。今日，我逆河宗镇宗之兽结丹，为免误会，还请道友即刻离开！”李子墨眯起双眼，缓缓开口，声音冰冷。

飞蛇沉默，它有些不甘心，再次看了铁蛋一眼。

就在这时，铁蛋上方的紫丹竟瞬间绽放紫光，璀璨至极，奇异的香气扩散八方，紫丹形成！

铁蛋目露激动，它猛地一吸，紫丹瞬间直奔铁蛋而去。

眼看紫丹就要被铁蛋吞入口中，可就在这时，空间扭曲，一只手刹那间伸了出来，一把抓住了铁蛋的紫丹！

这一幕让所有人大吃一惊，白小纯眼珠子都红了，他嘶吼一声，猛地冲出，右手抬起，一拳轰向那只伸出的手。

与此同时，三声冷哼从逆河山上传出，风神子、寒宗、赤魂老祖三人竟瞬移而来。他们身上没有半点闭关的痕迹，似乎自始至终都没有闭关。

此刻，他们出现在那只手的周围，同时施展出最强神通。

“阁下在我逆河宗暗中观察已久，还真的以为我逆河宗奈何不了你？！”风神子声音沙哑，带着杀意。

三人出手的瞬间，巨响震天，那只手猛地一颤，直接崩溃，紫丹落下。

突然，苍穹传出笑声，三道长虹急速而来。

长虹内的身影模糊，众人看不清楚，可长虹速度极快，直奔紫丹而来。

“之前我就算出这里有异宝出现，没想到居然是一枚王兽紫丹！”

三人笑声诡异。这一刻，逆河宗轰鸣震天，阵法骤然运转，一把虚幻的大剑出现，斩向三人。

紧接着，其他闭关的老祖竟也纷纷瞬移而至，与风神子三人一样，他们身上也没有丝毫闭关的痕迹！

此刻，飞蛇目光冰冷，它猛地冲向铁蛋，但被挡了下来，空中的各方势力都在争夺紫丹。

眼看如此，白小纯也明白了，这几个月来，宗门内看似平静，可实际上有很多势力暗中窥视。这一次铁蛋结丹将那些窥伺之人全都引了出来。

而老祖们也没有真正闭关，只不过是欲引蛇出洞，从他们及时出手这一点来看，并没有利用铁蛋之意。

可铁蛋对白小纯太重要了，白小纯绝不允许它结丹的过程出现一丝一毫的纰漏，哪怕宗门有所准备，他依旧很焦急。

此刻，他双眼赤红，低吼一声，竟直奔大地，瞬间钻入屹立在山门前的血祖之身！

第 357 章

恶意袭来

苍穹上你争我夺，尤其是当逆河宗元婴老祖到来后，一些扭曲的身影快速出现，加入了战斗。

毫无例外，这些人都隐藏了自身气息，显然是不愿让逆河宗知道他们的真正身份。他们看起来似乎也不是同一批人，而是分成了四批！

在这争夺中，突然，山门前的血祖睁开双眼，露出白小纯疯狂的目光。他看到这些人如此欺负铁蛋，争夺铁蛋的紫丹，绝不能忍！

“给我滚！”白小纯大吼。

吼声通过血祖的身躯轰然爆发，甚至超越了天雷，撼动九天。血祖猛地抬起右手，一拳狠狠轰向天空。

这一拳，包含了白小纯的全部修为，他的天道金丹与不死金刚丹同时爆发，通过血祖之身释放。

苍穹轰鸣，大地震动，巨大的拳头轰向苍穹的刹那，整个苍穹似要崩溃，掀起了一股惊天风暴。

风暴扩散四方，使得那些欲抢夺紫丹之人面色大变，一个个急速避开，有几个避之不及，嘴角顿时溢出鲜血。

那条飞蛇被白小纯的拳头狠狠击中，发出一声凄厉的嘶吼，颓然后退。

整个天空，在这一刻安静下来，所有人都看向血祖之身，若有所思，似乎想判断出血祖之身到底有什么破绽。

风神子与寒宗对望一眼，他们原本想再等等，引出更多的人，可看到白小纯竟不顾一切地独自操控血祖，他们知道，若再拖延下去，白小纯怕是会对他们心生埋怨，于是彼此点头。

“该结束了，即便是没有出现的敌人，也会被震慑！”

寒宗一挥手，苍穹的云层之间竟出现了一个黑色的太阳，黑色太阳后面又出现了白色的太阳，黑白太阳重叠在一起，里面的黑白乌鸦同样重叠起来。两只乌鸦忽然睁开眼睛，发出刺耳的嘶鸣，瞬间冲出。

与此同时，奸笑之音回荡，稻草人从虚无内一步走出。天角剑化作一道金光，从云层内急速而来，直奔众人。

先前，逆河宗的阵法看似运转到了极致，可此刻，阵法光芒闪耀，威力暴增三倍，三把巨大的光剑出现。

轰鸣间，天地震动，那些身影拼命后退，可根本就来不及飞出太远。很快，他们就被天角剑追上，一人被灭。

稻草人追上一人，趴在对方身上，攻向对方要害，可对方的身影太过虚幻，稻草人难以击中。

黑白太阳的光芒让人无所遁形，黑白乌鸦速度极快，所过之处，消灭数人。

这还不算什么，最恐怖的是阵法化作的三把光剑。三把光剑猛地散开，形成了三层剑网，化作十万飞剑，从空中呼啸而过！

此刻，飞蛇落荒而逃，李子墨冷哼一声，径自追去。

远远一看，整个逆河宗炫目无比，如同一朵盛开的绚丽剑花……

只是有些诡异的是，不少死去之人都没有流血，身体落下时会变得模糊，随即消散，只有一部分人留下了尸体。

显然，那些身体消散的人不是真人，而是由精血炼制的法身。

随着剑花的暗淡，紫丹毫发无损，直接落在了铁蛋口中。

铁蛋一口吞下紫丹，身上的气息骤然攀升。

白小纯从血祖体内飞出，面色苍白，带着疲惫，他一个人操控血祖的身体，消耗极大。

此刻，他目光幽幽地看着几位老祖，刻意露出一丝怨愤。

几位老祖面面相觑，略显尴尬。铁蛋结丹不在他们的预料之中，原本，他们有另外的方法引出这些窥伺之人。即便如此，他们还是担心白小纯误会，于是寒宗立马向白小纯解释了一番。

白小纯这才哼了一声，又为铁蛋索要了大量好处，才算罢休。

“这群老头儿……一个个老奸巨猾！”白小纯噘着嘴嘟囔着，可感受到铁蛋那不断攀升的气息，他便满怀期待，暂时原谅了老祖。

王兽结丹，即便成功了也需要温养。这一次，为了确保万无一失，几大老祖一起为铁蛋护法。白小纯也跟在那里，盘膝打坐，慢慢等待。

他实在无聊，又想起了真灵女婴和逆河丹，再次陷入了沉思。

“逆河丹，内炼的话不行……除非有足够的生机，可我的生机不够……外炼的话，太难了。”白小纯不由得发愁。

“虽说我获得了一滴真灵的鲜血，对于炼制逆河丹多了一些把握，但是……以我如今的药道造诣，怕还是不够。”白小纯沮丧地叹了口气，知道方法却炼不出丹，让他十分郁闷。

“内炼最简单了……只是生机……生机……嗯？”白小纯正发愁时，忽然双眼一亮，呼吸微微急促，低头快速地扫了一眼储物袋。

“小乌龟……是永恒不灭之物，它的生机……应该够了吧？”白小纯想到这里，顿时心动，却不敢表露出来，担心被小乌龟察觉。

“小乌龟太奸诈了，我要想个办法，让它乖乖地辅助我炼丹才好……”白小纯有些头痛，他无比怀念当年处于昏迷之中的小乌龟。白小纯想到这里，突然内心一动。

“昏迷……”

白小纯眼睛一亮，越想越觉得这是一个好主意，于是发了狠，准备炼制一种灵药！

七天后。

清晨，被几大老祖守护的铁蛋突然睁开了眼。它猛地抬头，发出一声长长的咆哮。与此同时，它的身体散发出紫光，一股结丹气息轰然爆发。

感受到这股气息，逆河宗的战兽全部嘶吼起来，白小纯更是激动，几大老祖含笑离去。

铁蛋精神抖擞，在白小纯身边待了几天后，就又闲不住了，总是跑出去玩耍。好在它不会离开逆河宗，只是在宗门内与那些战兽以及女弟子嬉戏。

白小纯没法阻止，也就任由铁蛋折腾。此刻，他的注意力都放在了炼制灵药上，他整日盘膝坐在洞府内，不断研究药方。

时间慢慢流逝，很快过去了两个月。

经过多次改良，白小纯的药方逐渐完善。好几次，小乌龟从储物袋内探出头来，疑惑地看着白小纯。可惜，它看不透白小纯的心思，也不知道这几个月白小纯到底在思索什么。

不过，白小纯那红红的眼睛流露出一丝疯狂，这让小乌龟隐隐觉得有些不对劲。

至于修炼，白小纯也没有丢下，每天除了思考药方外，他也会抽出时间修炼不死筋以及寒门养念诀。

直至这一天清晨，白小纯正在脑海中完善药方，忽然神色一动，从储物袋内取出一枚玉简。他紧紧握住玉简，脑海中便传来寒宗苍老的声音。

“小纯，来逆河山大殿，中游其他三大宗门来访，你来旁听。”

白小纯一怔，铁蛋的事情过后，他与几位老祖谈过。根据几位老祖的猜测，当日出手的那些人，有的是散修，还有的是其他三宗的探子。

毕竟逆河宗初来乍到，其他三宗肯定想来试探一番。

想起当日的事情，白小纯冷哼一声，沉吟片刻后，他起身换上了少祖的长袍，摆出一副冷酷的样子，走出洞府，直奔逆河山大殿。

途中，他看到不少逆河宗的修士，一个个都面色阴沉，愤怒地看向山顶大殿。

白小纯继续向前走去，很快就看到了大殿。

大殿外，三组衣着不同的修士面露轻蔑之色，正驱赶守护大殿的逆河宗弟子。

第 358 章

嚣张跋扈

这三组修士每组都有十多人，有的是筑基修为，有的是结丹修为。他们都身着道袍，但道袍样式各异。

其中一组修士穿着黑色长衫，长衫上印着一个血月的图形。这些人身上煞气浓郁，目光冰冷，似乎带着杀意。

而另一组修士穿着星空长袍，大都容颜俊朗，身姿挺拔，他们的轻蔑之意最为明显，给人一种趾高气扬的感觉。

最后一组修士穿着黑白二色的道袍，有男有女，他们身上都有一种脱尘之意，可神色依旧带着轻蔑。

白小纯看过关于中游其他三大宗门的介绍，此刻，他目光一扫，立刻判断出了这三组修士的来历。

那些穿着星空长袍的修士来自星河院，而那些穿着血月长衫的修士来自魔宗——极河院。

至于身着黑白二色道袍的修士，自然是来自最强的……道河院！

此刻，三宗修士将大殿围了起来，阻止任何人进入，甚至反客为主驱逐逆河宗的守殿弟子。

而在他们的上空，云层内有一只巨大的蜥蜴。这只蜥蜴全身漆黑，时而低头看向大地，目光十分冰冷，尤其在看向逆河宗弟子时，蜥蜴目露嗜血之意。

更远处还飘浮着一艘巨大的战舟。这艘战舟足有千丈长，通体呈银色，阳光一照，战舟便闪耀着刺目的银光，似乎隐隐蕴含着恐怖之力。

天空的另一侧，还有一颗巨大的陨石，直径达到千丈，四周燃起火海，温度骤然攀升，使得地面很多草木枯萎。

此刻，一名星河院的中年修士正推搡一名逆河宗筑基弟子，将其推至十多丈外。

“让开，此地不允许任何人踏入！”星河院的中年修士傲然开口，目中轻蔑之意更浓，他甚至还与身后的同门笑谈。

“真是小宗小门，守护大殿的居然都是这种货色。”

他的话语传出，引得同门嗤笑，其他两宗弟子眼中的不屑也更浓了。

在三宗修士周围有不少逆河宗弟子，他们都带着怒意，却得强行忍住。

他们清楚，逆河宗刚入主中游，根基不稳，眼下其他三宗首次正式到来，三宗的使者正在大殿内与老祖谈话，他们若与外面这些人发生冲突，必定会对逆河宗有影响。

显然，其他三宗的人对逆河宗弟子的顾虑心知肚明，他们故意这样做，就是想引起争执……

眼看逆河宗弟子面色阴沉，却没人动手，三宗弟子相互对视一眼，各宗带头之人微微皱眉，向身边的同门使了个眼色。

“听闻逆河宗内，有不少人自称天骄，白小纯可在？宋缺、鬼牙、九岛、上官天佑、陈曼瑶在这里吗？”

“元婴真人都在大殿内商谈要事，我们小辈在这里等着也无聊，不如切磋一下，让我们看看逆河宗天骄的本事！”

三宗修士明白了带头之人的意思，立刻有人走了出来，出言挑衅逆河宗。

“哈哈，在下狄宫，筑基后期修为，还请逆河宗道友赐教！”

极河院的一个青年嘿嘿一笑，迈步走出，全身发出咔咔之声，显露出强大的肉身之力。

不仅是他，其他二宗也有修士走出来，出言挑衅。

“怎么？堂堂逆河宗，居然没人敢与我们切磋？好一个逆河宗啊！”

四周的逆河宗弟子呼吸急促，一个筑基后期的玄溪一脉弟子猛地冲出，直奔狄宫而去。

还有两个逆河宗弟子同时飞出，冲向对面另外两人。

“给我回去！”

狄宫哈哈一笑，右脚一踏，瞬间临近玄溪一脉的那个弟子。

紧接着，狄宫抬起右脚，猛地一抡，大量风刃爆发出来，术身融合，攻向对手！

玄溪一脉的那个弟子冷哼一声，飞剑呼啸而去，瞬间穿透狄宫的身体，速度竟没有丝毫变慢。

他面色一变，知道对方速度太快，飞剑穿透的只是狄宫的残影。

此时，玄溪一脉的那个弟子想后退已来不及，轰的一声，狄宫出现在他身侧，一拳落下，直接将玄溪一脉的那个弟子砸飞。

狄宫狞笑一声，目中竟然起了杀意，他快速冲向玄溪一脉的那个弟子。四周众人立刻怒吼，几个逆河宗弟子飞了起来，想去救援。

与此同时，另外两个应战的逆河宗弟子也被对手击倒，那两个宗门的修士同样起了杀机，追了出去。

白小纯看到了这一幕，眼中燃起怒火。他一闪身，赶在众人之前，挡在了玄溪一脉的那个弟子身前。

狄宫的拳头落在了白小纯身上，白小纯纹丝不动，竟爆发出一股反震之力。

轰的一声，狄宫面色大变，他猛地喷出鲜血，身体倒飞而出。

狄宫尖叫：“你、你是结丹修士！逆河宗如此无耻，结丹修士竟对我筑基修士出手！”

在他开口的同时，白小纯化作残影，陆续出现在另外两个同门面前，用身体为他们挡下攻击。

白小纯毫发无损，而那两个宗门的出手之人都喷出鲜血，急速倒退，发出低吼。

“无耻！”

“结丹修士竟偷袭筑基修士！”

狄宫三人怒视白小纯，三大宗门的其他修士也是如此，他们看向白小纯时，目光极为冰冷。

“我对筑基修士出手怎么了？我还对凝气修士出过手呢，这就算无耻了？更何况，你们哪只眼睛看到我出手了？分明是他们打我。太无耻了，三个筑基修士居然联手欺负我一个结丹修士！你们太过分了，别逼我，我一旦生气，连我自己都害怕啊！”

白小纯一闪身，出现在三宗修士的前方，他背着手，抬起下巴，瞪着眼睛开口。

白小纯话语一出，三宗修士立刻怒视白小纯，可仔细一回忆，方才白小纯的的确确没有出手……

“少祖！”

“拜见少祖！”

看到白小纯，逆河宗弟子立刻精神振奋，齐齐开口。

听闻此话，三宗带头之人瞳孔收缩，已认出了他的身份。

“有意思。白小纯是吧？在下陈云山，我们切磋一……”

星河院那个带头的青年目光冰冷，手心中多了一枚黑色的钉子。他琢磨着如果在这里废了白小纯，应该没有大碍，于是缓步走出，一股结丹气息从其身上散开。

不仅是他，极河院和道河院的结丹修士也目光冰冷，走出几步，正要说话。

可还没等陈云山把话说完，白小纯就大吼一声。

“这是你逼我的！”

白小纯一挥手，向着陈云山扔出一枚丹药。

“啊？”

陈云山一愣，袖子一甩。砰的一声，这枚丹药在其身边爆开，化作一股黑烟，向着四周扩散。

陈云山身边的同门也愣住了，纷纷想要挥散这些黑烟，可黑烟极为诡异，竟无法散开，反倒快速钻进了这些修士体内。

在丹药出现的刹那，一半的逆河宗弟子神色大变，尤其是灵溪一脉与血溪一脉的弟子。他们拉着其他两脉的弟子，退到百丈之外。

极河院与道河院修士也愣住了，他们搞不清楚白小纯为何要扔出丹药，可看到逆河宗弟子神色大变，他们都觉得不对劲，于是下意识地后退几步。

“白小纯，你干什么？！”陈云山怒道。

他正要上前，可很快就脚步一顿，目露挣扎之色。

就在这时，一个星河院修士双眼赤红，大吼一声，一把从背后抱住陈云山。

“李师妹，我终于找到你了！”

“我在飞……我要飞了……”

“这是什么地方？不要过来！啊啊……”

“哈哈，我终于修炼到了天人境，从此之后，我就天下无敌了！”

眨眼间，星河院的十几人中，除了几个结丹修士还在挣扎，筑基修士全都像疯了一样。

有的展开双臂飞来飞去，有的带着诡异的笑容趴在地上，不断扭动，还有的惊恐地看着四周，不断惨叫。

第 359 章

仗势欺人

看到这一幕，四周的逆河宗弟子感觉白小纯就像神人一般。

尤其是血溪一脉的弟子，不少人差点流下眼泪，显然是回想起了曾经的自己。灵溪一脉的弟子也感同身受。

至于玄溪一脉，不少人也曾在战场上被白小纯的那群跟随者这样教训过……

而丹溪一脉的弟子眼睛一亮，他们听说过白小纯的事情，那一件件炼丹之事如同神话，此刻，他们目睹这一切，心中更为狂热。

此刻，极河院与道河院的修士神色惊慌，失声惊呼，他们快速散开，生怕沾上一丝黑烟，这诡异的一幕令他们心中掀起大浪。

“这……这是怎么回事？！”

“天啊，这是什么丹药？居然如此恐怖！”

“世间居然有这种丹药，就连结丹修士……也无法抵挡，这丹药太恐怖了！”

这两宗弟子看向白小纯时，前所未有的恐惧，思虑越深，他们越是觉得恐怖，继而对白小纯产生了强烈的忌惮。

白小纯干咳一声，向着极河院、道河院修士一摊手，同时耸了耸肩。

“你们看到了，是他们逼我的。我都说了，我一生气，连我自己都害怕，可他们不听，还欺负我！”白小纯故作委屈地道。

随后，他似乎又想起了什么，看向极河院、道河院的结丹修士：“对了，刚才你们想说什么来着？”

两宗修士顿时身体一颤，那些筑基修士再次后退几步，远离结丹修士。

而极河院、道河院的结丹修士心里咯噔一下，其中两人看了看发疯的星河院修士，连忙开口。

“没什么，我想说的是，白道友果然名不虚传，实乃人中龙凤！”

“是的是的，以后大家都在中游修真界，还要多多亲近才是。”

白小纯闻言哈哈一笑，极为得意，他正要吹嘘几句，忽然，大殿内传出一声冷哼。

这声冷哼如同天雷，轰鸣八方。与此同时，一道身影急速飞出。

这是一位老者，他一头赤发，目光如电，在每一个星河院修士身上都拍了一下。

顿时，这些失控的弟子身体一震，齐齐呕吐起来。好半晌，他们才回过神来，可身体显然极为虚弱。他们再次看向白小纯时，目中带着茫然，更有深深的恐惧。

陈云山身体颤抖，他死死地盯着白小纯，在心底发誓，日后一定要找白小纯报仇！

赤发老者解救了所有弟子之后，冷眼看了看白小纯。

白小纯被赤发老者一瞪，心想对方修为高深，自己身份这么尊贵，万万不能与其对望，不然太失颜面了，于是他一脸无辜地低头踢弄着脚下的石头。

赤发老者冷哼一声，没有说话，而是面色阴沉地走向大殿。

白小纯赶紧抬头，凶狠地瞪了过去。

赤发老者走入大殿后，白小纯看了看四周的人，正琢磨着要不要进入大殿，大殿内传来寒宗的声音。

“小纯，不要胡闹了，进来。”

白小纯立刻昂首挺胸，深吸一口气，神色肃然地迈步走向大殿。

三宗弟子都看着白小纯，心中情绪复杂，他们已没有心思继续找逆河宗弟子的麻烦了，一个个灰头土脸，极为郁闷。

白小纯刚走入大殿，就听到了赤发老者的声音。

“逆河宗不是空河院，空河院的份额没有道理被逆河宗继承！”

白小纯目光一扫，看到寒宗、风神子和赤魂三位老祖都在大殿内，正面色阴沉地坐在上首，两侧坐着七八个修士。

这些修士毫无例外，都拥有元婴修为，每个人身上都散发出恐怖的气息。

“没错，份额只有那么多，宗门要发展，自然是强的更强，弱的更弱，怨不得旁人。”

白小纯进入大殿，引来了星河院、道河院、极河院元婴修士的目光，可他们也只是扫了白小纯一眼，没太注意，唯独那赤发老者目露凶光。

白小纯装作没看到，肃然上前，站在了寒宗身边。

“我逆河宗取代了空河院，自然也应继承空河院的份额！”寒宗咬牙开口，语气生硬，带着怒意。

“寒兄，这是我中游修真界的规矩，可不是针对你们逆河宗。”

白小纯安静地听着这些元婴修士的交谈，渐渐地，他也听出了这一次三宗到来的缘由。

中游存在一处秘境，每甲子开启一次。秘境内储存了大量灵植，甚至有万年灵草，有些在外界近乎灭绝，其中，有几种灵草是炼制天人丹的关键。

天人丹可以辅助元婴修士，提高他们冲击凡品天人的成功率，对于宗门而言，价值之大，难以形容。

所以，每次都是星空道极宗去秘境统一收割灵草，拿走一半后，将剩余的一半分配给四大宗门。

而秘境的入口是一处印记传承之地，那是星空道极宗所布置的，用于封印秘境。

同时，修士若能吸收一定的传承印记，就能感悟出星空道极宗的术法神通，这也算是星空道极宗挑选弟子的一种方式。

至于分配方案，星空道极宗也定下了规则。每次在秘境开启前，四大宗门都会安排弟子前往入口，获取传承印记。

传承之地每一次开启，都会形成一百枚印记，星空道极宗会根据各宗弟子获得印记的数量来划分秘境资源。

而如今距离上一次秘境开启只过去了数十年，上一次，空河院排在第二位，拿走了三成的资源。

这些资源现在全都存在逆河宗的宝库内，是逆河宗几位老祖晋升天人境的关键。

而眼下，三宗到来，欲重新分配资源，让逆河宗把那些资源吐出来，即便不够，也要拿出等量之物！

“之前的那些资源是空河院的，不是你逆河宗的。你逆河宗想要获取资源，需自己争夺！”

星河院的赤发老者盯着寒宗，再次开口，声音严厉。

白小纯的思绪被打断，他皱起眉头，看着其他三宗的元婴修士，心中已然明白。

道河院最强，应该是上一次的第一，所以，对道河院而言，此事无所谓，故而他们来此后，几乎没有开口。

而极河院话也不多，唯独这星河院最急切，显然是想极力推动此事。据此推论，白小纯确定，上一次的最后一名必定是星河院。

星河院得了最后一名，所以不甘心，要来威逼逆河宗。而且，星河院极有可能对另外两宗许诺了好处，这才有了此次商谈。

说白了，这三大宗门就是欺负较弱的逆河宗，想要瓜分属于逆河宗的那部分资源！

寒宗等三位老祖始终压着怒意，他们彼此看了看，赤魂老祖正要开口，可道河院的一位白袍老者缓缓睁开双眼，淡淡开口。

“好了，此事就这么定了，毕竟我等已与上宗沟通，上宗也同意这个办法。秘境虽固定每甲子开启一次，可是，若我三宗联手，可以提前打开入口的传承之地！寒道友，你看如何？”白袍老者看向寒宗。

寒宗沉默，深吸一口气。他明白，此事由不得自己不同意。如今三宗联手压制逆河宗，若自己不同意此事，怕是后面的琐事更多。而且，上宗既然已经首肯，逆河宗……也没有拒绝的资格。

“天人……只要我逆河宗出现了天人强者，一切都将不同！”寒宗咬牙，忍了下来，木然点头。

“很好，既然如此，老夫就不在这里打扰了。一个月后，我们秘境见！”

白袍老者微微一笑，起身向外走去。

极河院的元婴真人冰冷地笑了笑，同样走出大殿。

星河院的赤发老者临走时脚步一顿，回头看了寒宗一眼，随意地说了一句。

“对了，方才忘了说，修士想进入秘境入口的传承之地是有条件限制的，只有在甲子岁月内结丹者才有资格。”

此话一出，寒宗三人的面色顿时沉了下来。

第 360 章

去去去，我去

寒宗、风神子和赤魂老祖全都阴沉着脸，赤发老者笑了笑，目中带着一丝得意和轻蔑，甩袖离去。

轰鸣间，大殿外的三宗修士各自飞上飞行法器，嚣张地呼啸而去，掀起阵阵风暴。

“该死！”赤魂瞪着眼，咬牙怒道。

“原来重点在这里……只怪我们不了解中游修真界，不知道这个规则……”风神子皱起眉头，目光黯淡了些。

“在甲子岁月内结丹……中游修真界有浓郁的天地之力，有海量资源，此事对他们来说也不是不可能，但对下游修真界而言太难太难……”寒宗苦笑，似乎想起了什么，侧头看向白小纯。

很快，风神子与赤魂的目光也落在了白小纯身上。

白小纯被三人看得有些发毛，下意识地后退几步：“那个，三位老祖，我……”

“小纯，都怪我们逆河宗太弱了，被人如此欺凌！”

“是啊，小纯，整个逆河宗内，在甲子岁月里结丹的修士，算来算去，只有你一个人啊……”

“葬儿，你是宗门少祖，身上背负着责任。此事关乎宗门的发展，至关重要！”

寒宗等三人言辞不同、神色不同，可目光中的殷切一模一样。

“我……”

白小纯口干舌燥，有些蒙了。原本他听得好好的，心底也很愤怒，可不知怎么回事，这三个老头竟突然看向自己。尤其是听到他们说的那些话，白小纯就心里哆嗦起来。

他内心哀号，整个宗门就自己一个人符合条件，那么，这一次，别的宗门或许会派出十几个修士去传承之地，而逆河宗只有自己一个。

白小纯一想到那个画面就害怕，尤其是方才他还那么嚣张地教训了星河院的人，震慑了极河院和道河院。

“那个……老祖，我……其实我隐瞒了年纪，对……”白小纯结结巴巴地说到这里，神色突然变得严肃起来，他目中带着苦涩，沉声继续开口。

“事到如今，身为宗门少祖的我不能再隐瞒下去了，其实……我上山那年不是十几岁，那个时候，我已经快四十了！

“只不过我长得显小，所以才隐瞒了年龄，这是我的不对。现在，我一定要和你们说实话，绝对不能耽误宗门的大事啊！”

白小纯充满悔意地开口，摆出一副道出了莫大的秘密的样子。说着说着，他抱拳深深一拜。

“老祖，我心里难受，一想到我对宗门隐瞒年纪，我就难过，我要去闭关……”

说着，白小纯就要跑出大殿。

赤魂皱起眉头，风神子也有些焦急，两人正要开口，寒宗突然使了个眼色，苦涩地道。

“小纯，你要是不想去就不要去了。”

白小纯脚步没停，直奔大门。

“谁让我们逆河宗太弱了呢？一个在甲子岁月内结丹的修士都拿不出来，注定要被其他三宗欺凌，怕是无法在中游站稳脚跟了。”寒宗继续道。

白小纯听到这里，脚步缓了一些，内心纠结。

“不过没事，你才是最重要的。小纯，宗门就是你的家，我们就是你的亲人，我们不会强迫你的。哪怕我们受到了欺凌，也会保护你，保护所有弟子！”寒宗激动起来。

此刻，白小纯已到大门旁，他看着天地，心中的纠结更甚。

“这一次，我们逆河宗放弃好了。风神子、赤魂，你们不要劝我，就这么决定了！”

寒宗似乎瞬间苍老了一些，声音里带着疲惫。

白小纯整个人都不好了，他看着外面的天空，呼吸停滞了几息。

“什么，风神子，你说什么？不行，绝对不能让小纯一个人去。我们知道自己输定了，只是希望能保留些颜面，不要输得那么惨……啊？我知道，我知道小纯说过宗门在他就在，我知道我们对他很好，我都知道，你不要再说了！

“赤魂，你也不用给我传音了，我意已决。我知道，小纯有至宝护身，又是天道结丹修为，还有强韧的肉身，想要让他死，除非是元婴修士出手，否则太难。而且，星空道极宗下过法旨，争夺传承印记的修士不能杀死对手，毕竟这场争夺也算是星空道极宗挑选弟子的途径。可是，小纯是我们的少祖，我们不能让他冒一丝一毫风险！”寒宗大声道。

听到这些，白小纯狠狠一咬牙，猛地转身，望着三位老祖，欲哭无泪地悲呼一声。

“我去！我去还不行吗？别说了……”

此话一出，寒宗猛地站起身，一步走到白小纯身边，激动地拍着白小纯的肩膀。

“好孩子，就这么定了！这是玉简，有关传承之地的信息都在里面，你仔细研究一下……然后做好准备，一个月后，老夫三人亲自送你过去！”寒宗快速开口，说完一闪身，急速离去。

风神子与赤魂赞赏地看了白小纯一眼后，仿佛生怕白小纯反悔，眨眼间就瞬移而去……

白小纯傻眼了，呆呆地看着空空的大殿。他抬起手，想要抓住些什么，最终抓了一把自己的头发，哀号起来。

“老奸巨猾，老谋深算！说什么不知道规则，分明就知道，在让我来之前就已经挖好坑了……我……我……”

白小纯哭丧着脸，觉得自己还是太单纯了。他郁闷地走出大殿，在他眼里，天空都变得晦暗起来。

白小纯拖着沉重的身体回到洞府，再次悲呼。一想到自己要面对其他三宗那么多人，他就觉得孤零零的。

“就我一个……不对，还有铁蛋，铁蛋也符合要求！可是，就算加上铁蛋，人数还是不够啊……怎么办？他们要是欺负我怎么办……”

白小纯发愁，垂头丧气地拿起玉简看了看后，对于传承之地的了解更深了。

玉简上的信息很详细：传承印记一共有一百枚，上一次，空河院派出了十三个符合要求的弟子，获得了三十枚印记。虽然没人感悟出印记内的传承功法，但他们还是为空河院赢得了三成资源，而星河院只拿到了一成资源，排在了最后。

而且，分配资源和进入传承之地的规矩是星空道极宗定下的，无人可以更改。

白小纯再次叹气，直至几天后，他才勉强接受了这个事实。

“哼，不就是去抢夺传承印记嘛，去去去，我去！”

白小纯双眼赤红，一想到其他宗门人多，他就没有安全感，于是去换取了大量符箓。

他换取这些符箓并没有花费贡献点，全都是赊欠的。

白小纯拿着这些符箓，想了想，去了法宝阁，又赊了不少法宝回来。

最后，白小纯准备了很多件铠甲、皮衣，还想起了当年的大黑锅。他在山门搜刮一番，终于找到了一口以非凡之铁炼制的大锅。

随后，白小纯一咬牙，向老祖索要多色火，将自己的所有物品都炼灵了五次，包括那口大黑锅。

仅仅在这数天内，他就耗费了不少资源，这才觉得安心了些。之后，他又去玄溪一脉索要阵法，去血溪一脉索要灵血，最后又去了丹溪一脉索要灵药。

白小纯这么走了一圈下来，已经过去了半个月。

在余下的半个月里，白小纯发狠地修行，在他的努力下，修为虽然没有突破，但是精进了不少。

尤其是不死筋，他左脚拇指的不死筋完全炼成了，每次拇指一用力，他就能感受到一股恐怖的爆发力，而每一次他的鞋都会被这股力量冲破。

为此，白小纯准备了很多鞋……都是左脚的。

终于，这一天到来了。

清晨，白小纯背着大黑锅，穿着数层皮衣、铠甲，身上还贴着无数符箓，带着一丝悲壮，走向逆河山山顶。

铁蛋跟在他后面，同样穿着铠甲，身上贴满符箓，一脸凶残之色……

第 361 章

只有一个吗

随着白小纯一步步登上逆河山，宗门内很多弟子也出现了，遥遥望着白小纯。

他们已经知道一个月前中游其他三宗来此的目的，心中愤愤的同时，也明白这一次白小纯是代表逆河宗去参与秘境之争！

他们一想到整个宗门内符合要求的弟子居然只有白小纯一人，心中就焦虑不安。

对于中游修真界而言，逆河宗是外来者，是陌生的。同样，这片修真界对逆河宗而言也是陌生的。

逆河宗没有天人强者，身处这陌生的环境中，逆河宗看似风光，实际上没有根基，岌岌可危，随时都可能被取而代之。

不仅老祖缺乏安全感，所有弟子都是如此。好在逆河宗有血祖之身，有那棵空榕邪树，还有曾震慑住其他三大宗门的真灵女婴。不过，这一切也只是让逆河宗勉强站稳脚跟而已。

这些事情，白小纯都明白，所以，哪怕他觉得对手太过凶残，不愿参与争夺，最后还是同意了。尽管他有些紧张，可依旧咬着牙，带着铁蛋，向着山顶慢慢靠近。

寒宗、风神子以及赤魂三位元婴后期真人，正在那里等待白小纯，他们要与白小纯一起去中游修真界的秘境之地。

此刻，逆河宗所有人都沉默不语，他们的目光聚集在逆河山上，聚集在白小纯的身上。

鬼牙也走出了洞府，他望着白小纯，神情有些恍惚，依稀想起了当年在灵溪宗自己与白小纯的那场斗法。

那是他第一次在与同辈的斗法中落败，他看似面无表情，可实际上很不甘心，从那之后，他一直想要超越白小纯。

只是……不知从什么时候开始，他猛然发现，白小纯的脚步太快了，已经将自己远远地甩在后面。

宋缺也走了出来，他呼吸急促，站在血溪一脉的山峰上，握紧了拳头。

他想起了陨剑深渊，想起了天道筑基，想起了太多太多，他的目中流露出强烈的不甘。

“我一定能超越你！”

此刻，血溪一脉的众多天骄心情都不平静，一方面为宗门担忧，另一方面，那种生生被白小纯比下去，甚至连去秘境的资格都没有的挫败感深深地刺激了他们。

周心琪呼吸急促，九岛的双眼出现了血丝，神算子、贾烈等人心里也不是滋味，还有曾经备受瞩目，如今修为却停滞不前的吕天磊。

现在，他大多时候都沉默不语，不愿出现在人前，但眼下，他还是走出了洞府，怔怔地看着逆河山上的白小纯。

陈曼瑶也是如此，还有公孙婉儿，她神色如常，嘴角始终带着笑。与这些人相比，心中最复杂，甚至带着一丝疯狂的……是上官天佑！

身姿挺拔，相貌俊朗的上官天佑不愿看到白小纯，所以没有走出来，哪怕没有看到白小纯的身影，他的心依旧如被毒蛇噬咬，那种滋味，难以形容。

他双眼带着血丝，深吸一口气后，死死地握住了拳头。

“不过是没有爹娘教育的人而已，我上官天佑一定可以将你踩在脚下！”

有嫉妒的，也有祝福的，张大胖、侯云飞、许宝财、黑三胖、李青候……还有现在站在一起的侯小妹与宋君婉，他们在祝福白小纯的同时，也有担忧。

在众人的注视下，白小纯心情沉重，与铁蛋一起慢慢走到逆河山山顶，来到铁蛋之前结丹的祭坛之上。

风神子三老已在这里等候，白小纯一出现，三老齐齐看去，看到白小纯的装备后，三老都愣了一下，面面相觑，寒宗低咳一声，没有多说，抬起右手，猛地一挥。

一道银光立刻从苍穹射出，正是天角剑，此剑蓦然膨胀，银纹闪耀，竟在眨眼间，成了千丈大剑！

“小纯，我们走！”

寒宗开口，一闪身，直奔天角剑而去。

赤魂与风神子几乎同时走出，三人不分先后，全部出现在天角剑上。

白小纯狠狠一咬牙，一样飞起。

铁蛋在后咆哮，跟着白小纯一同飞出。

它的目中带着期待，这是它第一次与白小纯一起外出试炼，对它而言，只要白小纯在身边，这片世界就不是灰色的。

“走！”

寒宗声如春雷，向着四方炸开，天角剑银光刺目，唰的一声，向着远方急速而去，眨眼间就消失无影。

随着白小纯离去，九岛、宋缺、鬼牙等天骄回到了各自的洞府内，他们内心坚毅，全部闭关，暗暗发誓，一定要缩短结丹的时间！

就连张大胖也咬牙开始了闭关。

整个宗门，与白小纯一辈的人皆是如此。

中游修真界，范围极大，难以用洲来划分，只能用域来概括，逆河宗所在的范围，原本被称为空域，眼下已改名为逆域。

而秘境所在之地距离逆域较远，属于道域范围，靠近一片看不到边际的沙漠，那里远离通天河，天地灵气稀薄。

可在这天地灵气稀薄的地方，存在秘境，不得不说，这或许是一种造化。

在这片沙漠上，有一座庙宇，庙宇不大，看起来很沧桑，似乎存在了悠久的岁月，此庙正是传承印记之地的入口，而传承印记之地，又是秘境的入口！

庙宇四周摆放着上百块足有百丈高的巨石。

这些巨石样子各异，看似错乱地放在四周，实际上每一块巨石摆放的位置都有规律，蕴含着天地变化，这是一种强悍的阵法。

这种阵法散出的波动，哪怕是元婴修士也十分心惊，能布置出这种阵法的，怕是唯有天人境的强者。

此刻，巨石阵法四周坐着星河院以及极河院的人，他们正各自打坐，每一宗竟有二十多人，其中大半人的年纪都在一甲子以下，有男有女，一个个看似平静，却仍能感觉到属于结丹天骄的自傲与矜持。

难怪他们如此，他们甚至不需要主动展示，旁人只要看一眼，就可以看出他们与寻常修士的不同。

这些人都是两宗这些年耗费极多的资源专门培养出的弟子，陈云山赫然在列。

两宗修士盘膝打坐，泾渭分明，彼此的气息不一样，远远一看，星河院众人四周，虚无扭曲，似有无数星辰闪耀，散发出阵阵浩渺之意。

相比于星河院的那种浩渺，极河院内的天骄则充满煞气，看人的时候，就像可以穿透对方的身体。这种煞气与锐利，使得极河院所在的范围被淡淡的黑气笼罩，似在半空中凝聚出了一尊魔神之影。

仅这种气势就不是下游修真界的宗门能具备的，由此可见……中游四大宗门名不虚传！

突然，两宗修士陆续抬头，看向天空，他们居然能提前察觉到天空的波动……

在他们抬头的瞬间，远处的苍穹上银光闪耀，天角剑破空而来，呼啸间直奔此地。

借助天角剑十次炼灵之力，逆河宗在气势上不遑多让，眨眼间，就临近巨石阵法，随着靠近，星河院与极河院的修士也看清了天角剑上孤零零的几个身影。

他们忽略了赤魂三人，目光就直接落在了白小纯身上。

“只有一个？”

两宗内不知是谁开口，带着嘲讽，更有诧异。

第 362 章

传承开启

这声音出现后，星河院与极河院的很多修士都笑了笑，遥遥地看了眼天角剑上的人，便收回目光，不再注意逆河宗，心底有些不屑。

像这种划分资源的事情，因为需要配合，所以人数极为重要，而逆河宗只有一个人具备资格，那么结果基本上就没有悬念了，这一次，逆河宗要是能拿到百分之一，也算走运了。

尤其是星河院的修士，他们知道这一次资源划分的原因，此刻更是无比轻松，尽管看向逆河宗时，没有完全表现出轻蔑之意，可在心底，都已无视逆河宗。

唯独陈云山的目中带着杀意，一个月前的一幕，让他这一个月都如同活在噩梦中，甚至因此受到了责罚。回到宗门后，他还被人嘲笑了一番，使得他心中的怨气越来越重。

“可惜在这里不允许杀人，否则的话，一定要让他有去无回！”陈云山盯着白小纯，内心暗道。

而极河院的众人也收回目光，对逆河宗彻底没了兴趣，对于他们来说，这只是宗门的一次任务而已，每一个参与的人都会获得一份赏赐，而逆河宗居然只有一个人，真是不值得引起他们的重视。

就在两宗修士轻视时，轰的一声，天角剑从苍穹之上呼啸而来，飘浮在半空中，赤魂三人带着白小纯与铁蛋，走下天角剑。

白小纯呼吸急促，睁大眼，呆呆地看着星河院与极河院的修士，他只一扫，就看出两方都有近二十个结丹修士，而且明显个个不俗，甚至有那么几个，给白小纯一种强烈的危机感，他顿时内心一颤。

“怎么……怎么这么多人……”

白小纯愁眉苦脸，一想到自己要与四十多人争夺传承印记，他就觉得承受不住。

赤魂三人也皱起眉头，目光扫过星河院与极河院时，这两宗带队的元婴修士依旧在盘膝打坐，只是相互看了眼，淡淡一笑，没有要来寒暄的意思。

与这两宗比较，逆河宗看起来，势单力薄。

“原来逆河宗具备资格的，不止一个人，加上这只兽，算一个半吧。”陈云山忽然开口，笑声传出，引起身边同门一阵哄笑。

“何止是一个半，这是谁啊？身上贴着那么多符箓，居然还背着一口大黑锅！”

哄笑之声更多，这些星河院的修士开始嘲讽白小纯的装扮。

一旁的极河院修士也看向白小纯与铁蛋，还有几人，目露贪婪之意，显然看出了铁蛋的不俗。

铁蛋被这么多结丹修士盯着，有些不安，它身上也穿着铠甲，贴着符箓，遮盖住了因那些人不怀好意的目光而竖起的鳞片，脚下燃起紫色火焰，口中发出阵阵低吼。

白小纯原本有些忐忑，此刻，听到陈云山的话，又看到众人的目光，感受到铁蛋的不安，顿时生气了。

可生气也没办法，与这两个宗门相比，逆河宗的确是……太弱了。

赤魂三人也沉默下来，他们有些后悔让白小纯参与了。之前之所以想让白小纯去争夺传承印记，是因为他们觉得以白小纯的修为，再加上那些至宝，就算得不到传承印记，别人想要害他性命，也极难。

而最主要的是星空道极宗对于争夺传承印记，是有规则的，不允许有人死亡，此事也符合四宗的利益，毕竟他们也不希望自己宗门的天骄死在这里。

所以，赤魂三人才想白小纯来此地，就算一无所获，也可以熟悉一下同辈天骄，获得一些宝贵的经验。

可眼下，想到白小纯一个人要与数十人争夺，看到他那孤零零的身影，寒宗三人就有些迟疑。

就在三人迟疑时，忽然，远处的苍穹上，雷霆轰鸣，很快，一艘巨大的银色战舟直接破开虚无，瞬间出现！

随着战舟出现，无数闪电向着四周轰隆隆扩散，撕裂云层，使得战舟出现在众人上方。

正是……中游四大宗门内最强的道河院！

在战舟出现的刹那，一道道身影以极快的速度从战舟上飞出，直奔大地，足有四十多人……

这些修士都气质出尘，每一个的修为波动都极为惊人。他们竟全都是结丹修士！

中游宗门的势力范围比下游宗门的势力范围大，他们有更多的资源，这使得他们的天骄比下游多太多，两者根本就无法比较。

随着这四十多个结丹修士的出现，一股强悍的威压随之爆发，最后一个从战舟内走出的，正是当日在逆河山大殿内一锤定音的白袍老者。

这老者扫过四周，注意到逆河宗只有白小纯一个人，似乎并不意外，只是淡淡一笑。

“有请上宗使者，关注四宗争夺传承印记！”

此话一出，天空之上，云雾突然重新聚集，风起云涌间，这些云雾居然形成了一只巨大的竖着的眼睛！

随着竖目的出现，星河院、极河院的修士全部起身，向着竖目抱拳一拜，道河院一样如此，寒宗三人深吸一口气，同样抱拳。

“争夺传承印记，规则与以往一样，不允许……有人死亡。杀人者，形神俱灭！”

竖目内传出嗡嗡的声音，巨石大阵内的庙宇立刻爆发出五彩光芒，随着光芒扩散，巨石大阵猛地震动，其内传出的威压骤然减小，使得修士可以踏入其内。

“开启！”

随着声音传出，道河院那四十多人，一个个速度飞快，化作一道道长虹，踏入巨石阵法内，直奔中心的庙宇而去。

眨眼间，星河院与极河院的弟子也纷纷飞出。白小纯狠狠一咬牙，带着铁蛋，冲了过去。

他呼吸急促，脑海里浮现出传承印记的信息，他知道，进入庙宇后，自己会被传送到一个特殊的区域内。

在那个区域，正中间的位置有一座如山一样大小的印记之峰，在山峰四周的很大一片范围有不可思议的阵法，使人无法靠近。

而传承印记，就在山峰内，一共一百枚。传承印记会陆续从山峰飞出，向着四周而去，被人争夺，然后吸收。

传承印记最终融合后，争夺之人获得的功法也将不同！

白小纯带着铁蛋踏入了巨石阵。

他性格谨慎，并没有冲得很快，而是保持一定的速度，直至来到巨石阵的中心位置，庙宇前方，他才停下来。

其他三宗的弟子，早就踏入庙宇中，消失了。

白小纯深吸一口气，看了铁蛋一眼。

"铁蛋，记得跟紧我，这里坏人多。"

白小纯说完，铁蛋吼了一声，点了点头，白小纯又整理了一下自身的衣衫与背着的大黑锅，这才狠狠一咬牙，踏入庙宇。

在白小纯与铁蛋踏入庙宇的瞬间，庙宇光芒消失，巨石阵法轰鸣，威压变强，使得外人无法靠近，与此同时，随着巨石阵法的运转，半空中出现了一道光幕。

光幕上分别显露出了四宗的名字，名字的后面更有暗淡的光斑若隐若现。

赤魂三人看去，立刻就明白了，这四道暗淡的光斑，代表的是四宗弟子在传承之地内，获得的印记数量。

获得的印记越多，光斑越明亮，之后甚至会形成光柱……

四宗收获多少，一眼可见，清晰明了！

此刻的巨石阵外，包括赤魂三人，各宗的元婴修士，加在一起有十几人，星河院的赤发老者正与极河院的元婴修士笑谈，时而看向道河院的道友，显得十分客气。

"这一次必定还是道河院第一，这第二的名头，我星河院怕是比不过欧阳兄的极河院，不过我们的目标也不高，第三就可以了。"

赤发老者哈哈一笑。

"周兄过虑了，第二第三之争，还是未知。"

被赤发老者称为欧阳兄的极河院修士，是一个中年男子，他淡淡一笑，话虽如此，但神色极为自信。

三宗修士彼此谈笑，唯独对逆河宗的风神子三人视若无睹。

风神子三人面色难看，沉默不语。

第 363 章

我拿到一枚就行

传承之地，天昏地暗！

整个苍穹看起来是灰色的，与黑色的大地配在一起，衬托出整个世界的暗淡。突然，一道道明亮的光芒亮起。

每一道光芒内都有一个修士的身影，随着光芒逐渐变亮，这昏暗的世界竟被映照得一片通明。

借着光芒，可以看到这片世界并不大，在其中心位置，赫然有一座直插云层的山，这山非常高，任何人抬头去看，都会有种自身渺小，如同蝼蚁之感。

山的表层有一枚又一枚印记，这些印记原本与山的颜色一致，肉眼看不出来，可随着众人的降临，这些印记似乎被激活了，发出了明暗不定的光晕。

仔细一看，山上的印记……不多不少正好一百！

此山，正是印记之山！

传承之地逐渐被照亮的时候，白小纯的身影从其中一道光芒中显露出来。

铁蛋跟在他身边，白小纯身上贴着的大量符箓瞬间生效，使得他整个人看起来五光十色的。

他还帮铁蛋开启了符箓之力，使得铁蛋成了发光的凶兽。

这一人一兽，在这片世界里立刻显得很打眼，引来大半降临者的目光，看到了白小纯与铁蛋的样子后，他们丝毫不掩饰耻笑讥讽之意。

白小纯本就紧张，此刻被众人这么一看，顿时倒吸一口凉气，心底发寒。

“这里有危险，有杀气！”白小纯一把抓住铁蛋，警惕地看着四周，察觉其他人只是投来了目光后，他心底松了口气，眼睛一瞪，立刻瞪了回去。

“比眼神，我白小纯这辈子还没怕过谁，铁蛋，来，和我一起瞪他们，让他们知道我们爷俩的厉害！”

白小纯目中带着凶残，一旁的铁蛋闻言也立刻瞪起眼睛，白小纯瞪谁，它就瞪谁。

不远处，一道降临的光芒里，星河院的一个结丹青年，因距离较近，被白小纯身上的光芒晃了一下眼睛，仔细看了一下后，顿时讥笑起来。

“逆河宗的少祖，你是把你们逆河宗所有的符箓，都带来了吧，够不够？要不要我再送你几张？”

“行啊，你送我几张吧。”

白小纯听到这句话，转头凶狠地看过去。

那星河院的青年更加看不起白小纯了，冷笑几声，没有理会白小纯，直奔远处的印记之山。

不仅他如此，眼下降临在传承之地的三宗弟子，全都化作长虹，直奔印记之山，有一些距离近的，没有飞行，而是在地面飞奔。

白小纯没有轻举妄动，而是在远处先观察一番，发现所有人在距离印记之山还有万丈的时候，就不再飞行，而是从地面迅速靠近，直至距离印记之山只剩五千丈的时候，才纷纷停下脚步。

三宗的人在三个不同的方向站着，一个个神色警惕。突然，印记之山发出轰鸣，一道道天雷出现，更有狂风呼啸。

那天雷足有水桶粗细，因蕴含的力量太强，竟随着狂风，化作了一条条黑色的风龙，在以印记之山为中心的五千丈范围内肆虐。

一眼看去，都可以感受到这风龙的强悍。

更有大量术法被施展出来，时而化作巨手，时而形成冰刃，更有火焰滔天而起，甚至隐隐地可以看到不少虚幻的身影，如同鬼魂一般，在印记之山周围五千丈的范围内徘徊，发出凄厉之音。

地面上有一根根刺会突然使劲刺出来，空中还有一道道裂缝，随机出现，吞噬一切。

那片区域可以说是步步危机，别说是结丹修士，就算是元婴真人，想要通过那片区域，也存在极大的凶险。

尤其是在看到一个极河院的修士，召唤出的一个傀儡在进入那片区域的瞬间，就被一道天雷轰得灰飞烟灭后，白小纯面色苍白，猛地吸了一口气。

“玉简上说印记之山四周很危险，可没说这么危险啊，那傀儡的实力堪比结丹修士，居然被一道天雷劈没了！”

白小纯身体一颤，站在远处踌躇起来。

其他三宗弟子在尝试让别的东西进入那片区域，测试那片区域的术法强度之后，也纷纷倒吸一口凉气。

“因为现在并非开启之时，所以此地的禁制之力比以往强不少……”

“以往会有上宗使者来压制一下……”

三宗弟子各自商讨之后，更为团结，分别靠拢在一起后，从三个方向，慢慢踏入那片区域，一旦遇到危险，立刻集合众人之力与之对抗。

一时之间，巨响轰隆，大地都在震动，天空更是风云卷动，苍穹色变。

白小纯犹豫了一炷香时间，印记之山上，一百枚印记中的一个突然发出璀璨之光，从印记之山上飞出，在那片区域内飞速盘旋。

在印记脱离山峰，盘旋在空中的瞬间，三宗之人纷纷呼吸一窒，目不转睛地盯着印记，等那印记盘旋了几圈，越来越靠外时，立刻使出手段，试图捕捉印记。

星河院的修士运转灵力，使灵力冲天而起，化作一条巨大的星光彩带。

这彩带足有千丈长，快速卷向印记，眼看印记就要被彩带卷到，就在这时，极河院的人全部大吼一声，身上的魔气轰然爆发，形成了一张巨大的面孔，如同飞颅，咆哮而出，向着印记吞噬而去，与星河院抢夺印记。

与此同时，道河院的人彼此看了看后，都深吸一口气，瞬间，他们身上散发出某种气息，这气息似乎具备某种规则。

轰鸣间，一个巨人赫然出现，向前迈出一步，身体跃起，竟抢在星河院与极河院的人之前，出现在印记旁，一把将其抓住！

在巨人抓住印记的瞬间，印记消失，再出现时，已经到了一个道河院修士的手背上，印记深深烙印其上，闪耀着耀眼的光芒。

“是我的！！”

这修士顿时狂喜，大笑起来，其他道河院的弟子都有些羡慕，而星河院与极河院的弟子，眼看印记被道河院夺走，虽然气馁，但是没有显露在脸上，甚至还微笑着恭喜对方。

白小纯在远处看到这一幕，呼出一口气，越发明白这里的规则，印记会从山上飞出，距离印记越近，获得印记的概率就越大。

“我拿到一枚就行！”

白小纯狠狠一咬牙，他对自己要求不高，只希望能拿到一枚，这样就可以出去交差了，虽然他想多获得一些，但是这里太危险了……

白小纯一咬牙，带着铁蛋直奔印记之山，接近后，他看着三宗修士，再次咬牙，与铁蛋一起，小心地走入那片区域。

刚进去，一条黑色风龙呼啸而来，白小纯心中立马升起一股强烈的危机感，他尖叫一声，赶紧避开，紧接着，又有天雷朝他劈来，白小纯欲哭无泪，连连退后，直至退出那片区域，也就是距离印记之山五千丈的地方，那恐怖的天雷才倒卷回去。

“怎么办……”白小纯哭丧着脸，不敢继续走近，他无奈地看向身边的铁蛋，铁蛋则呆呆地看着他……

第 364 章

欺负人啊

“这样不行啊。”

白小纯发愁，有心去印记之山的其他位置，可他利用通天法眼仔细一看，才发现其他位置看似可以前往，实际上更为凶险，三宗与自己所在的地方才是唯一的入口。

若是从其他位置进入，危险程度将翻倍，这也是三宗为何宁可凑在一起，也不愿散开，各自走近印记之山的原因。

此刻，他看着前方三宗的修士，依靠众人之力，正缓缓前行。

道河院最强，居然靠近了五百多丈，他们两侧，走出四百多丈的是极河院，哪怕是星河院，也走出了三百多丈。

只有白小纯一个人在外面，走不进去。

“以我个人的力量，无法在里面待太久，机会只有两三次……”

白小纯眼睛有些发红，他深吸一口气，从储物袋内取出全部符箓，贴在自己与铁蛋的身上，又取出不少防护法宝，这才低声对铁蛋开口：“一会儿等机会，一旦有机会，我先杀进去，拿到印记之后，立刻回来，如果出现意外，你赶紧来救我！”

铁蛋连忙点头，它也看出了那片区域的凶险，虽然因为第一次与白小纯一起外出有些兴奋，但更多的还是紧张。

白小纯屏住呼吸，站在那里，死死地盯着印记之山，慢慢等待，十几息后，突然，又有印记闪烁着明亮的光芒，呼啸而出。

印记先在三千丈内的地方徘徊了几圈，然后飞速飞向外面，三宗之人立刻出手，想要抢夺印记。

可这印记的速度太快了，刹那间就从三宗修士身边穿梭而过。

白小纯眼睛顿时直了，大吼一声，身上符箓全部开启，不死金刚身更是全面爆发。他直接施展了撼山撞，还担心速度不够，左脚狠狠一踩地面，轰的一声，他整个人就化作残影，冲入了那片区域。

眨眼间，白小纯就出现在那印记的旁边，正要一把将其抓住，就在这时，星河院的众人大吼一声，带着彩带，一下插进来，横在白小纯与印记之间，狠狠一震。

轰的一声，白小纯顿时被震退，而那彩带一卷，直接抢走了印记。

白小纯不甘心，可没有办法，只能赶紧返回，途中还是被一道天雷击中了身体，全身符箓粉碎了大半，这才逃回来。

“欺负人！！”

灰头土脸地回来后，白小纯发火了，可火气刚起，就有两枚印记同时闪耀光芒，急速飞出，一枚印记被极河院不惜代价夺取后，另一枚印记再次冲破了三宗的封锁。

白小纯眼睛都直了，再次冲了进去。

这一次，天雷轰鸣，火海焚烧，白小纯全身的符箓都在快速消耗，甚至连背后的大锅都裂开了。付出了这么大的代价，白小纯才靠近印记，眼看就要拿到了。

“滚开！”

一声冷哼从天空传来，随着声音的降临，有一股让白小纯心神震动的威压朝他逼近，那是一个虚幻的巨人，是道河院集合众人之力凝聚出来的。

这巨人只是一挥手，就爆发出了一股惊人之力，掀起一阵狂风，直接卷在白小纯身上，狂风的强度不弱于此地禁制术法的强度。

白小纯的肉身之力骤然爆发，试图与巨人对抗，他伸出了右手，向着印记抓去，眼看距离印记已不到三丈，瞬间就可抓住。

就在这时，巨人的右手蓦然抬起，一拳落下，掀起了更强的风暴，轰的一声，直接将白小纯横扫出去。

白小纯嘴角溢出鲜血，全身符箓崩溃，更有不少防护法宝都在巨人掀起的狂风中碎裂，而他的身体也在巨人的一拳风暴下，倒退着变得僵直起来。

毕竟，这巨人是集合众人之力，绝非白小纯一人可以对抗，他只能眼睁睁地看着那巨人大手一抓，轻而易举地将原本快要被白小纯拿到手的印记抓走。

一道道天雷朝着白小纯劈来，偏偏白小纯身体僵直，难以逃过。

“不自量力！”

巨人转头，轻蔑地看了白小纯一眼，转身一晃，回到了道河院众人上方。

眼看白小纯遭遇危机，铁蛋在外怒吼一声，不顾一切地冲进来，一把拽住白小纯，急速后退。

可在退后时，星河院的彩带出现，没有卷在白小纯身上，而是巧妙地荡了一下，使得铁蛋身体一顿。

两道天雷轰来，铁蛋承受了天雷之力，喷出了鲜血。

白小纯挣扎着，身体略微恢复后，一把抓住铁蛋，一人一兽，直奔外围。

“逆河宗既然没有获取印记的能力，就在外面乖乖站着，不要进来捣乱！”

极河院众人看着白小纯与铁蛋逃遁，冷哼出声。

“再进来抢夺，就算我们碍于规则，无法杀你，可若是这里的禁制之力一不小心把你灭了，谁也说不出什么。”

星河院内，一样有讥讽之声传出，说话之人正是陈云山。

陈云山如此开口，明显有暗示他人之意，用意歹毒，其心可诛！

白小纯不断退后，在又被一道雷电击在身上后，他喷出一口鲜血，这才退了回来，听着三宗修士的话语，看着三宗修士已走出五百丈，他的眼珠子立刻红了起来。

“欺人太甚！！”

白小纯怒了，尤其是看到铁蛋的伤势后，他更是呼呼喘着粗气，死死地盯着三宗修士。

“抢我印记也就罢了，还要在这里害我，连铁蛋都受伤了！这是你们逼我的！”

白小纯咬牙，眼睛通红。

此刻，他平复呼吸，赶紧给铁蛋喂下一些丹药，不断观察四周，半晌后，在道河院众人继续前行时，白小纯一闪身，竟带着铁蛋，去了他之前利用通天法眼观察，看起来如同绝路的地方。

与此同时，在传承之地外，巨石阵法的外围，四宗的元婴修士虽看不到传承之地的画面，但是能通过那四道光斑，来判断其宗门弟子的成就。

此刻，道河院的光斑最明亮，而星河院以及极河院的光斑也亮了起来，唯独逆河宗的光斑一直暗淡无光。

这光斑的明亮程度代表的是获得印记的多少，此刻，看到自身宗门的光斑最亮，道河院的元婴修士微微一笑，没觉得有多了不起，在他们看来，道河院取得第一，本就不是什么意外的事情。

“恭喜道友，这一次的第一看来又是你道河院了。”星河院的赤发老者哈哈一笑，向着道河院的元婴真人道喜。

“不过逆河宗的道友，这一次你们的成绩不行啊，远不如空河院。”

“当年的空河院，可是排在第二位，初期甚至与道河院不相伯仲。”

几人笑谈时，逆河宗的赤魂老祖三人，面色都很阴沉，彼此看了看后，都叹了口气，他们在来的路上就做好了准备，实际上，他们心底都已经放弃了，只期望白小纯能获得一枚印记便可。

“寒宗道友，不如我们打个赌如何？我赌你们逆河宗这一次获得的印记不超过两枚！”看到寒宗三人的面色后，星河院的赤发老者忽然开口。

此话一出，寒宗三人面色更加难看了，道河院与极河院之人，则纷纷看向逆河宗之人。

“赌注是什么？”风神子抬头，盯着赤发老者，一字一字地说道。

“老夫拿我星河院一枚能爆发出堪比天人一击的星陨石，赌你们逆河宗那艘最大的通天战舟！”星河院赤发老者，盯着寒宗，皮笑肉不笑地开口。

寒宗面色一变，风神子眼神冷厉，星陨石的确是星河院的灵宝，与通天战舟价值相当，可对于逆河宗而言，通天战舟更宝贵，赤发老者能说出这个赌注，必定早有准备！

第 365 章

那是什么

“两枚印记而已，逆河宗不会连这点信心都没有吧？”星河院赤发老者眯起双眼，阴冷地开口。

风神子沉默，赤魂老祖也不语，二人看向寒宗，一旦赢了，对逆河宗而言，这赌注有很大的作用，最起码一枚星陨石就可弥补这一次的损失。

只不过，一旦失败，就要送出通天战舟，会让逆河宗的战力下降。

通天战舟属于灵溪一脉，决定权在寒宗手中，而且还是寒宗了解白小纯多一些。

寒宗抬头看了看代表逆河宗的那道暗淡的光斑，沉默少顷，他想起了白小纯身上出现的一次又一次奇迹。赌赢了的话，将极大地提升逆河宗的信心与士气；至于输，在另外三宗面前，不敢赌就是认输。

赌注虽然很大，但实际上逆河宗输无可输。

“赌了！”寒宗狠狠一咬牙，蓦然开口。

星河院的赤发老者哈哈一笑，这一次，他早就给进入传承之地的弟子下了命令，他们除了要获得印记外，还有一个任务，就是阻止逆河宗，让逆河宗一枚印记也得不到！

“或许他可以凭运气获得一枚印记，两枚就不行了！”赤发老者内心冷笑，他更知道，这一次传承之地开启，因不是固定日期，故而印记之山四周的禁制之力更大，白小纯作为逆河宗的代表，孤身一人，根本就无法靠近印记之山。

道河院与极河院也关注了星河院和逆河宗的赌注，彼此看了看，都看出了星河院的打算。星河院这是要趁着逆河宗刚刚站稳脚跟，逼着逆河宗吐出吃下的空河院的资源，更要借机削弱逆河宗的实力，他们甚至可以想象，在之后的日子里，星河院就要逐步蚕食逆河宗，进而壮大自身！

毕竟，星河院与逆河宗是相邻的两个宗门！

曾经的星河院，被空河院压制得死死的，不说仰其鼻息而存，在很多事情上，还是要看空河院的脸色行事，而眼下，空河院灭亡，对星河院而言，如同走了一个强邻！

赌约达成时，传承之地内，道河院的众人已走出一千二百多丈，这几乎就是他们的极限了，再向前，不仅寸步难行，而且稍有不慎，就会灭亡。

极河院则走出了九百多丈，这对他们而言是极限。他们想的是，道河院无法吃下那么多印记，也没有那种实力，到时候，就该他们出手了，自身的印记绝对不会少。

星河院最弱，只走出了五百多丈，哪怕如此，他们依旧能获得一些印记，位列第三，足以瓜分逆河宗的资源。

此刻，陆陆续续出现了十枚印记。

此刻的白小纯正红着眼，带着铁蛋去了另一个方向，与三宗遥遥相望，距离虽远，但也能看清彼此的身影。

这里是他利用通天法眼看到的绝地，只靠近一些，他就感受到了，此地的禁制之力，远远超过三宗那边入口的禁制之力。

“铁蛋，变小，老爹我带你进去玩！”白小纯站在那里，看了眼三宗后，冷哼一声，凛然开口。

铁蛋一愣，眨了眨眼，身体一抖，不断缩小，到了最后，变作巴掌般大小，被白小纯放在怀中。白小纯深吸一口气，身体也抖了起来，发出咔咔之声。

不死长生功配合天道金丹之力，使得白小纯的身体开始收缩，很快，他整个人就小了一大圈，看起来仿佛一个孩童。

衣服都大了，白小纯索性一把扯下，右手突然抬起，向着地面一指。

黑芒一闪，龟纹锅……出现！

“这是你们逼我的，我本不想作弊！”

白小纯喃喃低语，觉得很委屈，他也不想暴露龟纹锅，可眼下没办法，他深吸一口气，整个人趴在地面上，将龟纹锅盖在身上。

这龟纹锅本就不小，再加上白小纯身体变小了，此刻被龟纹锅一罩，全身都被盖住了，远远一看，如同一只乌龟。

在化作乌龟的同时，他的储物袋内传出了兴奋的声音。

“哈哈，不愧是我的宠兽啊，小白你好样的，主人看好你。”这贱贱的声音，正是……小乌龟，砰的一声，它竟飞了出来，趴在白小纯的身后。

“你闭嘴！”

白小纯怒吼，不再理会小乌龟，而是顶着龟纹锅，向禁制之地，慢慢地爬了过去。

小乌龟大笑，跟在白小纯后面。远远望去，一大一小两只乌龟……正缓缓爬入禁制之地。

刚进去，天雷轰鸣，直接轰在白小纯的龟纹锅上，其威力比之前大了数倍，但此锅坚不可摧，任凭天雷如何轰击，白小纯在其内也只受一些震力而已。他皮糙肉厚，眼下全面施展不死长生功，配合天道金丹，这些震力对他并无大碍。

远处，三宗修士在争夺印记的同时，也察觉到了白小纯的异常，纷纷看去，只看到那一大一小两只乌龟……

“那是什么……”

“是乌龟壳！”

“逆河宗的人，居然这么有想法，哈哈，这白小纯不知从什么地方弄到的乌龟壳，以为这样就可以抵抗此地的禁制之力。”

“居然不是一只，看到了吗，他后面还有一只小乌龟，有意思。”

三宗修士纷纷哄笑，道河院的人越发看不起白小纯。

星河院之人的笑声最大，尤其是陈云山，竟然开始大肆嘲笑白小纯：“白小纯，你身为逆河宗少祖，为了得到印记，居然不惜变身乌龟。来来来，你若是给我磕个头，我可以考虑送你一枚印记，怎么样？”

听到三宗的嘲讽，白小纯愤然冷哼一声，心底暗道：你们给我等着！

黑风呼啸，火海阻挡，更有冰刃瞬间凝聚，不管这些术法如何厉害，都无法阻挡白小纯。

他顶着龟纹锅，竟渐渐爬出了上百丈。

三宗的嘲讽之声慢慢地弱了，不少人都睁大了眼，呆呆地看着那一大一小两只乌龟，更有一些人甚至倒吸一口凉气。

“那是……什么龟壳？”

“这……这怎么可能？白小纯进入的位置是绝地，那里的禁制之力比我们所在的地方大太多太多。”

“天雷落下，火焰焚烧，黑风呼啸，这龟壳居然毫发无损，啊……他加快速度了！！”

在阵阵惊呼声中，三宗修士发现白小纯似乎熟悉了四周的环境，习惯了爬行，速度居然快了起来。

二百丈、三百丈、四百丈……任凭天雷滚滚，术法轰鸣，白小纯都没有停止脚步，速度越来越快，此刻已爬出了五百丈。

“不可能！！”

陈云山大吼一声，呼哧呼哧地喘气，他难以置信地看着这一幕，不仅他如此，极河院的众人也感到不可思议。

他们看到上百道天雷轰在龟壳上，可龟壳的速度……更快了。

众人能够想象到，龟壳下，白小纯那一脸得意的表情……

“哼哼，你家白爷一旦动手，连我自己都害怕，你们居然敢欺负我！”

白小纯很得意，手脚并用，在地面快速爬行，渐渐地，六百丈、七百丈……一千丈！

在这个位置，道河院的人都不敢轻举妄动，白小纯却欢快至极，三宗修士甚至听到龟壳下，隐隐传出了小曲。

雷霆也好，狂风也罢，乃至火海，一切禁制术法在那龟壳面前都不起作用……

“这……这……这……”道河院的人全部傻眼了。

第 366 章

无耻，作弊

三宗抓狂，有心要阻止，可白小纯选择的入口是绝地，走的地方也是禁制之力最大的区域，他们过不去……

他们只能眼睁睁看着那一大一小两只乌龟，越来越远，一千三百丈、一千六百丈，直至两千丈，那是他们遥不可及的范围。

“两千……两千丈！！”

“该死，这家伙怎么可能走出那么远？他……他走在道河院的前方，这岂不是说，他会成为最先接触印记的人！！”

三宗修士反应过来，顿时哗然，更有强烈的嫉妒与不甘。

白小纯所在的那片区域，术法之密，几乎如雨，轰隆隆不断落下。白小纯停下来，慢慢掀起龟纹锅，露出一道缝隙，带着期待，看着外面。

他也听到了三宗修士的议论，可他们越是如此，白小纯就越开心。

白小纯正得意时，忽然，印记之山震动，一枚印记刹那飞出，在空中盘旋几圈之后，就靠近了白小纯所在的区域。

“哈哈，现在没有人和我抢了吧，印记，来！”

白小纯在龟壳下大笑，右手掐诀，快速向着来临的印记一指。

要抢夺印记之山的印记，关键就是比谁的距离最近，最近的一方将占据先机，此刻没人与白小纯争夺，印记飞来时一顿，竟直奔白小纯而去，刹那间，就消失在龟壳内。

“一枚！”白小纯大喜。

三宗修士全都看到了这一幕，一个个眼睛红得跟兔子似的，尤其是道河院的众人更是抓狂，所有修士试图再次前行，可很快，又一枚印记从印记之山上飞出，盘旋几圈后，竟再次被白小纯吸走。

三宗的怒吼，惊天动地。

“白小纯，你找死！！”

“这不公平！”

“白小纯，你太过分了！”

怒吼回荡时，白小纯更加大声地哼着小曲，在龟壳下等了一小会儿，当第三枚印记飞来，再次被他吸收后，他无比满足。

“就在这里等着了，来一个，吸一个，哼哼。”

白小纯越发得意起来，觉得自己实在太厉害了，甚至想甩一甩小袖，然后拿出镜子，去问问假夜葬，谁最厉害。

不过，他知道在这里不适合有太大的动作，这才忍住。

白小纯舒坦极了，三宗修士却被彻底刺激了。

他们已看出，若是这么下去，白小纯怕是会创造一个奇迹，而他们，将成为整个宗门的耻辱！

尤其是道河院的修士，压力极大，数十个修士不惜代价，爆发出全部潜力，使得巨人的身影更为清晰庞大后，竟一口气向前行走了五百多丈。

而极河院与星河院也拼了，纷纷怒吼一声，咬牙向前奔走。

三宗气势如虹，那些修士纷纷取出法宝，施展神通术法，向着禁制深处，急速而去。

白小纯被三宗的气势吓了一跳，眼看三宗要追上来，他也生气了。

“我都躲在这里了，你们居然还要来和我抢，欺人太甚！！”

白小纯怒道，咬牙之下，他继续顶着龟壳，向前快速爬行。

小乌龟跟在后面，传出笑声，它觉得这一路太有意思了。

时间流逝，白小纯在爬行的时候还不忘吸收印记，印记不断被他吸收，三宗之人只能干着急。

当道河院走出两千丈，极河院紧随其后，星河院走出一千二百多丈的时候，三宗已经达到了真正的极限，无论如何也无法继续前行。

他们看向白小纯时，却绝望地发现，白小纯居然已经爬出了三千丈。

白小纯还在继续爬，很快，三千五百丈、四千丈……

巨大的差距使得道河院彻底绝望，极河院苦涩，星河院则气得发疯，他们眼睁睁看着印记飞出后，立刻就被白小纯吸走，这一幕，让所有人都升起了一股无力感。

“四千……四千丈……”

“这不是真的……”

三宗修士全部抓狂，至今为止，星河院才获得了两枚印记，极河院多一些，获得了三枚，最多的是道河院，获得了五枚……

而其他所有的印记，都被白小纯一个人吸走了……

若仅仅是吸走印记也就罢了，可白小纯还在不断出声提醒众人，他吸走的数量。

“三十一！”

“三十七！”

“四十三！”

整枚印记之山都在震动，古往今来，从来没有人如白小纯这样靠近印记之山。

印记不断飞出，白小纯越吸越开心，回头扫了一眼，发现三宗都在很远的地方，他心里舒坦极了，索性继续向前爬去，一边爬，一边吸。

“四十七！”

“五十三！”

“五十八！”

白小纯的声音回荡，他距离印记之山越来越近，三宗修士在远处看着，心中似有无数凶兽奔腾而过，看向白小纯时，目中已露出杀机，若是白小纯就在眼前，哪怕规则不允许，他们也要将白小纯杀掉。

“闭嘴！”

“该死的，你无耻，作弊！”

“我要杀了你！”

白小纯十分不屑，听到那些声音后，他在龟纹锅内转了个身，从后面抬起龟纹锅，看着三宗修士，扯着嗓子大吼一声：“你们敢不敢来我面前，与我巅峰一战，敢不敢？来啊，我在这里等你们！”

这句话一出口，如同火上浇油，顿时引起三宗的怒吼，尤其是陈云山，整个人神情扭曲，双眼如要喷火。

“怎么没人来啊？要不……你们一起上吧，我在这里单挑你们好不好……白爷我等得很辛苦啊……唉，高手都是寂寞的，这里的风景很好，可惜你们不敢来。”

白小纯等了一会，再次一吸，又吸来一枚印记。

“五十九！”

白小纯习惯性地报数，看了看距离自己很近的印记之山，琢磨了一下，想着若是再靠近一些，不知会怎么样，一下没忍住，索性顶着龟纹锅，继续向前走。

与此同时，三宗修士无法坚持太久，已经在缓缓后退，远离印记之山了。

而在传承之地外，巨石阵上，当白小纯吸收了第一枚印记后，逆河宗的光斑瞬间明亮起来。

寒宗三人顿时喜悦，内心激动，此事代表了整个宗门的荣耀，他们对比其他三宗的光斑后，判断出白小纯获得了一枚印记。

“只要再有一枚，这一次我们就不亏了！”

赤魂深吸一口气，握紧拳头，不远处的星河院赤发老者内心则是咯噔一声，眉头微微皱起，但很快就舒展开来。

“恭喜逆河宗，运气不错，获得了一枚印记，不过这种运气怕是无法坚持太……”赤发老者仍是皮笑肉不笑。

赤发老者话还没说完，突然，逆河宗的光斑猛然间再次明亮了一些，并且持续变亮，很快，亮度就超越了星河院的光斑的亮度。

这一幕，让三宗的元婴修士都很惊讶，星河院的元婴修士更是一脸不可思议。

“这怎么可能？”

不单他们惊讶，寒宗三人也愣了，看着那不断变亮的光斑，三人相互看了看，都觉得匪夷所思。

赤发老者面色极为难看，更有怒意，觉得进去的那些弟子都是废物，此刻正琢磨如何反悔，这时，逆河宗的光斑再次迅速变亮！

众人呆若木鸡，逆河宗的光斑，以一种不可思议的速度，越来越亮，瞬间超越了极河院！

极河院的几个元婴修士，面色一变。

很快，逆河宗的光斑又超越了道河院，道河院的白袍老者猛地走出一步，死死地盯着光斑。

逆河宗的光斑更加明亮起来，并且还在不断变亮。所有人难以置信，不敢想象！

第 367 章

人山诀

远远一看，逆河宗的光斑变得最为耀眼，成了苍穹中唯一的亮点，其他三宗的光斑显得黯然无光，被彻彻底底地碾压！

“这……这是怎么回事？”

“传承之地的印记，难道都被逆河宗拿走了？”

“不可能！”

“天啊，上一次道河院排在第一时，似乎也没有如此明亮，这……这代表的是多少印记？”三宗的元婴修士全部骇然，星河院的赤发老者颤抖着，呼吸急促，他觉得这一幕是虚幻的，是那么的不真实。

“是不是这光斑出了问题……”

赤发老者喃喃低语，一旁的极河院的几个元婴修士，不断吸气，神情凝重，内心焦急。

这一次重新分配资源，对极河院而言，意义不大，只不过星河院许诺给极河院一些额外的资源，他们这才同意，可眼下，若是这么发展下去，他们就算拿到了资源，也会损失惨重，得不偿失。

此刻，极河院对星河院已有怒意。

极河院如此，更不用说道河院了，道河院的几个元婴修士身体都颤抖了，他们都快要绝望了，若是这一次道河院的收获还没有上一次多，那么他们参与星河院的计划，其损失之大，将难以形容。

那些元婴修士完全能想到，到时候，天人老祖将会勃然大怒。

“不可能，一定是什么地方出错了……”

星河院的其他元婴修士一想到后果，也在哆嗦，纷纷安慰众人。

可这种安慰太过苍白，渐渐地，巨石阵外一片死寂。

所有元婴修士都目不转睛地望着苍穹中的光斑，逆河宗的光斑居然还在以一种惊人的速度，不断变亮。

而其他三宗的光斑早已不再有丝毫变化。

寒宗三人目瞪口呆，在这一刻，大脑一片空白。他们也不知道这是怎么回事。

“白小纯……在里面……干了什么？”

赤魂喃喃低语，风神子与寒宗面面相觑。

在众人傻眼时，传承之地内，三宗弟子都无力怒吼了，他们看着白小纯顶着乌龟壳，走出四千丈，还在前行，甚至到了印记之山山脚下。

所有人都绝望了……

印记之山山脚，古往今来，传承之地开启过多少次，山脚都是从来没有结丹修士踏入的地方，也没有人知道山下存在什么样的危险，更不知道一旦有人进入后，会出现什么样的变化。

可今天，他们都明白，整个世界，谁也无法阻止白小纯，以这种手段开创一个奇迹了。

“不公平……”

“在这里，居然还能作弊！”

“苍天开眼吧，劈死这卑鄙的白小纯！！”

三宗修士欲哭无泪，白小纯终于到了印记之山山脚下！

刚爬到这里，白小纯愣了一下，他觉得好似穿透了一层水幕，不由得停下来，小心翼翼地打开龟壳，感受了一番，发现这里居然没有雷霆，没有狂风，没有任何术法。

“咦？”

白小纯觉得奇怪，于是向后退出数丈，再次感受到狂暴的雷霆后，又前行几丈，发觉禁制之力又消失了。

三宗之人绝望地看着白小纯来来回回尝试数次，终于确定以山为中心，三丈范围内，没有任何禁制之力存在。

于是白小纯精神抖擞，在三丈内，小心地掀开龟壳，整个人站了起来，先取出一件衣服给自己套上，接着咔咔声不断，身体恢复如常。

他背着手，小袖一甩，抬起下巴，蔑视着远处的三宗修士。

“哼哼，和我斗，你们谁敢过来，与我白小纯决战！”

三宗修士沉默，如果眼神可以杀人，那么此刻他们的眼神足以将白小纯大卸八块……

眼看无人理会自己，白小纯感慨地叹了口气，装出一副高手寂寞的样子，转身看向印记之山。这座山太大了，他站在山脚下，几乎看不到山顶。

“不知道摸一下会如何……”

白小纯迟疑起来，想了想后，觉得应该没有危险，于是小心翼翼地抬起手，向着面前的印记之山，轻轻一碰，然后赶紧缩回。

印记之山没什么反应，白小纯也松了口气，三宗修士全部睁大眼，呆呆地看着白小纯……

“没事，那我放心了。”

白小纯嘀咕了一句，袖子一甩，一巴掌按在面前的印记之山上，正要吹嘘几句。

可就在他的手掌与印记之山碰触的刹那，轰鸣之声突然传出，地面震动，白云翻滚。

此刻，印记之山上还存在数十枚印记，在这一瞬间，这些印记居然同时发出璀璨的光芒，齐齐飞出！

一时之间，那些印记化作长虹，在四周疯狂盘旋，远远一看，每一枚印记的光芒都无比绚烂，只一眼就让人被其色彩所吸引。

数十枚印记同时盘旋，这一幕，让三宗修士心神震动，不由得倒吸一口凉气。

白小纯也被印记之山的变化吓了一跳，刚要收回手，突然，在天空盘旋的数十枚印记，竟全部飞向白小纯。

这些印记速度飞快，容不得白小纯闪躲，白小纯仿佛成了一个黑洞，吸引一切。

刹那间，这些印记一一融入他的体内，与他之前获得的那些印记，全部融合在一起。

这些印记在他体内融合后，居然化作了一段口诀，那是一道残缺的神通之法！

在这些印记融合的瞬间，之前获得印记的那些人，全部身体颤抖，发出一声声凄厉的惨叫，紧接着他们身体扭曲，融入他们体内的印记，居然从他们体内骤然飞出。

“怎么会这样！”

“不，我的印记！”

在众人的惊呼声中，这些印记直奔白小纯而去，融入白小纯体内后，白小纯就集齐了所有印记！

百枚印记，于其体内，彻底归一！

残缺的神通瞬间完整，清晰浮现！

“人山诀！”

这神通之法深深地烙印在白小纯的脑海中，白小纯只是略微感受了一下，就立刻察觉出了这神通之法的威力无比惊人！

“人与山融，成山人，而人在山前，称之为仙！”

似有一个沧桑的声音，在白小纯耳边喃喃低语，这声音刚开始还很微弱，到了最后，却如同要撕裂苍穹，在白小纯脑海里轰鸣。

与此同时，传承之地外，巨石阵上的苍穹中，逆河宗的光斑不断变亮，到了最后，已不再是光斑，而是成了一道长虹！

这长虹似与虚无连接，不知通往何处。

这一幕，顿时让三宗元婴修士心底一沉。

若仅仅如此也就罢了，偏偏随着逆河宗的光斑变成长虹，道河院、极河院、星河院三宗的光斑竟瞬间暗淡，到了最后直接就成了最初始的样子，很明显，崛起的逆河宗吞噬了其他三宗的光芒！

“这不可能！”

“这里面有问题，出了大问题！！”

“自古以来，一旦获得了印记，就不会失去，这一次不对！”

三宗元婴修士神色大变，眼睛通红，齐齐看向赤魂三人。

寒宗、赤魂、风神子目瞪口呆，因不知道传承之地内到底发生了什么，他们的心中甚至对进入传承之地的白小纯产生了一丝敬畏。

第 368 章

我给你们解释一下

“你们逆河宗，到底用的什么手段，此事不对！”

星河院赤发老者怒气冲冲，内心颤抖，这一次的事情太大，星河院可承受不起道河院与极河院的怒火。

此刻，他都能感受到其他二宗的怒火，这怒火有三分在逆河宗，却有七分在星河院！所以，他只能将逆河宗拉下来。

就在他说完的瞬间，突然，苍穹轰鸣，一个巨大的光人居然从虚无中走了出来。

光人出现，威压滔天，使得整个大地震动起来，让此地所有元婴修士面色一变，立刻拜见。

“拜见使者！”

这光人眼睛深邃，他看了一眼巨石阵内的庙宇，以他的修为，也看不透庙宇内传承之地的画面。不过对他来说，这不重要，只不过是一道秘传而已。星空道极宗内有三百道秘传，从某方面来说，任何一道秘传，都有惊天之力，除了十几道秘传外，其他秘传难以分出强弱。

“这人山诀，我记得曾经也是排在前十的秘传，可惜想要修成太难，故而成为绝响。算算时间，几万年了，也差不多该有人可以感悟出如何修行这道当年镇压秘境时留下的秘传之法了。”

巨人喃喃低语，右手抬起一挥，苍穹立刻出现波纹，这波纹扩散四方，使得整个天空看起来如同波澜起伏的海面。

“人山诀，今日有主，尔等四大宗门，一个月内，将此人信息，烙印玉简，送至星空道极宗备案！”

声音如雷霆，回荡四方。

光人收回目光，一转身，身影慢慢消失，他之所以到来，就是因为感受到了人山诀完全融合，此刻完成任务，自当回归星空道极宗。

随着巨人的消失，星河院的几个元婴修士，面色慢慢苍白起来。他们再没有任何说法，可以去指责逆河宗作弊，不管在传承之地内发生了什么事情，使者出现，以及那些话语，都定下了一个事实！

逆河宗的白小纯……获得了完整的印记，感悟到了……人山诀！

赤魂三人呼吸急促，相互看了看后，都看到了彼此眼中的兴奋，连腰板都更直了。

道河院沉默，极河院苦涩，两宗元婴修士彼此看了看后都主动靠近了逆河宗。

“恭喜寒宗道友，哈哈，这一次贵宗的少祖，感悟到人山诀，引起上宗关注，日后必定一飞冲天！”

“赤魂道友，白小纯此子如此不俗，我说你们之前怎么那么笃定，原来是这个原因，当年老夫在你们宗门看到白小纯，就觉得此人是人中龙凤了。”

两宗元婴真人，纷纷笑谈，倒不是他们要追捧逆河宗，而是此事难以交代，希望逆河宗不要按照规则，拿走所有的资源……

寒宗三人老谋深算，对这件事情的处理方式自然有数，他们甚至不用主动去索要星陨石，自然会有极河院与道河院去为他们索要。

“小纯这孩子顽劣了一些，不知道在传承之地内情况如何，我等也很挂念。”

此刻，他们三人压着心中的激动，不谈资源的事情，而是提起白小纯的安危，道河院与极河院的人一听就懂。

“虽然我们无法传递信息进去，也难以获得里面的信息，不过寒道友放心，印记已分配结束，一炷香的时间，里面的人就会被传送出来了。”

寒宗三人听后，这才略微放心，开始与道河院和极河院的人寒暄，笑声时而传出，一旁的星河院之人则面色难看，无人理会。

而此刻，传承之地内，随着白小纯吸收了全部的印记，四周的禁制之力刹那间消失，威压也好，天雷也罢，还有那黑风与火海，都在眨眼间消失了。

白小纯正沉浸在得到人山诀的快乐中，突然，身体被铁蛋碰了一下，这才清醒过来，察觉到四周的禁制之力已经消失，更看到了三宗修士在几千丈外恨恨地盯着他。

“禁制……没了？”

白小纯被三宗之人看得发毛，身体一哆嗦，下意识地退后几步。

“诸位道友，那个……咱们都是中游的宗门，大家都是自己人……”

眼看这些人的目光不对，白小纯赶紧解释，可三宗修士不仅一言不发，而且都向他走来，那些冰冷的眼神让他内心一颤。

“在这里不能杀人啊，你们别冲动……千万别冲动……”

白小纯赶紧退后，内心咯噔一声，他看出来了，这些人中，有一部分纯粹是被自己气到了，要来泄愤，还有一部分则是被龟纹锅吸引，欲来抢夺。

“该死的，这禁制怎么说没就没啊！”

白小纯心底哆嗦，欲哭无泪，一边后退，一边再次解释。

“诸位道友，大家分属不同宗门，我是自己一个人来的，获得印记也是运气，之前说的话也是开玩笑的。可是，我们在里面干啥都是各凭本事啊，愿赌服输，望各位道友冷静。我真的不是故意的……”

白小纯呼吸急促，不断解释，也有一部分修士冷静下来，毕竟一切已经结束，再争斗下去也于事无补，只是心中的气还是有些难以消解。

白小纯一看有效，心底松了口气，知道这个时候绝不能犯众怒，一旦这些人真的出手，保不准就把自己给灭了，事后对方就算会被惩罚，自己小命都丢了，也不值当啊……

白小纯正要继续开口劝说，忽然，趴在他身边的小乌龟跳到了他的头顶上。

白小纯内心咯噔一声，有种大事不妙的预感，可还没等他阻止，小乌龟已干咳一声，扯着嗓子大声喊道：“我看大家好像没听懂，这样吧，我把我主人的话解释一下，直白一些和你们说，其实他的意思就是，你们这一群菜鸟，也敢和我白小纯抢，既然我们都是各凭本事，现在就别磨磨唧唧了，还不快滚！”

小乌龟的声音极大，传遍四方，之前冷静下来的人顿时爆发，而那些没有冷静下来的人则怒火滔天。

尤其是星河院的人，此刻更为疯狂。陈云山第一个怒吼：“杀了白小纯，我们这么多人一起出手，将他杀了。他死在我们所有人手上，宗门也没法调查！他那口锅，是至宝！杀了他，说不定他一死，印记还会散出，重新被我们获得！”

此话一出，众人明知不大可能，也一个个充满杀意。对白小纯，他们之前就一直在控制自己的怒火，此刻算是彻底爆发了。

瞬间，数十个结丹修士朝着白小纯齐齐飞出，远远一看，这些人气势惊天，引得苍穹也发生了变化，形成了灭绝之威，向着白小纯，直接碾压而来。

“我不是这个意思啊！”

白小纯惨叫一声，玩命飞奔，他的心肝都在颤抖，他不傻，知道哪怕自己再强，甚至拥有不死金刚丹、天道金丹，可是面对数十个天骄，他根本就不是对手。

对于坑了自己的小乌龟，白小纯心底那个恨啊，此刻，他眼泪都快要出来了，只能不断逃遁，身后数十人疯狂追击，小乌龟时而出现在白小纯身边，扯着嗓子向身后那些人大喊：“你们这一群傻子，来啊，我家主人一个能打你们一百个，来啊，有本事来打我家主人啊！”

“你闭嘴！”

白小纯要抓狂了，右手飞速抬起，抓向小乌龟，向着身后追来之人，狠狠地扔了过去。

“你们杀了它泄愤吧，是它说的，不是我说的啊！”

白小纯尖叫着，小乌龟被扔出时，带起了风声，可见速度之快，让人无法闪躲，只听砰的一下，拍在了一个星河院修士的脸上。

那修士的牙齿都被拍掉了，闷哼一声，不断后退。

小乌龟嗖的一声，又回到了白小纯的身边。

只见修士的脸上多了一只黑色乌龟的印记……

“怎么样，龟爷我厉害吧，哼哼，被龟爷我拍到的地方，就算是半神也抹不掉，哈哈，小子，以后你脸上永远都要有龟爷的印记啦！”

这修士嘴角溢出鲜血，听到小乌龟的话后，内心紧张，怒吼一声，向着白小纯疯狂追来。

第 369 章

一枚印记

白小纯心肝都快跳出来了，他很害怕。若对方只有一个人，他会立刻转身，一身正气地打回去。

即便是两三个人，白小纯琢磨着，以自己的实力，说不定也能打一架，他觉得以自己的肉身之力，估计两三个同境修士还无法将自己击杀。

可现在，白小纯只是回头快速一扫，就看到了数十个同境修士，一脸杀气，追击过来，一想到这么多人，若是每一个人都攻击自己一下，哪怕不死长生功再强悍，估计自己的小命也要丢。

想到这里，白小纯内心憋屈，对小乌龟的恨更多了。

小乌龟丝毫不觉得自己坑了白小纯，此刻跟在白小纯身边，十分兴奋，不断地在那里嗷嗷叫唤。

“哈哈，来啊来啊，你们这些傻子，有本事灭了我主人！”

小乌龟大吼过后，又快速对白小纯低声开口。

“你不要怕，不就是一群傻子嘛，来来来，你把我扔过去，我拍死他们！”

“闭嘴，都怪你！”

白小纯怒吼一声，不敢继续扔小乌龟了。一想到那个脸上有乌龟印记的家伙疯狂的样子，他就内心一颤，急忙向前逃遁。

他身后，轰鸣阵阵，种种术法接连出现，冰山、天雷、火海、藤蔓纷纷出现，数百飞剑撕裂虚无，还有大片波浪出现，在四周形成旋涡。

这些术法的威力或许不如禁制之力，可数量很多，集合在一起后，形成的杀伤力一样惊人，最主要的是，面对这些人，白小纯无法取出龟纹锅装死，禁制之力不会掀开龟纹锅，不代表他身后的这些人不会，他们有手啊！

“完了完了，怎么还不开启传送啊，再不传送，我就死了！”

白小纯哀号，他速度虽快，奈何追击者太多，怒吼声不断回荡。

“白小纯，你别跑！”

“你刚才不是很嚣张嘛，现在怎么变成兔子了？”

“哼，之前你欲挑战我等，现在我们给你这个机会，你站住，咱们决一死战！”

这一刻，三宗修士急需消解郁闷，将怒火全部发泄出来，他们杀意滔天，使得天地色变，风云倒卷。

远远看去，近百个结丹修士化作近百道长虹，追逐前方的白小纯，尤其是那个被小乌龟拍了一下的星河院修士，内心早已疯狂。

他又尝试了好几次，试图擦掉脸上的印记，可发现其他人看向他时，都神色古怪，似忍得很辛苦。

众人的目光让这个修士抓狂，他的吼声最大。

“白小纯，我要杀了你！”

轰轰轰！

白小纯刚刚躲过飞剑，穿过旋涡，走过火海，可还是被几道闪电击中了，身体一颤，铁蛋在他怀里想要冲出，被他一把按了进去。

“不要出来，这里都是坏人。”

白小纯哭丧着脸，仗着自己皮糙肉厚，再次逃遁，传承之地的范围不是特别大，对结丹修士而言，以他们的速度，用不了多久，便可横扫此地一圈。

白小纯惨叫着带那些结丹修士绕了大半圈，他绝望地发现，传送居然还没有开始，最重要的是那些结丹修士已经开始兵分三路，从三个不同的方向逼近他了。

白小纯这一次是真的抓狂了，他双眼赤红，猛地大吼一声。

“这是你们逼我的！”

“小乌龟，来！”

白小纯蓦然抬起右手，小乌龟在旁边，一听白小纯召唤，更兴奋了，嗷嗷大叫着，瞬间跳入白小纯手中，被白小纯一把抓住，向着身后，狠狠一掷！

嗖的一声，小乌龟化作一道残影，速度之快，绝非结丹修士可以躲过的，而小乌龟一边飞行，一边发出嗷嗷之声，真是气煞人。

眨眼间，它就砸在了一个极河院大汉的右侧脸上。

大汉惨叫一声，倒退几步，张嘴吐出几颗牙，喷出鲜血，再抬头时，他的右侧脸上赫然出现了一个黑色的乌龟印记。

有头颅，有四肢……活灵活现……

大汉愣住了，下意识地擦了一把，又看向之前那个被拍的星河院修士，只觉得仿佛看到了自己，这大汉的眼睛立刻就红了，发出一声滔天怒吼，向着白小纯死命追去。

这大汉施展了独特的神通，速度竟瞬间加快，直接超越众人，出现在白小纯身边。

“白小纯，你给我死！”

大汉抬起右手，体内的结丹气息爆发，形成一个巨大的旋涡，他身后更是隐隐出现了一只魔手。

一时之间，魔气滔天，魔手直接伸出，向着白小纯一把抓来。

在抓来的过程中，这魔手不断膨胀，很快就变成了数百丈大小，向白小纯急速逼近。

白小纯一样大吼，在魔手来临的刹那，抬起右手，向前猛地一挥，紫鼎骤然出现，向着魔手狠狠地轰击而去。

巨响惊天动地，天道金丹之力形成的紫鼎与魔手碰触的瞬间，双双崩溃。

紫鼎崩溃形成了冲击波，横扫四方，使得极河院的大汉全身一震，喷出一口鲜血。

白小纯毫发无损，可他心中也有怒气，此刻右手抬起，高呼一声。

“小乌龟！”

小乌龟立刻兴奋地出现在白小纯的手心，白小纯一闪身，刹那靠近后退的大汉，拿着乌龟，一巴掌落下。

“我再给你盖一个！”

白小纯怒吼出声，拿着小乌龟拍在了大汉的另一边脸上，又拍在了他的胸口上，很快就连续拍了十多次。

大汉口吐鲜血，眼神疯狂，最终不惜散出体内的本命丹气，这才轰开白小纯，急速后退，看向白小纯时，他眼中的疯狂已被骇然取代。

而他的身上已出现了十多个乌龟印记……

“来啊！”

白小纯傲然开口，正要吹嘘几句，数十人的术法呼啸而来，眼看天雷轰鸣、火海燃烧，旋涡与狂风交错，更有无数藤条扭曲，白小纯内心一颤，赶忙后退。

他刚退后，之前所在的位置就被炸出了一个大坑。

“太凶残了，你们仗着人多，有本事一个一个来！”

白小纯赶紧施展不死长生功，凭着强悍的肉身之力，急速逃遁，还不忘向追杀者吼叫。

“对付你这种无耻之徒，我们就要一起出手，哪怕我们会违反规定，也无碍！”

星河院的陈云山，在人群中连忙开口，声音传遍四周，坚定了不少人的内心。

“陈云山！”

白小纯一眼就看到了陈云山，自始至终，此人就不断针对他，他心生怒意，眼看陈云山还要继续说话，便愤怒地一把扔出小乌龟。

“盖他嘴上，让他闭嘴！”

小乌龟兴奋地呼啸而去，眨眼就出现在陈云山面前。

陈云山面色大变，想要闪躲，却快不过小乌龟，轰的一声，被小乌龟直接拍在嘴巴上，不仅牙齿脱落，身体也被逼得不断倒退。

“白小纯！！”

陈云山发狂，双眼充血，顾不得脸上的印记，大吼之时，双手掐诀，阵阵星光之力降临，使得他的速度一下子暴增，直奔白小纯而去。

第 370 章

白小纯，我要杀了你

“给我滚回去！”

白小纯低吼，骤然发动撼山撞，加快速度，猛地向着陈云山撞去。

二人速度极快，白小纯更是快速伸出自己的左脚，以其左脚拇指，点在陈云山身上。

刹那间，陈云山发出凄厉的惨叫，身体扭曲，被直接撞飞了出去，他的身上竟出现了一道道金丝，如同禁制，钻入血肉封印一切。

“不自量力，我白小纯一根脚指头，就可轰飞你！！”

白小纯左脚的鞋子破了一个洞，露出拇指，在那指尖上，还有一缕缕金丝闪耀。

他傲然地拍了拍衣衫，赶紧换只鞋，咳嗽一声后，继续逃走。

他的身后，星河院的众人都怒火中烧，有几人扶住了面色苍白的陈云山。

陈云山身体颤抖，口吐鲜血，修为更是在这一刻如被封印，无法运转，他只能癫狂地大吼。

“星河院诸位道友，我们布阵击杀白小纯，极河院、道河院的道友，今日此人若是不死，我们岂能甘心被其羞辱？”

陈云山此话一出，星河院的其他修士彼此看了看，都立刻点头，体内灵力瞬间散出，集合众人之力，星空之力轰然降临，顿时形成了之前对抗禁制的星光彩带。这彩带卷着众人，直奔白小纯而去，速度比之前快了许多。

与此同时，极河院那边，众人相互看了看后，突然同时低吼一声，立刻有磅礴的魔气从他们身上升起，赫然形成了一个巨大的飞颅。

飞颅面目狰狞，出现时咆哮一声，发出恐怖的威压，向着白小纯急速而去。

眼看星河院与极河院如此，道河院的这些修士也不甘心，他们可以想象得到，若是就这么出去了，那么自己将很难抬头，于是纷纷咬牙出手，那庞大的巨人再次出现。

这巨人仰天一吼，迈着大步，杀向白小纯。

远远一看，星光彩带在前，飞颅在中，巨人在后，三宗之人集合众人之力，使出神通之法，全力追杀白小纯。

白小纯头皮都要炸开了，面色一变，倒吸一口凉气。

“你们玩真的啊，多大点事啊，居然……居然利用这等神通来杀我！！”

白小纯尖叫一声，体内不死长生功运转到了极致，天道金丹之力全面爆发，速度加快。

他速度虽快，但三宗之人施展的神通之法的速度更快，轰的一声，那星光彩带卷到了白小纯身前。

白小纯全身一震，嘴角溢出鲜血。就在这时，飞颅逼近，吐出一口冰寒魔气。受到魔气影响，白小纯全身都快僵直了，嘴角溢出的鲜血都成了冰碴儿，没等他恢复过来，巨人临近，一拳轰出！

轰！

白小纯喷出带冰碴儿的鲜血，身体被抛了出去。他披头散发，双眼充血，猛地一拍储物袋，顿时取出大量丹药，向后狠狠一扔。

这些丹药里，什么怪药都有，飞出后立马爆开，随即影响了众人。

白小纯趁机快速逃遁，内心紧张之余，也有些抓狂。

“怎么还不开始传送，老祖啊，我小命都要没了！”

白小纯转身一看，三宗修士仍在追，他眼泪都在眼圈里打转儿了。

“怕什么，有我在，你只管把我扔出去就是，不就是区区法相投影嘛，龟爷我不知灭了多少个了。”小乌龟在一旁不屑地开口。

“你们欺人太甚！”

白小纯仰天大吼，整个人煞气爆发，他豁出去了，右手抬起，高呼一声，小乌龟立刻兴奋地出现，被白小纯狠狠扔出。

轰！

小乌龟瞬间出现在道河院的巨人面前，刹那穿透巨人，直奔巨人体内的道河院修士而去。

这一次，被小乌龟拍中的是道河院的一位女弟子，这女弟子原本气质出尘脱俗，此刻虽有杀意，但容颜依旧绝美，只是眼下，巨响传出，小乌龟居然直接落在了这女子的正脸上。

女子痛得眼泪都出来了，惨叫着后退，身体颤抖，接着发现众人看自己的目光十分怪异。她呼吸急促，心跳加速，立刻从储物袋内取出一面镜子，只看了一眼，她就发出了无比凄厉的尖叫。

“白小纯，我要杀了你！”

女子疯狂了，头发乱飞。她向着白小纯而去，可白小纯速度太快了，又皮糙肉厚，极为灵活。

而她情绪剧烈波动，立刻就影响了众人合力凝聚的巨人。

白小纯眼看有效，十分激动，立刻抬起右手，再次扔出小乌龟。

轰轰轰！

白小纯也发了狠，只要被术法神通打到身上，就立刻咬着牙，召唤小乌龟，将其扔出。

很快，他身后的那些追杀者，大半人脸上、胸口、腰上、腹部，甚至是屁股上都留下了小乌龟的印记！

小乌龟的印记极为恐怖，即便印在了衣服上，也能穿透衣服，直接印在皮肤上，它居然还会发光，就跟生怕别人看不到一样。

即便是再厚的衣服、再强的防护罩，也无法遮挡小乌龟印记发出的光，有一个女弟子，被小乌龟印在了身上，此刻，她整个人都要崩溃了……

有人利用防护法宝，想阻挡小乌龟到来，可都没有效果，在这一战中，小乌龟让所有人都十分抓狂。

而他们集合众人之力使出的神通术法，因众人情绪波动，眼看就要溃散。

“你们人多，我打不过你们，可我能恶心死你们！”

白小纯也觉得小乌龟太损了，可一想到这些人要追杀自己，又狠下了心，恨恨地道：“小乌龟，你确定你的印记怎么都擦不掉？”

“你放心，半神都擦不掉！”

小乌龟傲然开口，看了眼后方那些没有被盖上印记的修士，跃跃欲试。

“好，是他们过分在先，就怨不得我了！”

白小纯咬牙，袖子一甩，立刻卷着小乌龟呼啸而去，直奔那几个还没有被拍中的修士。

这几人有些迟疑，可所有人都认为，这印记是可以抹去的，在他们看来，回去后用一些特殊的办法，总可以去掉，若还是不行，在宗门长辈的帮助下，也必定安然无事，所以他们依旧在追杀白小纯，丝毫不顾忌小乌龟。

很快，所有人的身上都有了小乌龟的印记，三宗之人的神通术法也无法坚持，星光彩带第一个崩溃，随后是飞颅，最终道河院的巨人也倒了。

一大群身上有乌龟印记的修士发了狂，化作长虹，再次追来。

“白小纯，我发誓，要杀了你！”

“若不杀你，我就不姓刘！”

白小纯肉身的强悍在这一刻体现到了极致，他承受着数十人发出的攻击，嘴角不断溢出鲜血，内心颤抖，可他的反击一样犀利。

好在这一刻，传承之地的传送终于开始了！

随着一道道传送之光降临，众人也停了下来，若是不在规定时间内走入传送之光，那么将失去离开的资格，哪怕是宗门也无法前来救援。他们虽想杀白小纯，但是也没有把自己留在这里的打算。

眼下，他们只能放弃，死死地盯着白小纯，仿佛想用眼神将白小纯活活剐了！

白小纯终于松了口气，站在传送之光里面，即将离去时，他看着不远处一片闪闪发光的小乌龟印记……心底隐隐有些自豪。

“哼，让你们惹我，我一旦出手，自己都害怕！”

小乌龟在一旁，回头看了眼众人，十分满足，其自豪感似乎比白小纯还要强。

第 371 章

老祖救命

庙宇外，巨石阵法上，在四宗元婴修士的等待中，一道道传送之光瞬间降临，随着光芒闪耀，三宗弟子率先出现。

毫无例外，这些弟子身上或是脸上，都带着黑色的乌龟印记。

这三宗的元婴修士全部睁大了眼，呆呆地看着这一切，有些茫然。

寒宗三人也愣住了，他们心中突然升起一丝不祥之感……

“你们……”

三宗的元婴真人刚开口，一块岩石上又出现了一道传送之光。

白小纯刚出现，就瞬间加速，刹那间就回到了寒宗三人的面前，口中还在告状。

“杀人了，杀人了，老祖救命，他们要杀我，我差点小命就没了！”

此话一出，巨石阵法上的三宗弟子一个个再次抓狂，竟顾不得长辈在前，向着白小纯杀了过去。

“白小纯，我杀了你！”

轰隆之声回荡，近百个归来的三宗修士同时出手，让此地的元婴修士大吃一惊。

寒宗三人顿时面色一沉，到了这里，那些人居然当着他们的面，就要来杀白小纯，可以想象，在传承之地内，白小纯经历了什么磨难。

“哼！”

赤魂冷哼一声，上前一步，向着地面狠狠一跺脚，一股风暴轰然形成，横扫四周，将那些冲来的三宗修士全部扫开。

“白小纯是我逆河宗少祖，谁敢杀他？”

赤魂眼睛一瞪，气势滔天。三宗修士就算再厉害，也不过是结丹境而已，无法与赤魂相比，此刻被赤魂的气息镇压，纷纷内心一颤。

白小纯在赤魂三人身后，看到这一幕，顿时感动万分，觉得自己在传承之地内出生入死都值了。

“道河院、极河院、星河院，你们要给我逆河宗一个交代！”

寒宗面色阴沉，看向三宗的元婴修士。

至于风神子，则直接一步走出，到了白小纯身后，右手抬起，按在白小纯的肩膀上，检查白小纯的身体情况，察觉白小纯毫发无伤之后，他的面色有些古怪，看了白小纯一眼，目中带着外人不明的深意。

白小纯一看这个眼神，立刻就明白了，于是惨叫一声，以内力逼出一大口鲜血，面色瞬间苍白。

“他们……太狠了……要杀我……我……我……”

白小纯仿佛气若游丝，捂着胸口，指着三宗修士。

三宗修士一看这一幕，原本压住的怒火再次升起。他们分明记得，在传承之地，白小纯皮糙肉厚，还宛如兔子一般，速度飞快。即便被他们碰了几下，也很快就活蹦乱跳了。此刻，白小纯居然说受伤就受伤……

“白小纯，你……”

三宗内立刻有人怒吼，可这些人刚开口，立刻就被道河院的白袍老者吼了一声。

“都闭嘴！”

白袍老者的声音如同天雷炸响，轰的一下，压制了全场，使得所有弟子都内心一颤，立刻低头，安静下来。

“针对此事，我道河院会在一个月内给逆河宗一个交代，三位道友，之前咱们商量的事情，还望你们回去后，尽快商讨出一个结果。”

白发老者勉强挤出笑容，沉声开口，用余光扫了白小纯一眼，之后袖子一甩，带着道河院的众人离去。至于道河院弟子身上或脸上的小乌龟印记，他也没有在意……

随着道河院离去，极河院的元婴修士也抱拳寒暄几句，承诺会有交代后，便离去了。

至于星河院的赤发老者，脸色则无比难看……

他恨恨地瞪了一眼星河院的弟子，转身正要走，风神子忽然开口："道友，星陨石，一个月内你要送来！"

"区区星陨石，老夫还不至于反悔！"

赤发老者头也不回，冷哼一声，带着弟子离去。

很快，此地安静下来，寒宗三人回头，难以置信地看向白小纯。

白小纯捂着胸口，面色苍白，可怜兮兮地望着三位老祖。

"老祖，你们不知道，我在里面可惨了，只差一点……我就再也见不到你们了，逆河宗的少祖就要换人了。"

寒宗三人哭笑不得，赤魂在一旁忽然开口："你是怎么做到的？"

"啊？我也不知道啊，他们看见我就要来杀我，我也纳闷……"

寒宗干咳一声："我们问的是印记。"

"印记啊，不是我吹嘘，我一进去，那些印记看到我，就如同看到了天命之主，纷纷爆发，全部冲着我来了，我撵都撵不走啊，头痛。"白小纯一脸卖弄，拍着胸口，很得意地说道。

说着说着，发现三位老祖都沉默不语，白小纯有些搞不清状况，于是小心翼翼地问了句："那个……我立功了吧？所有印记我都拿走了，我脑海里还留下了一个叫什么人山诀的玩意儿。"

寒宗三人相互看了看，都大笑起来。他们也不在意白小纯是如何获得印记的，无论怎样，白小纯都是逆河宗的少祖，都是逆河宗的人！

"何止立功，你是立下了大功！！"

风神子哈哈一笑，他这么一说，白小纯立刻放心了，也笑了起来，内心更为得意。

"走，我们回宗！"

寒宗心底激动，深吸一口气，看向白小纯时越发满意。

三人大笑着，带着白小纯飞出，直奔通天战舟，刹那远去。

在回逆河宗的路上，白小纯才知道，自己立下的功劳之大，几乎无法形容。

十成的资源，这代表其他三宗需要在规定的时间内，拿出上一次分配时获得的所有资源，送给逆河宗。而且此事也无法反悔，因为有星空道极宗的规则约束。除此之外，逆河宗还将收获一枚星陨石。

这一切，都使得逆河宗的整体实力骤然攀升。他们甚至可以以资源为条件，与道河院和极河院来往，若是给其他宗门一些资源，估计还能换来对逆河宗更有利的条件。

而摆在逆河宗面前最重要的事情，就是赶紧出现一个天人老祖，因为白小纯立下大功，逆河宗将得到所有资源，这肯定会使逆河宗出现天人老祖的时间缩短，概率加大。

足够的资源和信息，将让逆河宗赤魂三人晋升天人！

有了天人老祖之后，逆河宗就如同奠定了地基，在中游修真界真正站稳脚跟，具备了一定的话语权！

至于如何与其他三宗沟通，彼此之间如何算计，白小纯不擅长这些事情，也没有理会，交给老奸巨猾的寒宗三人才是最稳妥的。

“其他的事情你不用理会，眼下你最重要的，就是感悟人山诀，那可是星空道极宗的三百秘传之一！”

“这人山诀，一旦修成，将使你的战力达到一个更惊人的程度！”

寒宗再三叮嘱后，白小纯赶紧回到房间内，闭关打坐。

他不断回想人山诀，明悟后才发现，修炼这功法的条件极为苛刻，而且难度极大，需要在特定的地方才可尝试修炼，这样的地方就在星空道极宗内，一个海江之崖，那里才是修行此功的首选之地。

白小纯有些郁闷，却没办法，只能将其放在心底。

很快，他走出战舟，遥遥地看到了逆河宗的山门！

血祖之身屹立大地，空榕邪树散出惊人气息，四条如巨龙般的山脉交错而过，诞生出了……

逆河宗！

第 372 章

他们在喊我

这一次，白小纯出去的时间不长，整个逆河宗的人都知道，白小纯是为什么而去，他们都在沉默中等待着结果。

尽管他们心底早就做好了准备，可还是忍不住幻想能出现奇迹。

眼下，随着白小纯与三位老祖的归来，逆河宗占了十成资源，碾压其他三宗的事情在宗门渐渐传开。三位老祖还将白小纯一人逼疯三宗修士的事提前告诉了宗门内的人。

当白小纯归来时，整个宗门内爆发出惊天动地的欢呼声。

“白师兄威武！”

“少祖拳打星河，脚踢极河，天下无敌！”

……

那一声声欢呼，使得刚刚走出通天战舟的白小纯吓了一跳，但很快，他整个人就激动起来。

“他们在喊我！”

白小纯振奋地拉着寒宗的袖子，呼吸急促。

寒宗干咳一声，没有吱声，把袖子扯了回来，与风神子以及赤魂一起，迈步走出，直奔逆河山。

白小纯也快速飞出通天战舟，看着整个宗门欢呼的弟子，他激动不已，琢磨着自己这个时候，万万不能骄傲，一定要和蔼可亲，要与大家同乐才对，于是干咳一声，直奔弟子最多的地方。

数日后，在白小纯的炫耀下，他在传承之地的经历传遍了整个逆河宗，甚至衍生出了许多个版本，在这些版本里，他都是一个充满英雄气概、威武不凡的人，一个人打倒了一群人。

而白小纯则完全感受到了宗门弟子对自己的崇拜，有一次，他不过是对一个女弟子微微一笑，那女弟子居然激动得晕了过去。

那一刻，白小纯觉得整个天空都是笑脸，就连太阳似乎都在得意地笑……

铁蛋一样受到了热烈的欢迎，它早就飞了出去，寻找它的那些玩伴……每天都能看到它耀武扬威地飞来飞去。

直至过去半个月，此事才算消停下来，白小纯也收了心，想起传承之地的一幕，对自己的修为更在意了。

“我还要更强一些才是……”

白小纯开始闭关，修炼寒门养念诀的同时，也修炼不死筋。

寒门养念诀很深奥，白小纯之前修炼大多数时候都是在摸索，他还问过寒宗，这才有了头绪。

“以法凝寒，以寒养念……”

白小纯在洞府内，闭上眼，喃喃低语，按照口诀，试图将融进体内的一滴通天河水化作冰寒之力。

渐渐地，他的身体四周开始出现寒气，这寒气不断散开，使得洞府墙壁上凝出了霜，与此同时，就连白小纯的身体也变得冰寒起来。

又过去了数日，白小纯睁开双眼，目光深邃，隐隐地，他觉得自己把握住了寒门养念诀的精髓。

“先凝寒，再养念，寒……”

白小纯沉吟着，缓缓抬起右手，他的手指上慢慢出现了一层白霜。

“寒气还是不够，按照寒门养念诀的划分，寒气分为四层，分别是下寒，中寒，上寒以及至寒！下寒者，可凝聚寒气之影，形成冰寒之法；而中寒者，可让方圆千丈，刹那冰封；至于上寒，万丈范围内，尽成一片寒地的同时，可形成寒镜，折射分身降临；而至寒，则可冰封一定范围内的……通天河！”

白小纯的眼睛越来越亮，想起自己若有一天可以冰封通天河，哪怕只是一部分区域，也一定能震慑众人。

“我现在的水平，连下寒都不算。”

白小纯深吸一口气，知道此事急不得，需自己慢慢融化通天河水，积累寒气。

寒气积累在自己的天道金丹内，当天道金丹中的九层灵海完全成为寒气的世界后，就代表着自己达到了结丹境的巅峰。

“不知何年何月……”

白小纯摇了摇头，也没有十分急切，他琢磨着自己的寿元还有一千多年，不着急。于是，他又开始修行不死筋，这一次修炼的是左脚第二根脚指……

修炼之余，白小纯也在思索逆河丹的炼制问题，他已经熟悉了炼制逆河丹的过程，只是关于生机的问题，始终无法解决。

哪怕他曾吸收了真灵女婴的一丝气血，也没有多少把握。他尝试过多次，没有一次成功。

其重点就是从通天河水内，炼出生机，但他总是失败。

“应该是我修为不够的缘故，难以做到从通天河内炼出无穷生机。”

白小纯摇头，他思索许久，只能退而求其次，重新回到外用生机上。

想到这里，他微微一扫储物袋，神色不变，在去传承之地前，白小纯就有过利用外用生机炼制逆河丹的想法。

归根结底，白小纯需要的就是磅礴的生机，而生机的来源，他早就有了目标。

那就是……小乌龟！

以其不死不灭的特性，生机根本就不在话下，难就难在，小乌龟不会乖乖听话……为此，白小纯之前就开始偷偷炼制灵药。

他要炼制一炉可以让小乌龟睡着的药。

只不过此事说来简单，做起来还是有很大的难度，且机会只有一次，若是成功骗得小乌龟吞下了丹药，也就成了，一旦失败，必定被其察觉，到了那个时候，白小纯可以想象，小乌龟会怎样报复自己。

“头痛啊！”

白小纯长叹一声，琢磨了许久，咬了咬牙，开始继续炼药，无论如何，这药他一定要炼出来，好在如今其他三宗会送资源来逆河宗，其中大多数都是失传的灵药，白小纯琢磨着自己应该去宗门搜刮一番才对。

在白小纯修行与炼药的同时，中游修真界内，三宗试图封锁关于传承之地的信息，可此事太大，根本无法封住，很快，整个中游修真界都知道了此事。

尤其当众人知道，逆河宗这一次只派了一个少祖——白小纯，与其他三宗的结丹天骄争夺印记，最终白小纯碾压所有人，获得了全部印记，更感悟出了人山诀之后，中游修真界彻底震动。

有关白小纯的历史也被人打探了出来，从他出生开始，直至如今，所有事情都被人调查得一清二楚。

他十几岁上山，拜入灵溪宗，再到被困落星山脉，誓死守护同门，成为南北两岸第一、炼药怪才，而后潜入血溪宗，成为血子、血祖，之后更是在两宗大战时，凭一己之力，让两宗融合，并协助宗门吞并玄溪宗、丹溪宗，成为逆河宗少祖！

那些事情，任何一件都让人震惊，却全部发生在了白小纯的身上。

一时之间，白小纯的名字传遍了整个中游修真界。

不过，这些被调查出来的事情是逆河宗刻意放出来的，而不愿让外人知晓的事情，早就被逆河宗隐藏起来了。

与此同时，还有一件事情也震惊了中游修真界，那就是三宗所有参与了争夺印记的结丹天骄，他们的身上或是脸上都有黑色的乌龟印记。

这乌龟印记栩栩如生，还会自己发光，任何衣服与防护罩都无法遮住其光芒，旁人看得清清楚楚……

此事之所以引起轰动，是因为三宗用了各种手段，竟无法帮弟子抹掉乌龟印记，甚至连元婴修士都出手了，也没有去掉印记，最终引起了天人老祖的关注。

只是，就连三宗的天人老祖，面对这乌龟印记，也束手无策。此事，最终传遍了整个修真界。

那些结丹修士欲哭无泪，心中对白小纯怀有滔天恨意，却毫无办法，只能选择闭关，不敢外出。

与此同时，所有人都知道了小乌龟的厉害之处，无数人心头一颤，打定主意绝对不能招惹白小纯。

第 373 章

三息逆河丹

在整个修真界谈论白小纯的时候，道河院、极河院以及星河院的人也陆续来到了逆河宗。

与逆河宗交涉一番之后，除了星河院之外，道河院与极河院总算松了口气，与逆河宗谈妥了条件。

虽然道河院与极河院被逆河宗索要了很多资源，且彼此之间还有一些约定，可只要不把之前的资源全部拿出来，他们还能接受。

因此，道河院、极河院与逆河宗之间相互了解的同时，也缓和了关系，毕竟原本就没有深仇大恨，之前为难逆河宗也只是一种对外来者的本能的排斥。

经历了这件事，两宗也不像之前那么排斥逆河宗了。

唯独面对星河院，逆河宗丝毫没有退步的意思，逆河宗必须表明态度，要让所有人看到，若放过了星河院，重新分配资源的事情必定还会发生。

而这一次，逆河宗占据了优势，有星空道极宗的规则在，星河院只能忍下，不仅拿出了之前得到的全部资源，更送出了星陨石。

只是，两宗的关系也变得十分紧张，下次见面只怕会剑拔弩张。

而道河院与极河院也很乐意看到此事，毕竟都是些老狐狸，明白这是逆河宗在秀实力，告诉所有人，逆河宗能从下游战上来，就不惧怕大战。

同时，逆河宗也在安抚道河院与极河院，让道河院与极河院安心，尽量平衡各方势力。

这里面有太多算计和谋划，白小纯没有关注这些事情，他在三宗之人上门之后，立刻就去搜刮药草了。

对于白小纯，整个逆河宗都不会拒绝他的要求，很快，白小纯就在海量药草中，找到了几株玉简上提过的仙草，按照一定的比例搭配，可让人快速入眠。

白小纯拿着这些药草，开始闭关炼药。他在炼药的过程中，强行改变自己的习惯，让自己口中说的与心里想的完全不同，这是为了麻痹小乌龟……

在持续炼药一个月后，一声轰鸣从白小纯的洞府内传出。

白小纯激动地看着丹炉内的两枚指甲盖大小的白色灵药，振奋无比。

这两枚灵药看不出品阶，仅仅是靠近深吸一口，就会全身毛孔张开，一般人都会认为这是罕见的灵药。

这是因为白小纯在炼制时，将一种珍贵的药草放在了外层，做了一种掩饰，使刚出炉的灵药看上去圆润无比，让人垂涎欲滴。

白色自然也是白小纯耗费了不少灵草，才调配出的颜色。

至于丹药内部，则藏着白小纯历经千辛万苦，研制出的绝世灵药！

此刻，白小纯看着灵药，深吸一口气，试图让自己保持冷静，内心却在思索如何让小乌龟将其吞下，正常的方法是不行的，还要防止小乌龟报复。

白小纯思来想去，突然双眼微眯，喃喃低语："我用了大量仙草，才炼制出了这两枚绝世灵药，因此这灵药珍贵无比，世间少见，味道必定也超越了天下珍馐，我自己舍不得吃，只有在最关键的时刻吞下，才不算浪费！"

白小纯呼吸急促，小心地拿起这两枚灵药，将其放在一个小瓶子内，又层层封印住，这才放进储物袋。

想了想后，他似乎还不放心，又快速取出，打开看了看后，确定两枚灵药都在，又放在怀里，走来走去，似乎还是不放心，一咬牙，再次封印，终于又放进了储物袋。

此后数日，白小纯几乎每隔一炷香，都要拿出药瓶，看看灵药是否少了，一次又一次……

数日后，他将间隔时间延长了，变成了一个时辰一次。

又过去了几天，白小纯每隔两个时辰就取出药瓶查看一次，一脸如获至宝的样子，放心后，又露出陶醉的模样。

"哼哼，小乌龟啊小乌龟，但凡你有一点好奇心，都会被我的举动所迷惑，到时候，哼哼。”白小纯每一次打开药瓶时，心底都在这么想，终于，又过去十天后，这一天晌午，白小纯打开储物袋，拿出药瓶时，只看了一眼，身体忽然一震，少了一枚灵药！

白小纯内心激动，生怕这是小乌龟在试探，于是装出诧异与震惊的样子，打开储物袋后，赶紧寻找少的那枚丹药，可找了半天也没有找到，白小纯立刻睁开通天法眼，用了全力，甚至用了天道金丹之力。

通天法眼发出的紫光璀璨无比，几乎照亮了整个洞府，经过仔仔细细地寻找，终于，他在储物袋的边缘位置，看到了缩小了无数倍，肉眼发现不了的……小乌龟！

储物袋之所以可以储物，是因为人在其内单独开辟出了一小块空间，在这空间内还有一些肉眼看不到的缝隙，之前白小纯也找过这些缝隙，却一无所获，眼下，利用通天法眼，他终于在边缘的缝隙内找到了小乌龟！

小乌龟睡着了，四肢与头颅都伸了出来，一动不动……

白小纯嘿嘿一笑，他明白，自己这一次之所以可以找到小乌龟，就是因为小乌龟已经深度入眠了，否则的话，以对方的狡黠，自己休想找出蛛丝马迹。

白小纯小心翼翼地拿出小乌龟，在离开储物袋的刹那，小乌龟顿时恢复到了正常大小。

白小纯将其抓住，用力一摇，小乌龟的四肢与头颅拍打在龟壳上，发出啪啪的声音。

白小纯十分激动，仰天大笑，再次用力摇晃起来，似乎要将以前受的气全都出了。

“让你骂我！”

“让你引来鳄鱼！”

“让你挑衅蛤蟆！”

“让你害我被追杀！”

白小纯怒道，不断地摇晃小乌龟，小乌龟的身上渐渐散出了久违的香气。

香气一出，白小纯更激动了，回忆起了过去。

感慨之余，他更担心小乌龟醒来，于是立刻取出丹炉，将小乌龟扔了进去，又灌了大量通天河水，然后定气凝神，开始炼制逆河丹！

时间紧迫，因为不知道小乌龟什么时候苏醒，而且担心小乌龟发现后报复，这一次白小纯炼药的速度前所未有的快。

逆河丹的炼制过程已经在他脑海里演练了上千次，此刻，他动作熟练，双手掐诀，专心炼药。

三天后，整个丹炉赤红一片，一声轰鸣响起，丹炉直接爆开，小乌龟掉了出来，一枚近乎透明的丹药急速飞出，似具有灵智，要逃出此地。

这丹药出现的瞬间，整个逆河宗，天地色变，风云倒卷，所有元婴修士神色大变。

云层翻滚，竟出现了雷劫！

一道闪电劈向白小纯的洞府，巨响之下，整个洞府直接爆开。

白小纯倒吸一口凉气，一把将小乌龟收入储物袋，然后睁开通天法眼，寻找那枚逃走的透明丹药，急速追去。

此刻，逆河宗的元婴修士，包括寒宗等人，都快速飞出，他们不知道发生了什么事情，可是能引起雷劫的，都不是小事。

"老祖，布置阵法，我炼出了逆河丹，它活了，要逃走！！"

白小纯内心焦急，连忙大吼。

寒宗一听此话，整个人都哆嗦了一下，双眼睁大，大吼一声，散开灵力，压制四方。

老猴出现了，速度之快，远超白小纯，直直地朝透明丹药而去。

终于，在其他几个老祖的配合下，那枚要逃走的丹药被老猴一把抓住，而引来的雷劫，也被逆河宗的几个元婴修士化解了。

"这是……三息！"

老猴内心激动，拿着丹药在鼻前闻了一下。

"也罢，哪怕是三息，也是有用的！"

老猴深吸一口气，看了白小纯一眼后，面露赞赏与感激之色，身体一晃，拿着丹药急速而去。

白小纯有些郁闷，觉得这是自己炼制的丹药，就这样被拿走了，怎么也要让自己看一眼啊，他正要找寒宗老祖要说法时，忽然，一股惊人的威压从苍穹上轰轰而来，撼动大地，让所有逆河宗修士忍不住地颤抖，仿佛天威降临！

与此同时，一个略带诧异的声音回荡四方。

“有意思，本座这次来逆河宗，居然遇到了丹药雷劫！”

第 374 章

质子

随着声音的扩散，一个穿着红色长袍的童子出现在苍穹上，随着他一步步走来，众人感觉威压更强了。

在这一刻，就连通天河水似乎也掀起了波澜，而逆河宗的四条山脉，如被压制，所有草木都低下了身子。

草木都如此，更不用说修士了，寒宗等人面色陡然变化，呼吸为之一滞，看向那童子时，内心十分忌惮。

而那棵空榕邪树，此刻也是微微一颤。

“天人……”

寒宗内心震动，与赤魂以及风神子对望一眼，他们听说过这个童子，整个东脉庞大的修真界，以童子之身踏入天人境的，只有一人……

此人就是星空道极宗，五大天人境之一的李元天！

“拜见李前辈！”

寒宗三人深吸一口气，齐齐拜见，其他元婴修士心神震动，也连忙拜见。

白小纯在一旁也十分紧张，这还是他第一次看到天人，尤其是之前感受到那股天威，仿佛整个世界都被压制了。他心跳加速，忍不住偷看了几眼，觉得这童子还没自己高，居然这么厉害。

童子似笑非笑地扫了眼白小纯，没有说话，而是袖子一挥。

“寒宗，你等带路，去大殿，本座有要事告知！”

寒宗三人神色肃然，立刻称是，恭敬地带着童子，快速飞向逆河山的大殿。

直至四人离去，其他元婴修士都神色肃然，紧随其后，整个逆河宗，在这一刻无比安静，不少人更是心中忐忑，不知这一次星空道极宗的天人降临，所为何事。

白小纯更加紧张起来，他觉得童子在看自己时，目光不大对劲，此刻回到洞府，他无心整理被雷劈过的房间，不时看向山顶大殿，忽然想起了什么，赶紧打开储物袋，发现小乌龟还在沉睡，这才放心，小心地将其放在之前发现它的地方。

“这样的话，它醒来后就算觉得不对劲，我也可以推脱说不知道。”

白小纯嘟囔了一句，刚放松一些，又想起了那位童子，不由得再次紧张，遥望着大殿。

此刻，逆河山的大殿内，童子李元天坐在上首，寒宗三人在其面前恭敬地站着，至于其他元婴修士则都在大殿外等候。

“逆河宗与本座有些缘分，之前还是老夫出手，使得空河院元气大伤。”童子淡淡开口，寒宗三人内心一震。

“所以，这一次自然也是老夫出面，告知你们中游修真界的规矩。我星空道极宗下的中游修真界有四大宗门，任何一个宗门，都要隔一段时间，送一个至关重要的人去星空道极宗，作为质子！本座此番到来，就是要带逆河宗的质子，回星空道极宗。”

童子目光扫过寒宗三人，寒宗三人面色大变，纷纷抬头。

“质子？”

寒宗一愣，此事他还是首次听说，不过想来这种事情，应该也是存在的，毕竟中游四大宗门对于星空道极宗而言较为重要，如同在外的一方诸侯。

“我等一定用最快的速度，确定质子人选！”

风神子深吸一口气，他明白，天人已经到来，此事不可能拒绝，于是果断开口。

“不用准备了，老夫已有人选，这质子就是白小纯。”童子平静却不容置疑地开口，寒宗三人内心咯噔一声。

与此同时，童子的神识已然散开，在所有人都没察觉的情况下，将整个逆河宗扫了一圈。除了真灵女婴所在的地方，他不愿招惹，其余之地尽在眼中。

“咦？这女娃体质竟如此特殊……此女，也是质子！你们可以通知下去了，另外质子最多可以携五位同辈弟子，作为护道者，一同去星空道极宗内修行。”

童子目中露出奇异之芒，右手抬起一挥，他的面前立刻出现了一幅画面，画面内，一个女子正盘膝打坐，这女子……正是公孙婉儿！

寒宗三人内心叫苦，哪怕公孙婉儿有潜力，他们也不在乎，他们只在乎白小纯。

“前辈……”风神子迟疑了一下。

“嗯？你们要拒绝？”

没等风神子说完，童子便冷冷地看了风神子一眼，这一眼，顿时让风神子全身发冷，几乎不能言。

“前辈有所不知，那白小纯虽是我宗少祖，可实际上性格顽劣，绝非质子的理想人选，晚辈担心他会在贵宗惹麻烦。”寒宗连忙开口解释。

“没错，前辈，白小纯不但顽劣，更喜欢炼药，偏偏他每次炼药都会出现大问题，甚至引起过瘟疫，祸害四方，让宗门鸡犬不宁，一旦去了星空道极宗，怕是会引起祸端……”赤魂也知道白小纯对逆河宗的重要性，在一旁解释。

听到寒宗与赤魂的话语，童子微微一笑。

“你们说的这些，都不是问题，我堂堂星空道极宗，掌管东脉全境，为通天海守护东脉，难道还容不下一个结丹修士？他性格再顽劣，再能闯祸，难道还能将我星空道极宗炸了不成！他不是喜欢炼药吗？我星空道极宗内，有最好的丹炉，有最好的灵药，有最好的炼药之地，一切炼药的问题，都可解决。你们大可放心，白小纯虽是质子，可在星空道极宗内，他一样是星空道极宗的弟子！”

童子不再给寒宗三人解释的机会。

“此事就这么定了，你们不必说了，出去吧，此地老夫借用三天，三天后，你们带人来此，我带他们回宗！”

童子不容分说，一挥手，一股柔和之力散开，直接推着寒宗三人出了大殿，大殿的门砰的一声关闭。

大殿外，寒宗三人面色阴晴不定，相互看了看后，都露出了无奈的表情。

“只能如此了，时间紧迫，那女娃好说，白小纯那里……寒兄，你去说吧，我等回去交代一下，找些与白小纯同辈的弟子，作为他的护道者。”

风神子长叹一声，白小纯将要离去，他心底最紧张，毕竟白小纯是血祖，一旦走开，若有什么闪失，血溪一脉损失太大。

“不是可以带护道者吗？虽然只能带同辈弟子，但多个人就多一个帮手，只要白小纯点名要的人，不容拒绝，全都要去，老夫也回去交代一下！”赤魂咬牙开口。

寒宗深吸一口气，叹息一声，皱着眉头走向白小纯的洞府。

看到忐忑不安的白小纯，寒宗直接说出了情况。

“质子？去星空道极宗？”白小纯瞪大了眼，呆呆地看着寒宗，此刻脑海里都是“质子”这两个字。

他甚至想起了以前看的典籍里，关于质子的各种凄惨的记录，尤其是一想到自己孤零零一个人，去一个陌生的宗门，他就觉得没有安全感。

逆河宗多好啊！在这里，他的身份无比尊贵，他走在任何地方，都有人拜见，一想到要去星空道极宗，他就觉得未来一片漆黑。

白小纯忽然惨叫一声，一把抱住寒宗的大腿。

“老祖，我不想去，我舍不得你们，这里是我的家，我不想走啊！我刚刚为宗门立下汗马功劳，我……我是少祖！这些年，宗门有难，我都出现了，落星山脉我救人，陨剑深渊我扬名，血溪宗内我潜伏，逆河宗成立我功劳最大，老祖……我不想走。”

白小纯愁眉苦脸，哀号起来。

“我舍不得你，舍不得同门，让别人去吧……我觉得上官天佑就是一个非常好的人选，英俊潇洒玉树临风，他不当质子天理不容啊，还有宋缺也行，星空道极宗缺啥咱就送啥啊……还有北寒烈，还有九岛，都是不错的，实在不行把陈曼瑶送走，也算打入星空道极宗内部是吧……”

寒宗十分头痛，长叹一声，苦涩地看着白小纯，轻声开口：“小纯，若有选择，我绝不会让你走。”

他说出这样的话，让白小纯身体一震。白小纯抬起头，哭丧着脸，望着他。

“真的要去？”白小纯不死心地问道。

“真的要去……不过你可以带几个人当你的护道者，和你一起去，而且也不用很久，终归还是会回来的，这里是你的家。”寒宗摸了摸白小纯的头，目中带着不舍，温和地说道。

第 375 章

白小纯的护道者

白小纯哭丧着脸，整个人如同一朵枯萎的花，耷拉着头。他再次看了眼寒宗，直至确定寒宗没有和自己开玩笑后，悲叹一声："苍天啊，你为何让我如此优秀，就连星空道极宗，居然都非我不可！"

一旁的寒宗原本还有些伤感，听到白小纯的话后，不由得干咳一声。他忽然觉得，让白小纯去星空道极宗，或许也是一个不错的选择，于是连忙开口："好了，你准备一下，三天后上路，这个令牌你拿好，老夫给你权力，可以选择数人作为你的护道者……"

说完，寒宗扔给白小纯一个令牌，转身就要离去，可刚刚抬起脚，又提醒道。

"不要超过五个，若是多了，星空道极宗不会允许。"

白小纯无奈，眼睁睁地看着寒宗离去，他站在废墟旁，望着废墟发呆，纠结了一夜，直至第二天清晨，他才长叹一声。

"罢了罢了，既然星空道极宗这么渴望我的到来，我也只能去一趟了。"

白小纯内心郁闷，又想起自己可以选择护道者，于是在那里冥思苦想。

"还是别让铁蛋跟着了，星空道极宗十分陌生，很危险。"

"至于护道者……我想想，到了一个陌生的环境，最需要的就是消息！此人不但要机灵，更要擅长打探各种事情，能在最短的时间内，将星空道极宗所有事情，哪怕传闻都打探得清清楚楚，这需要一定的天赋……"

白小纯喃喃低语，开始挑选符合条件的人选。

"许宝财！"

白小纯一拍大腿，双眼发亮，这样的人选，他首先想到的就是许宝财。

当初在灵溪宗时，许宝财就擅长打探消息，灵溪宗的几大美女就是他排列出来的。白小纯记得，许宝财还有一个小本子，遇到什么事情，许宝财都会第一时间拿出小本子，快速记录。

“宁可用手写，也不用玉简烙印，可以想象，他一定非常执着，才能做到这一步。这个人，就是许宝财了！”

白小纯嘿嘿一笑，又想到如今在逆河宗，许宝财如鱼得水，对于各种传闻，不管真的假的，都了如指掌，自己若是想知道什么事情，直接去问他就行，于是更为笃定。

白小纯打定主意，要带许宝财过去，便直奔灵溪山脉而去，很快，他就到了许宝财的洞府外，二人刚见面，许宝财顿时悲呼一声。

“白师叔，我舍不得你啊！我听说了，你将以质子的身份，去星空道极宗，你这一走，我们不知何时才能相见，白师叔……保重！！”

许宝财一脸不舍，望着白小纯，双眼饱含着泪水。

“你消息这么灵通？”

白小纯十分诧异，没想到许宝财居然已经知道了。

“那是当然！整个逆河宗，就没有我许宝财不知道的事情。不管什么地方，只要我许宝财想知道，就有无数的方法可以将秘密打探出来。”

许宝财立刻摆出一副傲然的样子，这是他最骄傲的地方，容不得被人质疑半点。

“不过白师叔你放心，你的事迹，我许宝财一定帮你发扬光大，让每一个新入门的弟子，都知道你的存在。”许宝财真诚地说道，心底则有些得意。

前些日子，宗门大部分女弟子都对白小纯有爱慕之意，让许宝财郁闷了好久。他觉得有白小纯在，自己这一生都很难选择道侣了，尤其是他很喜欢的几个女弟子，居然都倾慕白小纯，他更郁闷了。

如今一听说白小纯要去星空道极宗，许宝财顿时兴奋起来。

白小纯听到许宝财的话之后，十分感动，上前用力地拍了下许宝财的肩膀，脸上露出真诚与不舍的表情。

“好兄弟，我原本还在犹豫，毕竟星空道极宗很陌生，我自己一个人受累也就罢了，不想连累兄弟们，可你这么一说，我懂了！”

“啊？”

很明显，许宝财得到的消息不全面，此刻被白小纯这么一说，立刻愣了，隐隐觉得有些不对劲，正要开口时，就被白小纯打断了。

“我需要一个帮我打探消息的护道者，就是你了！”

许宝财身体猛地哆嗦了一下，睁大眼，完全醒悟过来，神色大变，连忙推却。

“白师叔，我……我修为低微……”

“我需要你打探消息，不需要修为！”

白小纯一挥手，毫不在意。

“我……我笨手笨脚……”许宝财继续找理由。

“没关系，任何地方，只要你许宝财想知道的秘密，都有无数方法探听出来，这一点就足够了。另外你还有血性，我还记得当年的血书。你不用推辞了，我知道你舍不得我，你心里是同意的，就这么定了！”

白小纯哈哈一笑，眼看许宝财面色苍白，似还要拒绝，于是一把拿出寒宗给的令牌，在许宝财面前一晃。

“老祖令牌！”

许宝财低声惊呼，倒吸一口凉气，整个人如被五雷轰顶，彻底蒙了。

半晌后，他真的要哭了，可又明白自己无法拒绝，于是站在那里傻眼了许久，后悔得肠子都快青了。

“别担心，一切有我，来来来，小宝，你对宗门熟悉，你帮我分析一下，看看我们再带着谁才会更稳妥一些。”

白小纯干咳一声，搂着许宝财的肩膀，嘿嘿笑道。

许宝财哭丧着脸，目光呆滞，一想到陌生的星空道极宗，他就有些恐惧。虽不甘，他却没有办法。

此刻，听到白小纯的话语，知道要拉其他人入坑，许宝财的注意力顿时就被转移了。

“我们还需要一个算命的，此人要擅长卜算之法，更要有足够的修为，这样的话，一切危机都让他提前算出来了，我们的安全自然就能得到最大程度的保障，人选我有，就是血溪一脉的神算子！”许宝财恨恨地开口，他与神算子之间有些过节，曾经被神算子狠狠地瞪了几眼，还有一个他喜欢的女弟子，居然被神算子抢先得手，可惜他自身修为不够，于是只能记在心里。

此刻，一听白小纯拉人入坑的事情，他第一反应就是拉神算子进来。

“你说的太对了，我们的确需要一个算命的！”白小纯深以为然，立刻与许宝财一起去了血溪一脉，找到了神算子。

二人刚到来，居然看到神算子已经整理完了行装，正站在洞府外背着手，望着苍穹，似乎早就在这里等待他们。

“你们来了。”神算子淡淡开口，风轻云淡，仿佛世外高人。

“我早就算出自己会有一劫，这一劫命中注定，要外出多年。上宗的前辈一来，我就隐隐觉得劫动了。”

神算子一脸惆怅，抬着下巴，开口之时袖子一甩，目光带着出尘之意，望着白小纯与许宝财。

“不管你们要去什么地方，我都会跟着你们去，因为这是我的劫，我的命中注定！”

许宝财看着神算子这一副样子，倒吸一口凉气，眼前的神算子，衣着飘逸，整个人仿佛谪仙一般，说出的话语更是让人吃惊。

“你……你居然真的算出来了！”

白小纯也一脸不可思议，狐疑地看了看神算子后，忽然走了过去，在神算子身边绕了一圈。

他的目光让神算子有些紧张，想起了以往在白小纯面前吃的亏，以及白小纯的可怕。

“哼哼子，你能不能算出，我接下来要打你哪里？”白小纯好奇地问道。

“我……”神算子面色一变，看了白小纯一眼后，他相信白小纯说到一定会做到，说打自己，就一定会出手，于是不再装模作样，赶紧露出笑容，从仙风道骨的样子变成了正常人，甚至还多了一丝猥琐。

“我和少祖开玩笑呢，实际上是风神子老祖昨晚来了，让我做好准备，若是你来找我，一定要听从命令，这不，我一想到能跟着少祖您老人家，兴奋得一夜没睡着，于是就整理了行李，在这里等您到来。”神算子没有任何犹豫，赶紧说出实话。

白小纯哈哈一笑，抬手拍在神算子的肩膀上，神色得意，一副我比你聪明的样子，让神算子哭笑不得。

在逆河宗，除了几个老祖，神算子最怕的就是白小纯了，此刻，神算子担心白小纯旧事重提，于是赶紧提议。

“少祖，就我和许宝财还不够啊，我们还需要能出去打斗的打手！”

第 376 章

不请自来

“一定要特别能打，才可以保护我们。这样的打手，本身需要不俗的修为，更重要的是要有惊人的潜力，可以不断成长！”神算子严肃说道。

许宝财在旁边不断点头，白小纯也看向神算子。

“毕竟，这一次我们不知要在星空道极宗待多少年，所以打手的人选万万不能草率，最好是跟着我们去了之后，用不了多久就可结丹的。”神算子摇晃着头，分析道。

“你说得太对了！”白小纯眼睛一亮，哈哈笑道。

“少祖，我有个提议，你看宋缺、鬼牙、九岛、北寒烈这几个人，哪个最适合？”神算子看白小纯很开心，暗中松了口气。

“这几个人都可以，好难选啊，不过宋缺毕竟是我的侄儿，去星空道极宗这么好的事情，哪怕有外人说我，我也要把这个机会给我的侄儿。”白小纯想了想后，幽幽地道。

神算子与许宝财彼此看了看，都神色古怪，却不敢多言，连忙称赞白小纯对晚辈爱护有加。

就这样，宋缺作为打手的事情便被定了下来，三人没有一个去找宋缺，白小纯索性召唤来了一个血溪一脉的弟子，让他去通知一下宋缺。

“我能带五个人过去，现在才三个……嗯，我还需要一个心腹！”白小纯若有所思，很快脑海里就浮现出了张大胖的身影。

“作为我的心腹，大师兄是最好的人选了，星空道极宗虽陌生，但毕竟是上宗，此事对于大师兄而言，或许也是一场造化。”

白小纯思索后，一挥手，让许宝财与神算子准备一番，定好三天后离去的时间，然后一闪身，化作长虹远去。

直至白小纯离开，许宝财与神算子才相互看了看，苦笑起来，对于未来，两人都很迷茫。

白小纯来到张大胖的洞府时，张大胖正在炼灵。白小纯在外等了一会儿，张大胖打开洞府大门，看到白小纯后，哈哈一笑，拿着一把飞剑，得意地晃了几下。

“怎么样？三次炼灵！”

白小纯看了那把飞剑一眼，内心微震，觉得张大胖在炼灵方面的确有惊人的天赋，于是赶紧开口夸奖，听得张大胖心花怒放。

“说吧，你来我这里什么事，只要是我张大胖能做到的，一定不皱眉头！”张大胖得意地开口。

白小纯却迟疑了，他虽觉得去星空道极宗对张大胖或许是一场造化，但毕竟在逆河宗更安全一些。

迟疑之后，白小纯简单地将事情描述了一下，并将选择权给了张大胖。

张大胖一听此事，眼睛一下就亮了，他呼吸急促，一把拉住白小纯的手。

“去，一定要去，星空道极宗啊，那是源头宗门，我听我师父说过，星空道极宗是东脉修真界内，唯一可以将东西炼灵十五次的宗门！而且星空道极宗有专门炼灵的传承之法，九胖，你一定要带我去啊！”

白小纯看到张大胖这个样子，也松了口气，又问了几句，确定张大胖的决心后，白小纯立刻点头。

“行，大师兄，三天后，我在逆河山大殿外等你！”

从张大胖那里离开后，白小纯回到了他的洞府，在那里盘膝坐下后，白小纯开始琢磨最后一个护道者的人选。

“小妹与宋君婉……好头痛，现在只有一个名额了，两个人只能带一个……这可怎么办，带谁都不好。”

白小纯有些发愁，若是两个都带，先不说名额问题，就他自己都不同意。

想了半天，白小纯也没有头绪，索性不再思考，而是闭目打坐，心却不静，一想到要去陌生的星空道极宗，他总是有些忐忑。

直至深夜，他睁开眼睛，看着四周，长叹一声。

“舍不得走啊！”白小纯摇头，又开始想最后一个人选，忽然神色一动，抬头看向远处，神色肃然，一股凌厉之意从他身上散出，锁定了一个方向。

很快，他看去的方向，一个苗条的身影无声无息地走出，直接走到了白小纯的面前。

香风扑面，来人正是陈曼瑶！

在月色下，她穿着紧身的黑色衣裤，配上那绝美的容颜，使得她整个人从内到外，拥有一股惊人的诱惑力。

尤其是她的秀发随风而动，还有那楚楚可怜的目光，更是将她女性的魅力展现到了极致。

“干吗这么凶狠地看着人家？”

陈曼瑶轻声开口，声音带着软弱，更有一丝魅惑，让人听后，不由得骨头酥麻。

白小纯皱起眉头，他知道宗门与陈曼瑶背后的势力达成了一些约定，所以此女才可以安然留在逆河宗。可他心底，始终有些警惕陈曼瑶。

“你有何事？”白小纯平静地开口。

“没有事就不能来找你吗？”

陈曼瑶目中带着深情，更有一丝幽怨，一扫之下，发现白小纯的目光呆滞了一下，顿时有些得意，正要继续。突然，她的身体猛地一僵，看到了白小纯眉心张开的第三目！

这紫色的第三目似乎带着某种惊人之力，陈曼瑶在看去的刹那，骇然发现，自己居然失去了对身体的操控能力。

“白某再问你一遍，你有何事？”白小纯望着陈曼瑶，模仿宋缺与人说话时的语气，不但惟妙惟肖，甚至更胜一筹。

陈曼瑶平复了下呼吸，不敢继续造次，退后几步，向着白小纯抱拳，深深一拜。

“还请少祖同意，将你最后一个名额给我。”

“不行，你走吧。”白小纯断然拒绝。

“少祖请听我一言，有我在身边，你可以随时与蛮荒沟通，可以知晓你想要知道的任何事情，除此之外，星空道极宗内，还有一艘战舟，这艘战舟可以通往蛮荒！只要你同意，我可以将蛮荒内的一些秘密与你分享，就连星空道极宗内的事情，我也了解很多，能……”

陈曼瑶连忙劝说，可还没等她说完，白小纯袖子一甩，一股狂风卷起，直接就要将她吹出此地。

“白小纯，星空道极宗内有杜凌菲的线索，你带我去，我必定帮你找到这个线索！也只有我能做到，因为我来自蛮荒。星空道极宗内的探子，认我，不认你，我以生命发誓，一定能帮你找到杜凌菲的线索！”陈曼瑶急速开口，话语传出后，狂风微微一顿，很快就继续卷来，将她直接卷下逆河山。

陈曼瑶内心焦急，不知该如何是好。她的耳边，传来白小纯冰冷的声音。

“两天后，逆河山大殿见。”

卷走了陈曼瑶，白小纯默默地坐在洞府外，抬头望着星空，如果陈曼瑶没说起那个名字，白小纯还以为自己不会想到她了。

可听到那个名字之后，白小纯还是内心一涩，他也弄不清自己对杜凌菲到底是一种什么样的心态与情感。

“或许，我想要知晓的，就是一个答案与真相……”白小纯呢喃，月光下，他渐渐想起了很多往事。

第 377 章

天尊

时间流逝，很快，当明月再次升起时，距离离开……只有这一晚了。

白小纯已经定好了五个名额，此刻，他对于去陌生的星空道极宗，依旧有些担心。白天的时候，他去跟宋君婉与侯小妹告别，心里很难过。

此刻，他盘膝坐在洞府，三更时分，寒宗的身影无声无息地出现在他身边。

他望着白小纯，轻咳一声。

白小纯睁开双眼，看到寒宗后叹了口气，耷拉着头，没有理会。

“小纯，明天你就要走了……有些事情，老夫要对你交代一番，这是我与风神子以及赤魂，还有丹溪一脉共同的决定……”

寒宗不介意白小纯无视自己，微微一笑，坐在白小纯的身边，沧桑的声音传入白小纯的耳中。

“老夫知道你修行是为了更好地活着，其实我们所有人都想这样，正是因为如此，我们才会更加努力地修行。只不过，在修行的道路上，还存在一些更重要的事情。或许你现在还不是很明白，等有一天你到了我这个年纪，你就懂了。”寒宗顿了顿，继续说。

“修士这一生，寿元的增加都靠修行，筑基可增百年，结丹可增五百年，可你知道吗？一旦成就元婴，则至少增加千年寿元！你可以算算，你若是成为元婴，能活多久？”寒宗看向白小纯。

白小纯原本不想理会寒宗，其实他也理解宗门，他们也没有别的办法，可还是觉得郁闷，偏偏寒宗说起的话题，是他最感兴趣的事情，他脑子里不由开始算了起来。

算来算去，当白小纯发现自己一旦成就元婴，至少可以活两千年时，呼吸一下就变急促了，双眼冒光，心跳加速。

“两千年……”

白小纯舔了舔嘴唇，他不算也就罢了，这么一算，让他对于成就元婴的欲望强了很多很多，就连呼吸都变粗重了。

“这只是正常情况，若是用一些特殊的办法，配合灵药，你还可以活得更久，只不过那样做的代价很大，虽不会限制修为，但也会让人触摸到此生的天花板，如老夫。”寒宗轻叹，看了白小纯一眼。

白小纯深吸一口气，抬头看向寒宗。

“你知道吗，修士一步步从凝气到筑基，又从筑基到结丹，再从结丹到元婴……这是一条曲折的道路，更是一条不断有人被排斥出去的道路。一百个凝气里，能有一个筑基，算是多的，一百个筑基里，能有一个结丹，也算是侥幸……而元婴……我灵溪一脉，多少年来，算上死亡之人，一共才出现了不到十个元婴修士，你说……成就元婴有多难？”

寒宗唏嘘不已。

“成就元婴十分难，过程中存在极大的风险，要么身死道消，要么成就元婴真人，即便是在中游，成就元婴的概率高了一些，可对个人而言，难度是一样的。”

白小纯沉默，此事他明白，就算自己拥有天道金丹，也只不过比其他人多了一些把握而已。

“小纯，作为质子去星空道极宗，虽然会失去一定的自由，不如在逆河宗内那么自由自在，可实际上，这也是一个千载难逢的良机！”

寒宗缓缓开口，为白小纯权衡利弊，衡量一切。

“星空道极宗，毕竟是源头宗门，守护东脉通天河全境，那里的灵气之浓，远非中游可比，各种功法神通，天地灵药，比比皆是。你完全可以借助星空道极宗的力量，来让自己成功踏入元婴！”

寒宗的声音大了一些，传入白小纯耳中，白小纯心神震动。

他听出了寒宗话语里的真诚，知道对方不会欺骗自己，的的确确，在星空道极宗内，自己成就元婴的可能性会更大一些。

再加上他有天道筑基的基础，不说十成，他至少有七成把握，未来能踏入元婴之境！

如此一来，去星空道极宗，不但不是坏事，对白小纯而言，反倒是一场有助其修行的惊人造化！

这么一想，白小纯内心的郁闷也消散了很多，双眼也亮了起来。

“一旦在星空道极宗内成为元婴修士，你就可以进入星空道极宗的长老议会中，拥有一定的话语权，这样的话，就算你是质子，又有什么关系？质子的身份在那个时候，不但不会成为你的阻碍，反倒会成为你在长老议会中有力的后盾！而且，你成为元婴修士，对于逆河宗来说，至关重要，在关键时刻，你能给予逆河宗更大的帮助！”

寒宗再次开口，声音回荡，将一切分析给白小纯听。

白小纯听后，长叹一声：“老祖，我觉得你修行，真的是浪费了，你应该去当说客……”

寒宗哈哈一笑，拍了下白小纯的头。

“我还没说完，不要插嘴。小纯，成就元婴，与筑基以及结丹一样，分为三种方式，第一种方式实施起来最简单，可风险最大，失败的概率极高，且有次数限制，每一次失败都会伤到自身，损失寿元，那就是利用元婴丹！”寒宗神色肃然地说道。

白小纯赶紧认真听成就元婴的方法，宗门内没有相关记录，白小纯也是首次听说。

“第一种方式算是下乘之法了，只有一丝可能晋升元婴，也是最常见的……”寒宗摇头，继续开口。

“而第二种方式，则需要……一个五行天兽魂，所谓五行天兽魂，就是堪比天人境的凶兽死后的魂，这种魂本身就具备五行之力，所以只要有一个五行天兽魂，就可以让修士踏入元婴境。这种元婴修士，实力极强，未来有一成可能，成就天人！”

白小纯内心一震，牢牢地记住了五行天兽魂这五个字，他没想到，成就元婴，居然还需要堪比天人之兽的魂来辅助。

“而第三种方式……”

说到这里，寒宗一顿，眼神渐渐变得痴迷，甚至带着一丝崇敬与疯狂，这种表情在他的脸上极为少见。

白小纯看了后，也紧张起来。

“最后一种方式，跟传说差不多，已知的……整个通天世界，只有一个人做到了，这种方式要求更为苛刻，需要……五行天人魂！”

“所谓天人魂，就是天人境的修士，死亡后的魂，且天人魂有个特性，五行不全，每个天人魂，只具备五行中的某一种属性，如此一来，想要利用这种传说中的方式，需要具备的……是五个不同的天人魂！一旦做到，那么……成为元婴的一刻，就是同境中的无敌！”

寒宗此话一出，白小纯倒吸一口凉气。

“五个天人魂？！”

白小纯觉得不可思议，他知道天人少见，整个中游修真界，如今只有三个而已，即便加上星空道极宗，怕是都不超过十个。

如此一来，想要集齐五行天人魂，根本就不可能。

“古往今来，存在过的天人极为有限，所以任何一个天人死后，他的魂都是至宝……即便如此，以五行天人魂踏入元婴，也难以做到，所以才是传说。”寒宗轻声开口。

“那方才老祖你说的，只有一个人做到过，此人是……”白小纯深吸一口气，忍不住问道。

寒宗沉默片刻，下意识地抬头看了看天空后，口中说出了两个字。

“天尊！”

“天尊？”白小纯一愣。

“通天世界里，最强的修士……统治四大宗门，常年居住在通天海中通天岛上的……天尊！世人不可说其名，一旦说出名字，就会被其察觉，故而尊称他老人家为……天尊！”寒宗轻声开口。

“传说中，他老人家先是天道筑基，然后天道金丹，再是五行天人魂元婴，一路走在天道中，你与蛮荒有过接触，应该明白天尊的地位！”

第 378 章

我会回来的

白小纯脑海轰的一声，他想起了陈曼瑶背后的蛮荒老者说起的那些事情，此刻，他把所有事情在脑海里结合后，顿时明白了。

如果把所有依靠通天河的宗门比喻成官府，那么这天尊……就是帝王！

白小纯沉默，寒宗也沉默。半晌后，寒宗起身，右手抬起时，他的手中多出了一枚青色的核桃！

这核桃看起来如玉石打造的，能看到里面有一缕魂……在沉睡。

那一缕魂没有任何能量波动散出，若是以神识去观察，根本就看不到，白小纯一愣。

“这是……”

寒宗望着手心内的核桃，又抬头看向白小纯，目中露出期待。

“小纯，你为我逆河宗付出太多太多了，逆河宗能有你……是逆河宗的幸运，可是逆河宗太小，无法给你更多的帮助，老夫与其他几脉的道友商议后，决定将整个逆河宗，唯一的……天人魂送给你！”

寒宗声音平缓，可传入白小纯耳中时，如同天雷，让白小纯内心震惊。

“天人魂！”

白小纯呼吸急促，睁大了眼。

若是寒宗没有说出五行天人魂有多罕见，白小纯肯定不觉得此物价值有多大，可眼下，知晓了一切后，他的内心掀起了大浪。

这一缕天人魂，是整个逆河宗内，甚至可能是整个中游修真界，唯一一缕天人魂。

毕竟……天人魂不是中游宗门可以拥有的，因为灵溪一脉曾是寒门，才可能留有一缕天人魂，而且还是五行中属性为木的天人魂！

“这……”

白小纯第一次面对如此重宝，却不敢伸手去拿，此物的价值实在太大了。

“本来就要给你，只不过提前给你罢了，不要有压力，五行天人魂元婴毕竟是传说，你可以将其看成方向，一旦做不到，可以利用这一缕天人魂在星空道极宗内，换取一个完整的五行天兽魂，总之……你结婴之事，我们早就为你铺好了道路！”寒宗慈祥地笑道。

白小纯身体颤抖，深吸一口气后，他望着寒宗，沉默半晌，深深一拜。

“多谢老祖！”

“好了，该说的都和你说了，清晨时，老夫会和其他人在逆河山大殿送你们。”寒宗拍了拍白小纯的肩膀，带着鼓励与期待，转身离去，月光下，他的背影看起来有些苍老……

白小纯拿着手中的天人魂，将其放在储物袋内，他的内心很不平静，对于宗门，对于这里的一切，都十分不舍，还有深深的感动。

很快，清晨到来，当第一缕阳光穿透云海，照耀大地时，逆河宗内，青山绿水，一片安宁，灵气若隐若现，将逆河宗勾勒得如同仙境。

白小纯内心坚定，整理衣着，向着山顶大殿走去。

与此同时，许宝财、神算子二人也接受了这个事实，纷纷鼓起勇气飞出，直奔逆河山。

张大胖精神振奋，健步如飞，还有陈曼瑶也在清晨化作一道长虹而去。

血溪一脉的一处洞府内，有轰鸣传出。宋缺一脸铁青地走出，他握着拳头，气得咬牙切齿，却没有办法，只能飞向逆河山。

除了这几人，逆河宗的修士也陆续出现，他们都知道了关于质子的事情，若不是宗门禁止他们去打扰白小纯，怕是白小纯很难有休息的时候。

此刻，整个逆河宗的修士都出动了，他们无法在之前三天去打扰白小纯，可在这一刻，他们想要去送别。

宋君婉与侯小妹也在人群中，带着不舍与难过，直奔逆河山。

当白小纯到逆河山大殿时，立刻看到寒宗等元婴修士在那里等候。除他们外，还有公孙婉儿。公孙婉儿早了白小纯一步，此刻正站在那里，看到白小纯后，她微微一笑，眼中极有神采。

白小纯之前就知道公孙婉儿是质子了，不过对于公孙婉儿，白小纯不知为何，总觉得有些怪怪的，勉强一笑后，他来到公孙婉儿身边，发现公孙婉儿居然没有带护道者，而是独自一人。

“你的护道者呢？”白小纯诧异地问道。

“我不需要啊！”公孙婉儿笑了笑。

白小纯眨了眨眼，正要继续说话，神算子与许宝财到来，还有张大胖、陈曼瑶都到了白小纯身边。

最后一个出现的是面色铁青的宋缺，他阴沉着脸，迈着大步走来，闷哼一声，站在神算子的身边生闷气。

而逆河宗的修士也出现在外围，遥望这里，目中带着不舍。

白小纯看到了人群内的宋君婉与侯小妹，还有侯云飞、黑三胖，还有其他熟悉的面孔，忍不住又难过了，他觉得自己的命好苦……这一生，总是在经历离别。

当年在村子是这样，在灵溪宗还是这样，如今到了逆河宗，又是这样……

就在白小纯琢磨着需不需要如以往一般，向众人表达自己的难舍之情时，突然，一股惊人的威压从大殿内传出，关闭的大殿之门无声无息地开启。

红袍童子背着手从大殿内走出，他身材矮小，可偏偏给人一种与天齐高的感觉，众人之所以会有这样的错觉，全都因为他那股惊天动地的气势。

天人境的威压，在这一刻，让整个逆河宗一片寂静。

童子的目光扫过白小纯与公孙婉儿，然后微微点头。

“人齐了，走吧！”

他一指远处的苍穹，苍穹轰鸣，一双大手从虚无中伸出，狠狠一撕，直接将苍穹撕开一个巨大的缺口。

一个足有万丈高的巨人从缺口内钻出来，站在天地间，让所有人倒吸一口凉气。

壮硕的身体，野蛮的气息，旺盛的气血，这一切都使得这巨人足以撼动苍穹和大地。他站在这里，山峰与其相比，都成了玩偶，可以被他一脚踏碎。

随着巨人的出现，逆河宗的人都倒吸一口凉气，白小纯眼睛都直了。

这巨人出现后，先是仰天嘶吼，而后低头，向着逆河山的方向，直接跪拜下来。

“主人！”

震耳欲聋的声音传出，回荡八方。

逆河宗众人心神震动，白小纯也倒吸一口凉气。

童子袖子一甩，白小纯等人顿时眼前一花，身体更有一股撕裂感。好在这种感觉刹那就消失了，当众人视线变清晰时，白小纯他们早已离开逆河山，站在那巨人的……头顶！

这种不需要任何阵法，甩一甩袖子就可带人移动的手段，元婴修士虽然也能做到，却不会如此轻松。对于童子而言，此事简单得如同呼吸一般。

白小纯再一次被巨人所震撼。这巨人头顶的一根根发丝，如同大树，整个头顶在白小纯眼中，仿佛成了一小片丛林。

许宝财尖叫，张大胖面色煞白，神算子身体颤抖，就连宋缺都呼吸急促，陈曼瑶也好不到哪里去，唯独公孙婉儿，神色没有太多变化。

白小纯身为结丹修士，此刻虽面色苍白，但是站在那里很稳，目光落在远处的逆河宗时，他忽然大喊一声：“我走了……我会回来的！”

童子看了白小纯一眼，微微一笑，盘膝坐在巨人一根头发上，双目闭合的瞬间，巨人猛地站了起来，大吼一声，一跃之下，竟直接踏入虚无，消失了！

留下逆河宗众人，望着天空中的波纹，向四周不断回荡……

“小纯……”

第 379 章

星空道极宗

中游通天河的上方，那条真正的东脉通天河，浩瀚无比，河面很宽，几乎看不到尽头，范围极大，即便是整个中游修真界加在一起，也远远不如真正的东脉通天河宽广。

若顺着此河追溯源头……则是江海交汇之口！

在交汇处，有一条与通天河同宽的惊天瀑布，这瀑布之高，堪比大山，瀑布之宽，看不到尽头，飞流直下，落入下方，形成了……东脉通天河！

可以想象，瀑布之上就是通天海！

此地灵气之浓，难以形容，中游修真界的灵气根本无法与之相比，星空道极宗正好将山门定在了这里。

星空道极宗的山门并不在大地上，而是在瀑布落下溅起的水汽中，那里有七条彩虹，这七条彩虹分为三层。

最高的位置，也就是第一层，只有一条彩虹，中间的位置，即第二层左右各有一条彩虹，最下面的位置就是第三层，则有四条彩虹并列……

瀑布太大，故而彩虹也很大很长，而星空道极宗赫然存在于七条彩虹上！

远远一看，能看到无数身影于彩虹之上飞舞穿梭，而这仅仅是星空道极宗的一部分，在彩虹之后，瀑布之上，隐隐约约能看到一艘庞大的古老战舟！

战舟一片漆黑，散发出沧桑与神秘的气息，更有阵阵寒意泛出，可以看到其内似乎有幽影，若隐若现。

而在瀑布下方，东脉通天河的两岸，赫然存在四座超级庞大的城池！

任何一座城池，其规模都超过了中游的宗门，足以容纳数千万人居住。

这……就是星空道极宗！

瀑布下，四大城池。

瀑布前，七道彩虹。

瀑布后，通天海！

此刻，巨人一跃而出，白小纯在巨人头顶，看着眼前的星空道极宗，倒吸一口凉气。

他完全被星空道极宗的磅礴气势震撼了。

不仅如此，靠近这里时，白小纯就立刻感受到了四周浓郁的灵气，甚至有种黏稠之感，因灵气太浓，他很不适应。

其他人也在不断吸气。

"这是怎么做到的？彩虹是虚幻之物，可……可星空道极宗，居然建在彩虹上！"神算子一脸不可思议。

"彩虹的确是虚幻之物，可有半神境的绝世强者在，自然可以让虚幻之物成为近乎永恒的存在！"陈曼瑶深吸一口气，在一旁低声解释。

"而且，这七条彩虹的等阶划分很严格，从下到上，分别是星空道极人地天！你们看到的最高的那一条彩虹，就是天，下方两条彩虹代表地与人，第三层的四条彩虹才是星空道极！我们来自逆河宗，实际上也算代表空河院，也就是说，第三层的第二条彩虹，才是我们最终的去处！"

陈曼瑶将自己知道的一切都说了出来，白小纯听在耳中，这才对星空道极宗有所了解。

"至于下方的这四座超级庞大的城池……这里实际仅是星空道极宗的外门而已，星空道极宗的内部划分，与我们所了解的宗门等阶的划分不一样。"陈曼瑶继续说道，就连公孙婉儿也好奇地看了过去，认真聆听。

"小女娃知道的不少。"童子睁开双眼，看了陈曼瑶一眼。

"前辈莫怪。"

陈曼瑶面色一变，她摸不清天人老怪的脾气，此刻十分紧张，赶紧赔罪。

"无妨，不管你怎么知道的，也省了老夫给你们介绍，你们听好了，星空道极宗的内部划分的确与其他宗门不一样，也不需要一样。星空道极宗，没有外门内门之分，只按赤橙黄绿青蓝紫这七种颜色划分，无论是谁，来到我星空道极宗，只要是元婴以下，那么就需要从赤袍弟子做起，这里不看修为，只看贡献点！贡献点够了，就可以晋升，初来者，没有资格入住彩虹之上，唯有成为黄衣弟子，才可飞向彩虹，离开大地。”童子淡淡开口，他身下的巨人已迈开步子，带着众人，靠近了通天河左岸的第二座城池。

“好了，这座城名为空城，也是你们要去的地方，此后如何，就看你们各自的造化了，这枚玉简你拿好，进入城池后，自然有人为你们安排一切事宜。”

童子站起身，扔给白小纯一枚玉简，袖子一甩，一股大力散开，推动白小纯等人飞出巨人头顶。

巨人大吼一声，身体跃起，在半空撕开一道裂缝，钻进去消失了。

而那童子迈出一步，瞬间消失，再次出现时，已到了第二层彩虹之上！

直至童子离去，白小纯才深吸一口气，望着眼前气势恢宏的城池，可以看到里面人山人海，抬头时，看到那惊人的瀑布以及瀑布上的彩虹，白小纯的呼吸渐渐平稳。

这里太大了，大到让白小纯有一种陌生感，尤其是此刻，众人站在城池外，那种身在异乡的感觉变得更强烈了。

“四大城池，分别是星城，空城，道城以及极城，在这里不能小看任何一人，有不少修士本身修为极高，却因贡献点不够，故而停留在橙衣阶段，唯有晋升黄衣，才可住到彩虹之上。星空道极宗，元婴之下，皆为弟子，不分修为，只看颜色，这……就是星空道极宗名震八方的……七色弟子！”陈曼瑶望着前方的城池，轻舒一口气，继续介绍。

有她在，白小纯等人对于星空道极宗的情况总算不是一头雾水，慢慢了解起来。

“天空上的第一层与第二层彩虹，要什么资格才能居住？”公孙婉儿在一旁，忽然问道。

陈曼瑶极为忌惮公孙婉儿，闻言，没有隐瞒，如实道出。

“第一层彩虹，又称为天彩虹，那里是星空道极宗唯一一位半神老祖的居住地，至于下方的地、人两条彩虹，左边的地彩虹，是天人境修士的居住地，右边的人彩虹则是星空道极宗掌门所处的地方，也是诸多修士试炼之地。”

说到这里，陈曼瑶看了眼白小纯，开始说关于战舟的事情，没有继续说出关于蛮荒的事情。

“最可怕的，是瀑布后通天海上的那艘古老的战舟……这样的战舟，四大源头宗门，各有一艘，是通天海内的人送出的，神秘莫测，威力无穷！”

此事只有她与白小纯知晓，白小纯若有所思，公孙婉儿微微一笑，也没多问。

“走吧，既然来了这里，就先安顿下来吧。”

白小纯深吸一口气，看向身边众人，随后向着城池走去，一行七人，很快就到了城门。

七人刚靠近城门，立刻有一股无形的波纹散开，笼罩了七人，白小纯拿着的那枚童子给予的玉简发出了明亮的光芒。

光芒闪耀后，七人还没来得及反应，四周就出现了传送之力，刹那间，他们的身影消失。

再次出现时，七人已到了城池中心的一个大殿中。他们还没看清周围的情况，一个冰冷的声音就在他们四周回荡。

“质子白小纯、质子公孙婉儿，这是你们的身份令牌，还有赤衣道袍，你们的护道者所需之物也在其内。从此之后，你们就是我星空道极宗的修士！”

声音传出时，两个储物袋直接出现，直直地飞向白小纯与公孙婉儿。

他们拿住储物袋后，来不及细看，一股大力出现，直接将七人卷出大殿。再出现时……七人已到了大街上，街上行人来来往往，看到白小纯等人后，倒也没觉得意外，似乎对这样的事情已经见怪不怪了。

白小纯十分茫然，许宝财与张大胖被连续传送，面色变得有些苍白。宋缺与神算子还好一些，陈曼瑶似已习惯，倒也无碍。

只是星空道极宗这种冰冷的态度以及处事方式，让他们很不适应……

“我是质子！”

白小纯深吸一口气，有些不满，向着大殿吼了一声。

第 380 章

我饿了

白小纯并没有得到任何回应，神算子等人面面相觑。白小纯觉得非常不满，他认为自己是质子，这么重要的身份，他应该有质子的待遇。

“你们说是不是，我是质子啊！”白小纯生气地问张大胖，张大胖咳嗽一声，左顾右盼，没有说话。

“罢了罢了，此事本质子忍了，你们说，我们接下来怎么办？”白小纯叹了口气，看向神算子。

“那个……我觉得我们应该先熟悉一下这里，再做决定为好。”神算子小心翼翼地开口，许宝财与张大胖深以为然，陈曼瑶没说话，公孙婉儿轻笑不语，至于宋缺则依旧铁青着脸，一副谁也不愿理会的模样。

白小纯看了看这些人，有些头痛，他隐隐有些后悔带人来了，但是又没办法，只能按照神算子的说法，在街头溜达起来。

走着走着，白小纯就忘记了之前的不愉快，他的吸气声、惊呼声时而传出，不仅他如此，其他几人也差不多，都被城内的一切震撼了。

这里毕竟是东脉通天河的源头，整个城池内有许多星空道极宗的弟子，也有很多世世代代居住在这里的人。

只不过这里的人都很奇怪，一路上，白小纯都没发现一个胖子，绝大多数都很干瘦，甚至还有一些瘦得皮包骨。

而且，此地之人都来去匆匆，似乎不愿浪费一点时间，修为也很怪异，仿佛不愿意露出一点灵力。

如果不是因为白小纯能看出一点端倪，恐怕都要以为他们是凡人了。

白小纯还发现，这里几乎可以买到他需要的所有东西，他甚至还看到了卖灵宝的，至于丹药，更是五花八门，各种法宝、典籍比比皆是。

还有一种被称为灵食的食物，有的是天材地宝，有的是凶兽血肉，种类很多，价格更是贵得离谱，偏偏一路上，白小纯看到好多修士，哪怕掏空腰包也要去买。

这一切简直让白小纯目不暇接，他第一次到这样繁华的地方，其他几人也慢慢被四周的一切所吸引。

只是……这里的物价实在太高了，好在过来之前，逆河宗为白小纯准备了许多灵石，可就算这样，白小纯估算了一下，发现自己在这里也很难买到一些眼馋之物。

而更让白小纯等人难以置信的是，他们只溜达了几个时辰，居然不约而同地感受到了饥饿！

这一现象顿时让众人倒吸一口凉气，一个个睁大了眼，自从筑基之后，他们就已辟谷，而且此地灵气之浓，按理来说，他们根本就不需要食物，只要吞吐灵气就可以。

眼下，这种久违的饥饿感却越来越强烈。

“怎么回事……我……我饿了！”

白小纯摸着肚子，诧异地看向陈曼瑶。

陈曼瑶也是一愣，她想了想后，取出一枚玉简，似在与人沟通，半晌后，她神色惊异地抬起头，看向众人，迟疑了一下。

“你们……有没有察觉，就这么一会儿，我们的修为似乎精进了一点。”

她这么一开口，众人立刻查看自己的修为，发现确实强了一点，只不过不明显，之前，众人一直被四周的繁华所吸引，才没注意。

“那就对了，此地太过靠近通天海，灵气十分浓郁，以至于灵气侵入，乱了五脏，使得我们的修行速度不断加快，与此同时，我们的消耗一样暴增……所以，我们才感觉到了饥饿，这说明我们消耗的能量已经超过了我们体内储存的能量，剩下的能量无法满足我们的其他活动，也就难以辟谷了。”

陈曼瑶解释时，白小纯的肚子发出了“咕咕”之声。

白小纯面色一变，除了死，他这一辈子最害怕的就是饿，当年在香云山，为了修炼不死长生功，他差点被饿死。后来筑基成功，就再没觉得饥饿，可眼下，饥饿感又出现了，让他的身体一颤。

“而且我刚才问了一下熟人，得到的答案是，在城池内，我们每天都需要吃下大量食物来补充能量，而且必须是灵食才可。”陈曼瑶苦笑道。

“那就是要不断地吃？”张大胖紧张起来，他与白小纯一样，对于饥饿，都有阴影。

“除非成为黄袍弟子，进入彩虹，才可以得到彩虹之气，解决这个问题。”陈曼瑶叹了口气，眉头皱起，她也感觉到了饥饿。

公孙婉儿在一旁摸了摸肚子，舔着嘴唇，轻笑一声。

“既然如此，那我就去吃东西了，我们以后再见。”说着，她向着众人一挥手，走入人群，消失了。

“少祖……怎么办，我也饿了……”

神算子眼巴巴地看着白小纯，许宝财也是如此，宋缺铁青着脸，看向白小纯。

“先忍忍，我觉得我们还是先找到住的地方，再考虑吃饭的事。”白小纯有些发愁，摸了摸口袋，咬牙道。

神算子等人也觉得有道理，从各自的储物袋内，拿出一些丹药吞下，勉强化解了饥饿感后，与白小纯一起，在城内寻找居所。

很快，他们就找到了宗门弟子住处的地方，在这里，白小纯得知所有洞府都要租，不能买卖。

白小纯看了眼租金，顿时倒吸一口凉气。

“这……这也太贵了！”

负责此地的修士，是一位橙衣弟子，他冷眼看了看白小纯，没说话，似乎懒得去理会。

这里居住的地方价格之高，匪夷所思，能住在洞府里的人，非富即贵，普通人想都别想，只能选择灵宅，而灵宅的价格也极高。

无奈之下，白小纯等人商议一番，最终咬牙，租下了一个最便宜的灵宅，等拿到灵宅的令牌，并找到灵宅时，天色已晚。

这灵宅在东城，很简陋，白小纯觉得比自己在村子里的房屋都要简陋，真是欲哭无泪，光租这么一个地方，还只能住半年，就花了宗门给他的一半灵石。

折腾了一天，众人又累又饿，白小纯叹了口气，将装着灵石的储物袋扔给了神算子，让他去买点灵食回来。

神算子立刻振奋精神，一把接过储物袋，化作一道长虹急速飞出，回来时，买了不少灵食，众人分了，在那里默默吃着，各有心事。

白小纯吃着吃着，对逆河宗的思念更加强烈。

一夜无话。

第二天清晨，白小纯首次被咕咕叫的肚子打断了吐纳，他睁开眼，发现宋缺等人明显瘦了一些。

“该死的，这里太邪门了，这么下去，怎么办啊！”

白小纯觉得有些恐怖，他饿得头昏眼花，赶紧拿出灵石，让神算子去买食物。

第一天，就这样过去了。

第二天，第三天，第四天……

这四天里，众人陆续出去过，回来后，都皱着眉头盘膝坐下，似乎不愿浪费一点力气。

就算是这样，包括白小纯在内，每个人都明显消瘦下来，尤其是许宝财，几乎快要皮包骨了。

这还不算什么，最恐怖的是白小纯发现储物袋内的灵石已经快要空了，最多还能再坚持两天……

而且他个人的储物袋内的灵石，也贴补进去了很多，如今所剩无几。

“你们想想办法，这样不行，你们是我的护道者，要去赚钱养我啊！”白小纯觉得此事很重要，语重心长地对众人说道。

他刚说完，宋缺忽然站了起来，目中露出果断，更有一丝疯狂。

白小纯有些奇怪，正要问询时，宋缺开口。

“我受够了！！白小纯，我受够了，什么护道者，我不当了。我宋缺自己解决自身的生存问题，从此你是你，我是我，不就是贡献点吗？我宋缺在血溪宗不如你，在逆河宗不如你，难道在这里还不如你？在这里，我一定能凭着自身之力成为黄衣弟子，飞上彩虹！”

宋缺咬牙，怒吼一番。

白小纯一瞪眼，正要说话时，神算子也站了起来……

第 381 章

走投无路

“少祖……”

神算子起身望着白小纯，迟疑了一下，还是咬牙开口：“少祖，我……也要走了，我们都在这里，这么下去的话，终究难以解决生存问题，你看……”

白小纯一听这话，知道这些人都要各谋出路，顿时着急了，也站起了身。

“你们别走啊，你们是我的护道者，是我带来的，你们走了，我怎么办……”白小纯着急地道。

宗门给的灵石和自己储物袋内的灵石都花得差不多了，这个时候众人离去，让白小纯心里很受伤。

“你们是我带来的，你们要养我啊……”

白小纯试图挽留，宋缺在一旁冷哼一声，无情地转身，他准备自己做任务，养活自己。

他迈着大步直奔灵宅大门，没有丝毫停顿，直接离去。

“缺儿……”

白小纯急切地呼唤，却没有任何回应。

神算子正要离去，被白小纯一把抓住手臂。

“神算子，我以后不叫你哼哼子了，你别走……”白小纯可怜兮兮地望着神算子。

“少祖，我也没办法，来的时候我们都没想到，星空道极宗居然这么难生存……我打算出去给人算命，争取让自己活下去……”

神算子嘴上如此说，心中却无比愤恨，同时无比怀念逆河宗，一想到是白小纯把自己拉入火坑的，他就无情地一甩袖子，向着白小纯抱拳后，快速向着大门走去，眨眼间，就走出灵宅，消失无踪。

“你们太过分了！”白小纯怒道，在他想来，宋缺与神算子不讲道义，二人若是早走几天也就罢了，偏偏等灵石都快没了的关键时刻，才扔下自己走人。

就在白小纯气愤时，陈曼瑶轻咳一声，也站起了身，看了看白小纯，叹了口气。

“都怪我没有做好判断，少祖……我还是去找找熟人吧，若是有缘，我们彩虹上相见。”说完，陈曼瑶也不等白小纯回答，就身体一晃，飞出灵宅。

白小纯看陈曼瑶居然也走了，整个人有些抓狂，陈曼瑶还是主动来找他，让他带着她来此地的，没想到竟也扔下自己走了。

气愤之余，白小纯看到许宝财与张大胖还在，心底略有些安慰。

“哼，他们愿意走就走，还是大师兄和小宝你们讲义气，你们放心，我……”白小纯心底有些感动，一拍胸口，正要说些豪言壮语时，许宝财尴尬地站起了身。

“少祖，我……”

“你干什么，快坐下！”

白小纯一看许宝财这个样子，内心咯噔一声，就要阻止，可许宝财已坚定了信念，整个人都快哭了，近乎哀求。

“少祖，你放过我吧，我……我不想饿死啊！你看看我，我们这些人里，就数我现在最虚弱，我都皮包骨了，我担心这么下去，我会成为第一个饿死的修士。你大慈大悲，放我走吧。少祖，你让我走吧……”许宝财哭丧着脸，拉着白小纯的袖子，可怜兮兮地说道。

白小纯一脸悲愤，看了许宝财半晌，长叹一声。

“人各有志，你要走……就走吧！”

“多谢少祖！！”

许宝财十分感动，飞速逃出灵宅，到了宅子外面，他立刻就看到了不远处的神算子，二人相互看了看，走在一起，飞速前行，直至离开一定范围后，二人彼此嘿嘿一笑。

“宋缺心气高，不太喜欢变通，估计是真的觉得待不下去了，哪像咱俩，终于逃离了魔爪。”神算子得意地开口，从储物袋内取出一块灵肉，扔进了口中。

“不过我们这么做，会不会不太好啊，毕竟我们的身份还是护道者。”许宝财迟疑了一下，也从储物袋内取出一块灵肉，大口吃了起来。

显然，他们两人身上还有不少存货，毕竟之前几天吃的东西都是白小纯花费灵石购买的。

“这也是没办法啊，这么下去，一定会饿死，而且以少祖的手段，我们不需要担心，大家先把自己养活，日后在彩虹上相见就是。”神算子迟疑了一下，想了想后，安慰自己道。

二人又交谈片刻，彼此抱拳一拜，各自离去，寻找自己的生存之道。

此刻的灵宅内，只剩下了白小纯与张大胖两人。

张大胖坐在那里，看了白小纯一眼，叹了口气，开始闭目打坐。

白小纯很气愤，却没办法，看到张大胖陪着自己，他心里很感动，可又过去了一天，张大胖终于忍不住了，在这一天的黄昏，他来到白小纯面前。

“九胖……”

“大师兄你……”白小纯顿时紧张。

“九胖，不是大师兄不管你，再这么下去，我自己都活不下去了。我打算出去帮人炼灵，你放心九胖，等大师兄我发达了，一定回来找你，以后我养你！”张大胖毅然开口，让白小纯说不出挽留的话。

最终张大胖拍了拍白小纯的肩膀，深吸一口气，似带着某种神圣的使命，走出了灵宅……

此刻，整个灵宅内，就剩下了白小纯一个人，夕阳下，他孤零零地站在那里，半晌之后，长叹一口气。

“走了，这些人都走了……”

白小纯垂头丧气，回到房间内坐下，感受着饥饿，发愁起来。

“我该怎么办啊……好饿！”

眼看天色渐晚，白小纯只能外出，用所剩不多的灵石买一些食物，又去看了看针对赤衣弟子发放的任务榜。

那里面的所有任务都具备一定的危险性，虽然以白小纯的修为，完成起来没那么难，但他觉得不划算，这些任务的奖励太少了。

白小纯算了算，以自己的消耗量，若是想活下去，那么每天大部分时间都要用于做任务才行。

若是换一些奖励高的任务，则危险的程度也随之增加。

白小纯看了半晌，没了主意，唉声叹气地回到灵宅，此刻小乌龟也醒了，从储物袋内爬出，狐疑地看了看白小纯，似乎有些诧异，自己居然睡了这么长时间。

白小纯也没心思搭理它，或许是白小纯这种漠不关心的态度，让小乌龟放弃了怀疑白小纯，想了想后，就把头缩进了龟壳里面。

又过了几天，白小纯多次外出，寻找养活自己的办法，为了减少消耗，他只能将修为压制。

只是，任凭他如何想办法，最后都会发现，在这座城池内，所有能想到的事情，都有人在做。

白小纯想去接任务时，才发现接任务的弟子太多了。

这一刻，他终于明白了为何当初来此地时，看到城池内的人大都面黄肌瘦……又为何一个个都修为怪异，看不出强弱。他们显然与白小纯一样，整日压制修为，降低消耗，几乎成了本能。

“我堂堂结丹修士，难道要饿死在这里？”白小纯悲呼，实在是饿得受不了了，他的双眼已经冒出了绿光，储物袋内的灵石已经没了，食物也只剩下一点，再这么下去，他就只能靠灵草了。

毕竟，他的储物袋内还有不少炼药所需的灵草，如果拿出去卖，也可以卖一些贡献点，在城内，贡献点与灵石一样，可以交易。

“这么下去不行……该死的，这星空道极宗太邪门了，对弟子居然这么苛刻，我可是结丹修士啊，还是质子，他们就真的不担心我饿死吗？”

白小纯十分郁闷，甚至想出去打劫了，可又明白自己不可能那么做，因为那样做不道德，而且星空道极宗有相关规定，一旦出现打劫的事情，惩罚极其严厉。

他思来想去，最终狠狠一咬牙。

“没办法了，只能用我最擅长的方式来解决了，我……我要炼药！”

第 382 章

超级辟谷丹

“我都这样了，我还怕什么，我要炼出一枚吃下后，好长一段时间都不会饥饿的丹药，它的名字我都想好了，叫超级辟谷丹！”

白小纯红着眼，立刻从储物袋内取出丹炉与火石，放在一旁。

他慢慢深呼吸，满脑子想的都是超级辟谷丹。

这世间有一种人，具备一种特质，压力越大，爆发力就越强，白小纯就是这类人，而且还是这类人中的佼佼者。

实际上，在这座城内活下去没有白小纯想的那么难，尤其是对一个结丹修士来说，更是简单，他要是敢冒一定的危险执行几个大任务，或者每天完成大量小任务，都可以慢慢累积贡献点，一两年后，不说他会过得多滋润，至少可以凭着贡献点晋升黄衣弟子，飞上彩虹。

可白小纯不愿做简单任务，更不喜欢冒险，于是把自己饿得双眼发花，在巨大的压力下，他的潜力被激发出来。

白小纯不眠不休，仅仅花了四天时间，靠着一点食物和灵草，终于想出了超级辟谷丹的丹方。

“超级辟谷丹，凝聚天地之精华，吞下后，可让人在一段时间内感受不到饥饿，也会让浓郁的灵气在体内转化，可供吸收！”

白小纯十分激动，此刻，他已经瘦得皮包骨了，眼睛却很亮，在研究出超级辟谷丹的丹方后，立刻开始实践。

终于，三个时辰后，第一炉超级辟谷丹顺利出炉，虽然只有三枚，但仅仅闻了一下气味，白小纯就感觉不到饥饿了！

“哈哈，我白小纯真是个天才，我成功了，超级辟谷丹！”

白小纯无比振奋，拿着三枚丹药，欣喜若狂，刚想吃下，忽然，他迟疑了一下，想起了自己炼制的丹药曾引起过各种各样的诡异之事。

“那个……还是测试一下为好。”

白小纯踌躇半晌，狠狠一咬牙，走出灵宅，卖了一些灵草，换来不多的贡献点，去买了一只灵鸡。

在灵宅内，他将一枚超级辟谷丹喂给灵鸡后，仔细地观察灵鸡，直至第二天，确定这只鸡没有任何问题，反倒精神极好后，白小纯更激动了。

“看来我是真的成功了！”

白小纯仰天大笑，赶紧继续炼制，很快，他就炼出了数十枚超级辟谷丹。

“这种丹药，我自己吃的话太浪费了，相比丹药，我还是喜欢灵食。”白小纯琢磨了一下，觉得此丹或许可以拿出去卖，于是带着期待，冲出了灵宅。

他没有将丹药卖给任何店铺，而是在东城人流最大的一个广场上，找了半天，终于找到了一个位置，盘膝坐下，在面前放下三个丹瓶。

每个丹瓶内都只有一枚丹药，随后他又将灵力融入玉简内，使得玉简散发出耀眼的光芒，并且折射出五个大字，飘浮在四周，五光十色，璀璨无比。

超级辟谷丹！

做完这些，他就开始盘膝打坐，等人前来购买。

没过多久，就有人路过白小纯身边，被“超级辟谷丹”几个字吸引。

围观的人渐渐多了起来，只不过大家都在观望，议论纷纷，没有人出手购买。

“超级辟谷丹？没听说有这样的丹药。”

“在空城内，特殊的环境下，居然还敢拿出辟谷丹来卖，此人不是骗子就是疯子。”

“哼，在这里，任何辟谷丹都没有用处！”

议论的人不少，问价的人也有，在白小纯报出一百贡献点一枚的价格后，问价的人就走了。

白小纯也着急了，正琢磨着要不要便宜一些时，人群内走出一个干瘦的汉子，此人很高，曾经似乎很魁梧，眼下却消瘦无比，不过，眼神依旧很冷。

他并非一人，身后还跟着一个小童，这小童面黄肌瘦，双眼无神。

这大汉出现后，四周立刻安静下来，一些修士下意识地退后几步，似认识这汉子，不敢招惹。

“超级辟谷丹？一百贡献点吗？”

这干瘦的汉子眯起双眼，看了看丹瓶，又看向白小纯，只不过此城之人都在压制修为，这汉子也拿不准白小纯的修为有多高，仅能凭感觉判断白小纯应该筑基了。

“若是真的有效，给你一百贡献点又有何不可，可若没效，今日你若不十倍赔偿于我，定让你好看！”

这汉子冷冷开口，不等白小纯反应，他右手猛地伸出，一把拿起一个丹瓶，捏碎后将里面的丹药取出，直接扔到了身边的小童口中。

小童麻木地张开口，直接吞下。

这一幕立刻引起了四周的人的关注，白小纯神色如常，可心中也很紧张，他倒不是担心那大汉，在他看来，那大汉也就是筑基大圆满而已，哪怕他再饿，也能轻易将大汉镇压。

他紧张的是这丹药的效果……

在所有人的注视下，原本神色呆滞的小童突然睁大了眼，身体竟在这一刻颤抖起来，这种变化引起了围观者的注意。

渐渐地，围观者全部睁大了眼，感到不可思议，发出阵阵惊呼。

“这……这怎么回事？”

“天啊，这超级辟谷丹，居然真的有效！”

“这怎么可能？”

在众人的惊呼声中，小童原本干瘦的身体居然快速恢复起来，也就是几次呼吸的时间，居然长成了一个肉嘟嘟的少年！

干瘦的大汉身体颤抖，呼吸急促，无比震撼。

“仙药，这是……这是仙药！！”

大汉一把抓向另外两个丹瓶，可就在他伸手的刹那，白小纯冷冷地看了过去。

大汉脑中轰的一声，手停在半空，竟不敢继续往前伸。他有种预感，若是自己敢继续抓丹瓶，那么等待他的，将是雷霆怒杀！

“此丹，是白某用不死草炼制出来的，价值非凡，之前一百贡献点既无人问津，还有人不信，那就罢了，从现在开始，此丹三百贡献点一枚！”白小纯淡淡开口。

“九百贡献点，我全要了！”

干瘦的汉子深吸一口气，没有任何迟疑，立刻扔出身份令牌，划过去九百贡献点，赶紧将余下的两个丹瓶收走。

围观者纷纷着急，却没办法，就在这时，白小纯干咳一声，又从储物袋内取出了三瓶……

也就是一炷香时间，整整三十枚超级辟谷丹就被众人哄抢一空，白小纯这才收了摊，背着手，得意地离去。

“哼哼，神算子他们想要自谋出路，却不知我白小纯只需稍稍出手，九千贡献点就到手了！”白小纯越想越是高兴，拿出自己的身份令牌，融入神识后，看着上面记录的贡献点，心满意足。

“我现在是赤衣弟子，祭献十万贡献点后，可以成为橙衣弟子，而想要离开空城，飞上彩虹的话，需要成为黄袍弟子，要祭献出一百万贡献点，也不多嘛。”

白小纯傲然地摸了摸肚子后，毫不迟疑地就去了一家专门制作灵食的客栈，在那里，他一人点了五人份的灵食，一顿狂吃后，觉得人生如此美好，这才挺着肚子回到灵宅，带着对未来的憧憬，继续炼药。

第 383 章

引起关注

一夜之间，白小纯兴奋地发现，自己对于炼药更痴迷了。

第二天清晨，白小纯炼制出了五十枚超级辟谷丹，兴冲冲地离开宅子，去了昨日的广场。

这一次，他坐下后，刚把丹瓶拿出来，立刻有大量修士冲上来，你争我夺，疯狂购买。

短时间内，五十枚超级辟谷丹就被一抢而空，白小纯都愣了，仔细想了想后，也明白为何会如此。

相比于昂贵的灵食，超级辟谷丹的价格实在是太低了，而且效果之好，让人无法不动心，不过，白小纯想了想后，还是决定不涨价了，他觉得大家都不容易，而自己赚取贡献点的速度已经够快了。

第三天，白小纯路过一家店铺，居然看到里面也有卖超级辟谷丹，价格竟高达三千贡献点，他就诧异了。

他再次来到广场，这一次，他还没坐下，立刻就有七八个修士快速靠近他，抢着要一次性购买今日的全部灵药。

这样的情况让白小纯警惕起来，观察之后，他发现这些人都是东城一些店铺内的修士，很显然，这些修士在他这里买到超级辟谷丹后，会拿到店铺内高价售出。

白小纯立刻就不乐意了，于是说出了新的购买规则，一个人只能买一枚，买两枚的话，价格翻倍，三枚再翻，可效果还是一般，毕竟空城内最不缺的就是修士，店铺可以不断换人来购买……

白小纯十分无奈，索性也不再理会，很快，七天过去了，白小纯的贡献点也快积累到十万了。

与此同时，超级辟谷丹在东城引起了小范围的轰动，不少人都听说了这个丹药，尤其是东城内的一些组织，也关注了此事。

整个空城，有无数组织，都是修士之间拉帮结伙形成的，其中势力范围最大，最强悍的，是天空会。

天空会垄断了空城内近乎八成的店铺，传闻其背后有天人家族支持，这些店铺如同天人家族的私产，无人敢惹。

东城内，天空会的负责人并非一人，而是三人，这三人都是在空城中很有名望的橙衣弟子，眼下，三人难得出现在一起，于一间密室内，神色凝重地望着放置在他们面前的三枚超级辟谷丹！

三人各自拿起超级辟谷丹观察，一言不发，似在等待什么，不多时，有人在密室外拜见，三人这才抬头看去。

只见密室外，走来一个老者，这老者满头白发，身上充满药香，他走来时，三位橙衣修士都起身，十分客气，似乎对老者很尊敬。

老者拜见三人之后，没有废话，直接指向放在三人面前的超级辟谷丹。

“此丹蕴含了一百二十三种不同的药力，相互混合后，变化无穷……老夫这一生，所见不多。而且这丹药内，实际上只有十九种药草，以十九种药草，变化出一百多种药力，这应该是一种特殊的炼药之法！能炼制出此丹之人，在药道上总体或许还不如我，可对于这草木变化的了解，已在老夫之上！”

老者慢慢开口，之前，他研究这丹药数日，早就被这丹药撼动了心神。

“能否推演出炼制方法，然后我们自己来炼制？”三人当中的一人忍不住问道。

“看来你们还没明白我的意思，这么说吧，在此之前，老夫从来没听说过超级辟谷丹，而研究之后才发现，这丹药的配方不是很完美，可人服下后没有大碍，最多伤些元气而已，很快就可补回来。至少半个月，这丹药能让一个修士的身体消耗达到平衡，所以基本已能确定……这是自创丹方！你让老夫去推演自创丹方？老夫还做不到！不过，我倒是可以尝试改良一下，将一枚丹药变成数粒……只不过效果会差一些，副作用会更大。”

老者双眼放光，看向三人。

三人沉默，这丹药效果如此好，一旦放任其流向市场，势必对整个空城的灵食销量造成很大的影响，若是影响扩大，将直接改变空城的局势。

对于天空会而言，他们不希望看到任何改变。

若能掌握丹方，他们还可控制事态，可若掌握不了丹方，他们又必须防止局势改变，那么就要找到拥有丹方的人……

“有星空道极宗的规则在，杀人之事还是能避免就避免的好，总部那边也是这个态度，所以此事就拜托周道友了，找到卖丹的修士，能弄到丹方最好，若弄不到……哼，合作也可！”三人相互看了看后，其中两人眼神狠辣，向着另一人抱拳。

与此同时，白小纯生活得极为滋润，贡献点飞速积累，连他自己都觉得心惊，而贡献点多了后，在这七天里，白小纯顿顿都吃着昂贵的灵食，路过法宝阁时，还走进去一口气买了数件法宝、内甲等。

最让他动心的是，在空城内还有专门贩卖凶兽坐骑的店铺，那里的坐骑分为三六九等，最贵的竟要数百万贡献点，就算是便宜的凶兽，也要花十万贡献点。

白小纯去看了之后，越发喜欢，想起自己这几天在城内，偶尔能看到一些修士骑着凶兽出行，想到那威武不凡的模样，白小纯心里顿时如被小猫抓挠一样，只不过囊中羞涩，他忍了好久，终于没忍住，花费了近十万贡献点，买下一头寻常的凶兽当作坐骑。

尽管只是寻常的坐骑，可对于绝大多数修士而言，也算是豪华配置了。白小纯的坐骑足有三十丈长，看起来如一条巨大的鳄鱼，眉心有三目，全身长着鳞甲，看上去极为狰狞，修为堪比筑基初期。

白小纯坐在鳄鱼背上，扬扬得意，听到鳄鱼粗重的喘息声，还有鳄鱼踏着地面的轰隆声，在路人羡慕的目光下，直奔灵宅而去。

“等过几天，要换个住的地方了，这里已经不适合我了，我要住洞府，住最好的洞府！”白小纯得意地想着，忽然看到自己的灵宅外，一个穿橙衣的修士正背着手站在那里。

此人的身后，还跟着七八个赤衣弟子，他们一个个都精神饱满，灵力扩散开来，使得灵宅四周威压重重。

只不过就算是那橙衣修士，修为也仅仅是筑基大圆满而已，这些筑基修士的威压，白小纯在确定对自己没有任何威胁后就不在意了。

在他看向灵宅外的七八人时，这些人也看到了他，尤其是那位橙衣修士，在看到他后，神情更是变得凝重起来。

在空城内，虽然众人都习惯压制修为了，但是以橙衣修士的修为，还是能感受到其他人修为的强弱，只有修为跟他差不多或者比他强的人，他才看不透对方的修为。

眼下，他看不透白小纯……至于白小纯的修为超越筑基之事，他没想过……毕竟整个空城内，虽然人山人海，但实际上，结丹修士还是太少了。

在橙衣修士看来，白小纯若踏入了结丹境，早就用最快的速度去赚取贡献点，离开此地，飞升彩虹了。

“有些棘手……”

橙衣修士眉头微微皱起，他也打探过白小纯的来历，却一无所获，只知道对方姓白，此刻略一沉吟，他脸上露出笑容，内心已决定，对于这样的修士，还是不要绕圈子，直奔重点为好，毕竟超级辟谷丹造成的影响太大，如果能跟对方合作的话，也是有好处的。

于是在白小纯靠近时，他上前几步，抱拳一拜。

“可是白兄？在下周滔，天空会东城头领之一，有关超级辟谷丹之事，欲与白兄商讨，做一笔双赢的买卖！”

第 384 章

心机手段

“怎么合作？”白小纯坐在鳄鱼上，看向周滔，眨着眼问道。

“在下欲买下超级辟谷丹的丹方，愿出十万贡献点，不知白兄可否割爱？”周滔觉得白小纯没有下坐骑，有些高傲，内心有些不悦，但表面还是装得很和气。

“不卖。”

白小纯翻了个白眼，纵身下地，袖子一甩，将坐骑收入灵兽袋内，正要进入灵宅，周滔上前一步，抬手阻拦。

“白兄，不卖丹方也可，由我们天空会独家贩卖超级辟谷丹如何？”

“独家贩卖？”

白小纯看向周滔，实际上，这几天他自己去卖，也有点烦了，此刻听到周滔的话，琢磨着若是交给他们去卖，真是能省力不少。

“我天空会的势力遍布全城，在下有把握，在几个月的时间内，就可让超级辟谷丹传遍全城，到那时，白兄可轻而易举地获得海量贡献点。”周滔笑道。

白小纯想了想后，开始与周滔商讨细节，直至一个时辰后，二人定下三百贡献点的底价，再以最终卖出价的一半分成，也就是五五分。

确定了合作之后，白小纯觉得自己占了便宜，很开心，周滔一样开心，二人相视一笑，在玉简上发下道誓约定，又送入星空道极宗的公正阁作了仲裁。

临走前，周滔笑着问道。

“不知白兄名讳？我们既已合作，大家以后要多熟悉一些才是。”

“叫我白药师便可。”白小纯抬起下巴，小袖一甩，傲然开口。

周滔迟疑了一下，微笑点头，告辞离去。

就这样，之后的日子里，白小纯炼药越发疯狂起来，每一日炼制的数量也从之前的五十枚变成了一百枚。

这已经是他的极限了，每一次周滔来取这一百枚灵药时，都会直接给三万贡献点，至于分成，则要等售出后才能拿到。

时间流逝，很快又过去了七天，在天空会的操作下，短短数日，超级辟谷丹就轰动了整个东城，其功效之好，让无数东城修士疯狂，哪怕价格被炒得极高，依旧有大量修士购买，而灵食的价格也出现了跌落之势。

短时间内，东城修士谈论的几乎都是超级辟谷丹，而“白药师”这三个字，也在天空会的有意传播下被不少人知晓，很多人都知道，白药师就是超级辟谷丹的炼制者，而天空会只是代售而已。

白小纯觉得有些不对劲，想要阻止天空会的人宣传自己的名号，周滔却送来了天空会第一批分成的贡献点，足有数万，且告知白小纯，此后每天都会送来这么多贡献点，白小纯立刻振奋无比。

实际上，白小纯并不知道，他的超级辟谷丹到了天空会后，会被天空会的药师分解。那些药师不惜代价，不惜成本，生生将一百枚超级辟谷丹变成了三千枚，使得超级辟谷丹的弊端无限扩大！

如此一来，白小纯这七天虽然只给了天空会七百枚超级辟谷丹，可实际上卖出的是两万多枚，只不过多出的那些，并非卖给东城的人，而是被送去了西城、南城以及北城。

短时间内，白小纯根本就无法知晓。

而白小纯的贡献点也首次突破了二十万，他索性直接祭献了十万贡献点，成了橙衣弟子。

白小纯穿着橙衣弟子的衣服，坐在鳄鱼身上，意气风发，大有一种超级辟谷丹在手，天下我有的霸气。他正走在街头，突然，前方传来阵阵惨叫之声，白小纯十分诧异，站在鳄鱼身上仔细一看，远处有一个修士摔倒在地，发出哀号，身体急速变瘦。

这一幕让白小纯一愣，还没等他反应过来，忽然，四周的人群内，陆续有人神色大变，纷纷倒地，身体急速变瘦，哀号不断，白小纯有些紧张了。

“怎么回事，莫非有敌人进攻？”

白小纯赶紧操控着坐骑后退，在回灵宅的路上，他骇然发现，竟有数十人如此，突然倒地，全身急速变瘦，尤其是当他看到其中一人，居然是买过自己的超级辟谷丹的修士后，他觉得更不对劲了。

而这还只是第一天，当第二天到来时，突然暴瘦的修士超过了一百人，整个东城内，顿时出现了风波。

虽然没有人死亡，但是大部分暴瘦的修士都元气大伤，少数人只是元气略伤，休息一段时间后就恢复了过来。

这种事情立刻引起了这些修士的愤怒，经过调查，他们很快就找到了原因，所有突然暴瘦的人，无一例外，都吃过超级辟谷丹。

至于元气略伤以及元气大伤的区别，倒没有人去在意，大部分人都认为那只是个体差异而已，并未想到是所吃的超级辟谷丹不同。在这一刻，所有的矛盾都被人刻意引向了白小纯！

“超级辟谷丹是假的！”

“那白药师是个骗子！”

“该死的，我们本就很辛苦了，他居然还骗我们，哪怕有门规在，我也要灭了这白药师！”

那些吃下丹药后陆续发作的修士，他们的亲朋好友，以及还没发作的部分人，全都愤怒起来，更有不少修士暗中引导舆论，装得与那些人同仇敌忾的样子，引起了整个东城修士的愤怒。

哪怕白小纯是结丹修士，也躲不过这种愤怒引来的杀机，这里不是逆河宗，而是陌生的星空道极宗，在这里，没有人会保护他，一旦引起众怒，必定是生死危机！

白小纯吓得魂飞魄散，好在他对这种事情很有经验，早在东城修士的怒火爆发之前，他就整理好了一切，连夜逃走。

以他的聪明才智，他立刻意识到自己被天空会坑了。

“该死的天空会！！我又没得罪你们！”

白小纯咬牙，连夜逃命，十分狼狈，这次的事情对他的刺激很大。

那种被人玩弄的感觉，让白小纯觉得丢脸，他胸中满是怒意，不甘心就这么稀里糊涂地离去，当然也不会冒失地寻找天空会的人，而是找到几个吃下超级辟谷丹后发作的人，仔细研究，之后，他明白过来。

“这些人吃下的超级辟谷丹被改动了，不是我给天空会的丹药！我的丹药，就算有瑕疵，可只会让元气略损而已，稍微休息一下就可恢复，而天空会的人动了我的丹药，使其危害增大，缩减了补充消耗的时间！！可天空会的人为何要这么做？”

白小纯咬牙，急速离开东城，去了北城。到北城后，他立刻发现，在北城也有人吃下超级辟谷丹之后元气大伤。

白小纯脑海中如有闪电划过。

“我懂了，天空会作为空城最大的组织，他们掌握了大量的商铺，而这空城内最大的利益在灵食上，超级辟谷丹的出现，最受冲击的就是灵食！他们来找我不是为了贩卖超级辟谷丹，而是为了彻底毁掉超级辟谷丹！”

白小纯呼吸加重，完全明白过来后，他的怒火更盛。

“有意思，不动术法，不来杀人，只是玩弄手段……这一点，我白小纯也会。天空会，你们给我等着！！”

白小纯咬牙，潜入北城。

第 385 章

再遇神算子

到了北城，白小纯改头换面，租下一处灵宅，花费贡献点，买下大量食物后，整日在内打坐修行，等待风波平息。

在通天河的源头，星空道极宗内，只要有足够的食物补充消耗，他就可以一直修炼寒门养念诀。

这里的天地之力多得难以形容，白小纯的修炼速度突飞猛进，虽还是无法突破下寒，可比之前精进了太多。

如今，他抬手时，整个手掌都可以散出惊人的寒气，隐隐地，似有一层重叠之影，这正是下寒的特征——冰寒之影。

与此同时，白小纯也没有停止修炼不死筋，每天都拿出一定的时间修炼，他的左脚第二指已完全炼化。

“老祖说的没错，在星空道极宗内修炼，速度的确快了好多。”白小纯内心感慨。

时间流逝，三个月后，关于超级辟谷丹的传闻才慢慢平息，空城内的多数人都听说了超级辟谷丹是个骗局，对超级辟谷丹有了更深的警惕，很难再去相信。

如此一来，就算白小纯不再给天空会超级辟谷丹，亲自去卖，也不会有人相信，即便有人相信，也不敢轻易尝试。

对于天空会而言，他们的目的已经达到，不费吹灰之力，就毁了超级辟谷丹，甚至还大赚一笔，而且将一切责任推到了失踪的白药师身上。

当然，对于那些受害者的道歉以及安抚，天空会做得滴水不漏，这使得空城内的人对天空会几乎毫无怨言。

只不过，没有引得众人出手击杀白小纯，天空会有些遗憾，可也没太关注，在他们看来，那只是一个有些天赋的药师而已，不值得天空会太过在意。

在这场没有术法的斗争中，白小纯可以说是完败！

而此事对白小纯的刺激也极大，若是斗法输了也就罢了，白小纯不会这么愤怒，可现在，这种计谋上的失败，让白小纯整个人十分抓狂。

他有种被羞辱的感觉，他甚至想过凭修为去碾压对方，可又一想，天空会那么大，自己一个人……怕是很难撼动。

“依靠修为，不算本事。我白小纯从什么地方跌倒，就要从什么地方爬起来，不就是比心机吗？”

白小纯恨恨地开口，喝了一口百花灵酿，又吃了口宝玉灵米，这两种灵食都价格不菲，他在东城时最喜欢吃，到了北城后舍不得贡献点，幸好三个月前买了不少存着。

此刻，他看着自己的身份令牌，经过三个月的花销，上面的贡献点已所剩不多。

“都怪我之前大手大脚……”

白小纯有些头痛，后悔自己祭献了十万贡献点，成为橙衣弟子，也觉得自己买下那只鳄鱼时，有些冲动了。

“怎么办？超级辟谷丹没法卖了，难道我以后要省吃俭用，吃自己炼制的超级辟谷丹吗？”白小纯哭丧着脸，又吃了口宝玉灵米，越想越生气。

半个月后，白小纯的灵食已快要见底，贡献点也所剩无几，可他还是没想出赚贡献点的方法。无奈之下，感觉风头已过，于是他长叹一声，先用灵水洗了个澡，然后特意改变了一下容颜，准备外出一趟。

“只能去把那鳄鱼卖掉，换些贡献点了，还有我身上这些法宝，以及那些装饰品，都要卖掉了。”

白小纯有些舍不得，可没办法，于是走出灵宅，坐在鳄鱼背上。

他穿着橙衣弟子的衣袍，看似威风凛凛，可实际上口袋比脸还干净……

在空城中，鳄鱼是最常见的凶兽，白小纯坐在鳄鱼的背上，倒也没有人会想到他就是东城的白药师。

一路上，不少人看到白小纯后，都露出羡慕之意，还有一些橙衣弟子，也羡慕地看向白小纯，毕竟在空城中，有坐骑本身就是一种实力强的象征，而且白小纯全身宝光闪耀，一看就是身怀重宝。

可这样的目光，让白小纯更心酸了。

“今天过后，我再出来，就没人这么看我了。”

白小纯黯然神伤，连连叹息，决定这一次自己要在外面多走走，这样的话，以后也能少一些遗憾。

白小纯带着留恋与不舍，坐在鳄鱼身上，走在北城，直至晌午过后，快到黄昏，他才狠狠一咬牙，前往灵兽阁，可就在这时，他路过一个胡同口，一眼就看到一个修士站在那里。

这修士手中拿着一杆大幡，大幡被风吹起，上面写着三个大字——神算子。

此人正是神算子，此刻的神算子比离开白小纯时明显瘦了一大圈，整个人面黄肌瘦，双眼无神，十分凄惨。

不少人从他身边走过，但没有人停顿，神算子多次试图呼唤路过的人，却无人理会，他的身影看上去那样单薄，眼神茫然，仿佛魂都飞出了肉身。

白小纯看到神算子这样一副凄惨的模样之后，也愣了一下，顿时同情起神算子来，他一拍身下的鳄鱼，向着神算子走去。

还没等白小纯靠近，鳄鱼那庞大的身体，还有脚步落下发出的轰鸣声，就让神算子吓了一跳，身体一震。

神算子猛地抬头，立刻看到了面前这几十丈长、极为威武的鳄鱼。

鳄鱼身上的鳞甲，在夕阳下闪闪发光，喘出的粗气，更是震撼人心。鳄鱼背上的白小纯穿着一身橙色衣袍，精神饱满，全身上下珠光宝气。

神算子看呆了，凭这几个月的经验，神算子知晓，出行之时有如此排场的人都是空城内的天骄之辈，贡献点至少都有数十万，有的甚至即将晋升黄衣弟子。

这种人物，可以在空城内呼风唤雨。这几个月来，神算子曾看到过几人，每一个都是如此，让他十分羡慕，此刻深吸一口气后，他内心激动，暗道终于来了一个大主顾，于是打起精神，整理衣衫立刻上前，向着鳄鱼上的白小纯，抱拳一拜。

“这位兄台留步，在下神算子，兄台可否听我一言？”

白小纯眨了眨眼，看着神算子，知道自己改变了模样，对方看不出来，于是故作深沉地“嗯”了一声。

他一答应，神算子激动得身体都颤抖了，他没想到自己只说了一句，对方就同意了，顿时在心里不断给自己打气。

“神算子啊神算子，你一定要争取让这位爷满意，以此人的排场，一旦他满意了，贡献点不会少的，你说不定还能成为他的御用算师！！”

神算子这么想着，神色极为认真，双手掐诀，不断推算眼前之人的命格变化，隐隐地，有阵阵灵力从其身上散开，看起来很不俗。

可算着算着，神算子就猛地睁大了双眼，身体微微颤抖。

“不对不对，我算错了，怎么会算到他身上，我再算一遍……”

神算子呼吸急促，难以置信，双手掐诀，速度更快，半晌之后，他睁大眼睛，仿佛见了鬼一样，猛地抬头，伸手指向白小纯。

“你……你是……”

“哼哼子，你怎么弄得这么凄惨？我本来以为我够惨了，没想到你比我还惨。”白小纯神色古怪，坐在鳄鱼上，看到神算子这个样子，知道对方还是有些真本事的，应该算出了自己的身份。

毕竟，当年在血溪宗，神算子给他算过很多次，而且每次都很准……

“白小纯！！”

神算子整个人如被天雷击中，他倒退几步，身体颤抖。之前，他算出来时觉得不可思议，眼下听到白小纯的声音，整个人都蒙了。

看到神算子如此震惊，白小纯心中无比得意，他干咳一声，提醒神算子：

“小点声……”

第 386 章

还不低头来拜

"你……我……"

神算子呆呆地看着白小纯，脑中犹如一团乱麻，他无法相信自己看到的一切，也不愿相信这一切是真的。

他整个人都晕了，最先想起来的，就是几个月前，自己离开灵宅时的豪情壮志以及白小纯不舍的呼唤。

那个时候，他觉得自己做了一个很好的决定，可现在……神算子觉得这个世界和自己开了一个玩笑……

尤其是听到白小纯说的话，神算子差点流下泪来。

他看着白小纯珠光宝气、红光满面，还骑着鳄鱼，怎么看都不像很惨的样子，各种滋味齐齐涌上心头，甚至有种强烈的不公平的感觉。

神算子不由得回想起自己这几个月的生活。这几个月，很少有人找他算命，就算有人找他算命，那些人也不大相信他说的话，有几次，他甚至与人起了争执。以他的修为，原本是不怕的，可对方人太多了，他只能东躲西藏。

到了北城后，好不容易算是站稳脚跟，可收入微薄，他每天都在饿肚子，还要给附近的一个小组织送去固定的贡献点，换取长时间在这里算命的资格。

想到这里，神算子苦笑一下，长叹一声。

"你这也叫惨？我觉得你都胖了……"

白小纯从鳄鱼上跳了下来，将鳄鱼收入灵兽袋内后，站在神算子面前。

面对穿着橙衣弟子服装的白小纯，神算子神色极不自然，他十分清楚，仅仅是这衣袍，就需要十万贡献点，至于鳄鱼，同样也要近十万贡献点，有一次，他路过灵兽阁时，看到了鳄鱼，还曾羡慕不已。

“我很惨的，你不知道，唉，我都两顿没吃宝玉灵米了，一天没喝百花灵酿了，大半天没有用灵水洗澡了，你闻一下，我都有汗味了，最近穷啊！”白小纯抬起手臂，无奈地开口。

他说的都是实话，以往他在东城的生活更奢侈，即便是到北城避难，他也不愿意太委屈自己。

神算子傻眼了，“宝玉灵米”这四个字令他心跳加速，那种灵米他只听说过，连闻都没闻过，因为价格非常高，听白小纯那意思，只是两顿饭没吃……

而“百花灵酿”这四个字同样令神算子震惊，这是所有酒中最贵的了，平日里他认识的人中，如果有谁能喝上一杯，就足以让其他人羡慕不已，白小纯居然说一天没喝，那岂不意味着在此之前，他天天都喝……

至于灵水洗澡，更是让神算了抓狂，这一次，他真的流下泪来了，他看到白小纯的手臂很光滑，蕴含着灵力，一看就是长期用灵水沐浴的效果，还泛着一层防护之光。

这层防护之光就象征着财富啊，一般来说，只要超过五天不用灵水洗澡，这层防护之光就会消失。

“少祖……”神算子眼巴巴地看着白小纯，一脸可怜兮兮。

“算了，你毕竟是我带来的，我要对你负责，虽然你们当初无情地抛弃了我，可我还是很大度的，以后你跟我混吧。”白小纯一挥手，很大气地开口。

神算子已经打定主意，誓死跟随白小纯！

“多谢少祖！！”神算子兴奋地收起大幡，对于这个地方，他再没有丝毫留恋，赶紧来到白小纯身后，激动地开口问道，“少祖，咱们现在去哪？”

“咱们去灵……”

白小纯迟疑了一下，还是准备跟神算子说出自己的难处，可话刚说到这里，突然，三道长虹从远处急速而来，原本是要路过这里，看到神算子收摊之后，他们一转弯，直奔此地。

三人当中的一人说道：“神算子，这是遇到了贵客啊！这么早就要离开，也罢，今天的费用交了，你就走吧。”

声音传来的同时，三人出现在神算子面前。

这三人看上去都是中年，修为都是筑基大圆满，身材不胖不瘦，很显然，他们在城中的生活算不上最好，也不是最差。

三人中的一人穿着与白小纯一样的橙色衣袍，那人目光在白小纯身上一扫，又看向神算子，皮笑肉不笑地伸出手。

神算子面色一变，这三人他不陌生，他们正是控制附近区域的组织里的人。

那个组织内有数十个修士，他们很团结，垄断了这片地方，任何人要在这里摆摊，都需要缴纳费用。

神算子有些尴尬，他不想让白小纯看到自己这副样子，于是连忙低声开口："那个……今天还没开张，我明天……"

"我管你开没开张，一天十个贡献点，这是说好的事情，拿来！"三人中的一位修士，皱起眉头，打断了神算子的话。

神算子面色一变，有些心痛，他知道白小纯修为极高，不会把这些人放在眼里，可他还是要脸面的，不想在白小纯面前太过丢脸，毕竟当初是他抛弃了白小纯，如今还需要白小纯出手解决这种问题的话，实在太没面子了。

神算子一咬牙，正要取出身份令牌时，三人中的橙衣修士，忽然笑了。

"神算子，这么大的贵客，今天十个贡献点可不够啊，你把一个月的都交了吧。"

神算子猛地抬头，面带怒气。

"你们……"

"别发火，你若不够，就找这位贵客，他既找你占卜，想来也不会反对提前支付一笔钱。"

橙衣修士皮笑肉不笑地看向白小纯，露出一丝羡慕与贪婪之色，可他不敢做得太过分，因为他看出白小纯的身份似乎很不一般。他与这样的人打过交道，知道只要自己别太过分，让对方只拿几百贡献点，对方是不会与自己计较的。

"少祖……"

神算子有些迟疑，白小纯抬起右手，阻止神算子继续说下去。他双眼冒光，看着那橙衣修士。

"有意思，我怎么没想到这个办法？"白小纯一直盯着橙衣修士，看得那橙衣修士心里有些发毛。

橙衣修士身边的两个赤衣弟子，都吸了一口气，神色严肃起来。

“筑基修为，就敢收保护费，那我岂不是也能收了？”

白小纯想到这里，顿时大笑起来。

对面三人面色一变，知晓不对，眼神狠辣，正要提前出手。白小纯向前走出一步，右手抬起，随手一挥，一股狂风顿时吹起。

轰的一声，三人被卷出数十丈，口吐鲜血，神色骇然，失声惊呼：“结丹境！！”

三人还没落地，随着白小纯右手一抓，狂风再起，直接将三人卷回白小纯面前。

“我觉得你们缺一个头领，你们看我怎么样？我带着你们一起打天下！”白小纯看着三人，认真地说道，他觉得自己说得很豪气，值得他们低头便拜。

此刻，这三人瑟瑟发抖，欲哭无泪，呆呆地看着白小纯，脑中一片茫然。

就连神算子都呆住了。

“放心，有我在，一定不会亏了你们，来来来，带我去你们组织，我去见见其他道友。”白小纯兴奋地说道，此刻，他已没了卖坐骑的想法，与这三人相遇，给他打开了一扇新世界的大门，让他一下子看到了另一种赚贡献点的方法……

第 387 章

置换丹

空城中，东城较繁华，至于北城，不光有些偏，也没那么繁华，大多数普通修士都居住在北城内。

青龙会原本是北城区内一个小组织的名字，这名字十分霸气，可以想象当年创建青龙会的人有多豪气。

可惜，理想与现实相差太远，青龙会已存在了百年，百年前他们占据了北城边缘地带的一小片地方，百年后……依旧如此，他们没有能力扩张。

不过，幸运的是青龙会的总部规模不小，洞府内一应俱全，还有庭院水池，虽然庭院有些杂乱，水池也近乎干枯，看起来有些寒酸，可内部很大气，作为一个小组织的门面，绰绰有余。

青龙会的人数不多，一共三十人左右，这些人一般靠收保护费和贩卖一些灵药来维持生活，虽算不上富贵，但也勉强能够维生，比普通修士活得自在。

百年时间，他们送走了七八个黄袍弟子，眼下青龙会中最厉害的是当年的一个创始人，那人如今已有金丹初期的修为，居住在彩虹之上，念着旧情，时常照顾青龙会，青龙会才始终存在。

但是，以白小纯的修为，从他走入青龙会洞府的那一刻开始，就代表青龙会……易主了。

“拜见头领！”

白小纯与神算子进入洞府后，立刻有人前来拜见。

白小纯得意地坐在大厅上首，神算子一脸肃然，站在白小纯的身边，眼神冷厉，俯视着跪拜在那里、神色敬畏的修士。

这些修士都是筑基修士，包括之前那三个修士在内，都苦涩地向白小纯抱拳。

“大家自己兄弟，你们放心，有我在，以后咱们一起名震空城！”白小纯一拍座椅，胸中升起万丈豪情。

下方这些人一个个面面相觑，不敢多说什么，只能继续低头。

白小纯心满意足地交代一番，越看这洞府越喜欢，于是，找了一个最大的房间住进去。

修行时，白小纯发现自己适应星空道极宗的浓郁灵力与消耗程度之后，修行速度终于开始攀升，尤其是不死筋，进步十分明显，他顿时感到无比兴奋，赶紧闭关修炼。

而神算子，他对青龙会的人说不上喜欢或者讨厌，他觉得自己地位超然，开始帮助白小纯打理青龙会的账目，并将青龙会此刻拥有的所有贡献点收走，统一管理。

青龙会众人敢怒不敢言，白小纯修为太高，如同大山，压得他们无法挣扎，只能认命。其实，他们内心多少也有一些期待，琢磨着自己的头领是空城内少见的结丹修士，那么或许他们的生活……真的会从此变得不同。

随着时间的流逝，这样的期待渐渐落空了。

众人都傻眼了，半个月过去，白小纯没有做任何事情，其实只要白小纯省吃俭用一些，以青龙会的收入，多养两个人也没事。

可是，白小纯太能吃了，顿顿都吃灵食不说，琼浆玉液更是少不了，甚至每天还要用灵水洗澡，这一切都让青龙会的人无法承受。

又过去了半个月，就连神算子都有些撑不住了，他管理账目，眼睁睁看着原本还不少的贡献点锐减，顿时着急了。

“头领饶命……我们小本买卖，经不起您老人家这么吃啊！”

“头领，这么下去不行啊！如此大的花销，怕是再有几天，青龙会就要把这洞府转租出去了。”

青龙会的这些修士，一个个都快哭了，与神算子一起找到正在吃灵鸡的白小纯，哭诉起来。

神算子也在一旁苦笑，连连劝说。

白小纯听到这些人的话，觉得不大好意思。他在东城时习惯了奢华的生活，一时半会儿也无法完全改过来。如今到了这里，即便他省吃俭用了许多，可在外人看来，依旧是奢侈无比。

况且这些日子，他的不死筋突飞猛进，使得他的消耗变得比以往大了很多。

白小纯也尝试过服用超级辟谷丹，可此丹只能解决基础消耗的问题，难以辅助他修行。

于是，他的食量不知不觉竟比以往大了不少，以至于快把小小的青龙会吃空了。

“还请前辈放我们一马吧，这一个月，我们都省吃俭用了，还去贩卖了置换丹，加上赚来的贡献点，也不够您吃的……”最早被白小纯抓住的那位橙衣修士哭丧着脸，看着白小纯，一脸可怜兮兮。

白小纯干咳一声，更不好意思了。他这一个月都在闭关，早就忘了入主青龙会时说出的豪言壮语，此刻一拍胸口，正要带众人外出赚贡献点时，忽然听到了“置换丹”这三个字，他愣了一下。

“什么置换丹？”白小纯问道。

“啊？置换丹是这些年在四大城内流传的一种灵药，此药没有太多功效，就是会让修士感觉舒服一些……”橙衣修士连忙开口。

在白小纯的要求下，橙衣修士无奈地从储物袋内拿出一个小木盒，并递给白小纯。

白小纯接过来后，打开一看，小木盒内放着一枚指甲盖大小的黑色丹药，没有任何药香传出，他拿在手中看了看，很惊奇。

神算子在一旁，看向置换丹，他虽听说过，但还是第一次看到。

白小纯十分好奇，索性用指甲刮去置换丹外面的黑皮，眼看置换丹被这样糟蹋，青龙会的人都心痛起来。

白小纯刮着刮着，慢慢从好奇变得诧异，而后更是睁大了眼，当所有的黑皮都被刮掉后，一缕灰色的烟丝居然从丹药内部飞了出来……

看到烟丝的瞬间，不单白小纯呼吸急促，就连神算子也面色大变，失声惊呼：“这不是少祖你的幻雾吗？！”

此话一出，青龙会的那些人也愣住了，不知道神算子这句话是什么意思。

白小纯面色阴冷，他抬起右手，向着那一丝灰色烟丝一抓，仔细分辨之后，他已经完全确定，这所谓的置换丹，正是他在血溪宗炼药时，无意中创造出来的幻雾！

后来四宗大战时，白小纯还曾将其改进，制成幻丹。

他怎么也没想到，居然在星空道极宗内看到了此物，而且很明显，此物被人再次改良过。

白小纯身为药道大师，此刻稍微一感受，立刻就明白了一切。

只不过这丹药改良得很粗糙，存在一些弊端，可无论怎样，这也是从白小纯的幻雾中提取出来的，这让白小纯有些生气。

“不告而取，视为盗！”白小纯咬牙开口，看向青龙会众人。

“这置换丹，从何而来？”

此刻，青龙会那两个橙衣修士也觉得很不对劲，看到白小纯与神算子的表情，两个橙衣修士呼吸略为急促，隐隐猜到了什么，又觉得不可思议。

听到白小纯问话，两人不敢隐瞒，连忙开口。

“是天空会！”一人说道。

“天空会作为空城最大的组织，控制着空城一定份额的商家，更控制着空城的地下世界，其内会员极多，而这置换丹，正是天空会的人分出来的，我们这些小组织……代为贩卖，赚取差价……”另一人接着说。

第 388 章

青龙崛起

“又是天空会！”白小纯皱起眉头，他看着之前刮下的那些黑色药粉，沉吟片刻后，看向青龙会众人。

“这置换丹销量如何？”白小纯问道。

“非常好，仅仅是我们一个月就可以卖出数百枚，若是算上整个北城，一个月怕是要卖出数万枚，至于整个空城的话……至少二十万的量，一枚置换丹的价格是五十贡献点，一个月至少一千万贡献点啊！”青龙会的那两个橙衣修士，双眼冒光，急忙说道。

白小纯一听这句话，眼睛都绿了，呼吸陡然粗重起来。

“天空会能用我的幻雾赚取贡献点，我也可以！你们在这里等着，待我炼制出一批真品置换丹后，你们拿出去贩卖！”

白小纯激动地站起身，直奔洞府内的一间空房。

随着白小纯离去，青龙会众人议论纷纷，他们看向神算子，还是有些不敢相信。

“神算子，那置换丹……真的是……头领曾经炼制的？”

“头领居然是药师？他……他真的可以炼制出置换丹？天啊！若此事是真，那我们的好日子就要来了！”

神算子也很激动，可他看向众人时，并没有表现出来，而是微微一笑。他眼神坚定，向着众人点了点头。

“你们放心就是，若是其他方面，我不敢保证，可论炼药……没人能比得过我家少祖！”

青龙会众人一听这话，更加期待了。

白小纯在踏入那间房之后，猛地一挥手，数十个丹炉就从他的储物袋内飞了出来。

这些丹炉大小不等，都是白小纯在逆河宗时收集的，他炼制幻丹不是一次两次了，很熟练，不需要思考，可以同时开多个丹炉。

他唯独要注意的是控制好量，此丹不是对敌用的，而是要售卖的，因此必须控制药效。

作为幻雾的创造者，白小纯在控制药效方面比天空会的药师强很多，他有把握，能让炼制出的幻丹比天空会的高几个档次。

天空会的人在幻雾外面裹一层黑皮，给了白小纯灵感，他研究了一下，将黑皮改良一番，与幻雾一起炼制，使之融合在一起，不分彼此！

时间流逝，青龙会众人焦急地等待着。

三天后，白小纯满眼血丝，十分兴奋地走出房间。他袖子一甩，一枚枚紫色丹药立刻从其储物袋内飞出，堆积在地面上，其数量之多，足有上千枚。

这一幕让青龙会众人十分激动，其中一个修士向着白小纯抱拳一拜，急速走出，小心翼翼地拿起一枚丹药，放入口中，随后闭目，很快，他就闭上了双眼。

可那个修士的身体没有任何损伤。

众人都凝望着那个修士，知道他是在试药。

一炷香过后，药效还在持续，青龙会的人都兴奋起来。

“超过了一炷香，天空会的置换丹，也就能维持一炷香而已，头领的置换丹竟然能坚持这么长时间！而且看起来，服药的人没有任何不适！！”

又过去了一炷香，试药的修士才慢慢睁开眼，他眼神茫然，半晌后才回过神来。

他颤抖着身体，激动地开口：“这……这才是真正的置换丹！”

此话一出，青龙会众人顿时激动起来，一个个喘着粗气，看着那些置换丹，仿佛看到了无数的贡献点。

“头领，这些置换丹就交给我们了，最多两个月，我们一定可以全部卖出！”青龙会的两个橙衣修士大声开口，此刻，他们真的有种遇到了贵人的感觉，无论怎么看白小纯，都觉得白小纯高大无比。

白小纯虽然疲惫，但是精神振奋。他先是满意地看着自己炼制的置换丹，然后看向神算子。

“这置换丹一旦售出，你们就要警惕天空会的人，我们这是从其口中夺食，很危险。我这个人要么不夺，决定夺的话……就不可能小打小闹！”

神算子看到白小纯的眼神，若有所思。他点了点头，他这段日子打听了一下东城的事情，知道一个叫白药师的人炼制出了超级辟谷丹，还有天空会的做法。

神算子知道白药师十有八九就是白小纯，也算是明白了白小纯改变外貌的原因，即便是在青龙会，他都没有说出白小纯的名字。

“天空会……”

神算子眯起双眼，想着一个又一个计划，给青龙会的人一一安排下去。

白小纯在一旁听了一会儿，满意地看了看神算子，觉得有神算子在，自己总算不是孤零零的一个人了。

“要是大家都在该多好，那些无情无义之人，抛弃了我……”白小纯想到许宝财等人，就郁闷起来，没再理会众人，而是继续修行。

很快，在神算子的安排下，青龙会的修士全部动起来，他们甚至发动了亲朋好友，一起加入贩卖置换丹的队伍之中，更凭着青龙会百年来的人脉关系，与北城的其他组织沟通，将这批置换丹用最快的时间卖了出去。

青龙会得到的贡献点大部分用在了招兵买马上，在生存艰难的空城内，只要肯付出贡献点，人马永远不缺。

而白小纯也没闲着，他加快了炼制置换丹的速度，最多的一次，他甚至一次性炼了五十多炉。

他保证了置换丹的供应，加上青龙会有百年底蕴，还有神算子一直在出谋划策，短时间内，青龙会有了翻天覆地的变化。

其规模暴增，每天都有大量修士被招进来。置换丹的销售量节节攀升，渐渐开始轰动北城。

因为神算子的安排，天空会对此事察觉得比较慢，半个月之后，天空会才发现不对劲。

而当天空会开始重视置换丹的问题时，又过去了十天。

在近乎一个月时间里，青龙会获得了特别多的贡献点，再加上白小纯卖了鳄鱼兽换取的贡献点，青龙会的规模不断扩大，已有了上千修士。

如此规模，在空城内虽不算什么，但也到了让天空会忌惮的程度，事情发展到这个阶段，已不适合用武力来解决问题了，因为一旦发生摩擦，将触动星空道极宗的规则。

就算是天空会，也承受不起星空道极宗的惩罚。

而白小纯对炼制置换丹更为得心应手，很多时候他都是将丹炉放在那里，只负责最开始的炼制与草药的搭配，其他时间则由神算子负责看守，不允许外人靠近。

除了每天修行外，白小纯变得更加享受生活了，宝玉灵米已经不吃了，现在他吃的是通天灵米。

琼浆也是如此，就连坐骑也换成了一条碧眼麒麟蜥，威武霸气，每次外出，白小纯身边都跟随着上百人，一时间，风光无限。

时间流逝，很快又过去了两个月。青龙会不断扩张，将触手伸向了其他三个城区，青龙会的置换丹的销量暴增的同时，天空会的置换丹的销量锐减。

毕竟两相对比之下，药效立显！

而白小纯的生活更滋润了。

第 389 章

人竟能这么活

“这里的东西太贵了！”这是半年前，白小纯刚刚来到空城时的模样。

“这个不错，可有点贵啊……算了，我咬咬牙，买了！”这是白小纯炼制出超级辟谷丹后的模样。

“此物很好，我要了！”这是白小纯在青龙会刚刚发展起来时的模样。

而现在……

“这个，那个，还有这个……这三个不要，其他全要！”白小纯走入一间法宝阁，指着一面墙上的上百件法宝，得意地开口。

店铺的伙计额头冒汗，心跳加速，只觉得眼前的客人富贵逼人。

也不怪白小纯如此奢侈，毕竟他现在钱多。无论是吃的、穿的，还是用的，基本上都是最好的，他全身上下的行头加在一起，不说价值百万贡献点，至少值七八十万贡献点，至于飞上彩虹之事，他若是想，很容易就能做到。

可白小纯舍不得这里啊，他觉得彩虹上的生活一定没有这里滋润。他找人打探过，知道彩虹上的确没有这么享受时，他打定主意，作为质子的这段时间，要留在空城内，好好地享受生活。

“傻子才上去！”

白小纯得意地哼了一声，大摇大摆地带着众人，浩浩荡荡地行走在北城的街头。

一路上，无数人向他投来羡慕与尊敬的目光。

白小纯心花怒放，越发觉得自己实在是太优秀了，无论在什么地方，都可以风生水起。

白小纯不管青龙会积累了多少贡献点，当贡献点的数量达到一定程度后，他就不在意了，他只要知道贡献点够青龙会与自己花销就行了。

可是，总是会出现一些让白小纯觉得不舒服的事情，在青龙会的势力飞速发展的时候，空城内的各方势力渐渐渗入青龙会，尤其是天空会的人，一直都在使绊子。

在青龙会的触手伸向其他三个城区时，还出现了很多传言，有的将东城那引起公愤的白药师与青龙会联系在一起，有的则说青龙会无恶不作。

更有一部分人，直接点出置换丹的廉价以及无穷危害，总之所有传闻都在针对青龙会，针对白小纯，而若把这些点凝聚在一起，则仿佛看到了 一张大网，正慢慢向青龙会收拢。

此事是神算子察觉的，神算子给自己的定位是幕后的军师，除了最早的那一批青龙会修士，见过他的外人很少。

白小纯听过神算子的汇报后，立刻重视起来，他知道天空会的手段有多阴损，对方蛰伏了几个月没出手，一旦出手，必定是致命一击。

白小纯重视这个问题之后，青龙会的修士开始阻止谣言传播，可惜效果不好。

直至这一天黄昏，白小纯正在吃晚饭，他的面前有一桌子灵食。

神算子在一旁汇报青龙会的情况，洞府外，有人前来禀报。

“头领，经过数日追查，我们终于找到了散播虚假消息的众多源头之一，已将此人擒拿回来，还请头领定夺！”

白小纯听闻此话后，“嗯”了一声，一旁的神算子立刻一拍桌子，冷哼一声。

“带上来，我倒要看看，此人到底有多大的胆子，居然敢造谣生事！”

不多时，阵阵惨叫声从外面传来，这惨叫声很凄厉，还带着颤音，似乎恐惧得不得了。

“青龙会的诸位道友饶命，我错了……真的错了……”

随着惨叫声越来越近，一个披头散发的修士被青龙会的两个大汉直接拎到了白小纯与神算子面前。

这修士只惨叫，也不挣扎，任由那两个大汉按着，跪在那里，不敢抬头，不断求饶。

“青龙老大饶命，小的错了，以后再也不敢了……这一次是小的没长眼睛，听信了天空会的谣言，青龙老大我错了……”

这修士声音凄惨，看上去很可怜。

白小纯却愣了。他仔细地看了那修士几眼，一旁的神算子眼珠子都要瞪出来了，一时间，也呆住了。

白小纯和神算子之所以这样，是因为他们都认出了求饶的修士，居然就是……许宝财。

许宝财衣着破烂，披头散发，脸上鼻青脸肿，很狼狈，就连声音也十分嘶哑。他低着头，自始至终不敢将头抬起，显然被吓得不轻。

白小纯干咳一声，神色古怪，忽然大喊一声：“许宝财！！”

许宝财原本低着头，被突如其来的喊声吓得一抖，正要继续求饶，忽然觉得声音有些熟悉，下意识地抬头，一眼就看到了一桌子灵食后面那一张陌生的面孔。

神算子神色古怪地坐在那个人身边。

许宝财整个人呆了，突然，他眼中那张陌生的面孔变化了一下，有那么一瞬间，露出了只有他能看到的无比熟悉的面孔。

“白……”许宝财失声尖叫，可话还没说完，一个鸡腿飞来，直接塞在了他的嘴里。

许宝财心神一震，彻底傻眼。

“许宝财，你怎么弄得这么凄惨，我以为我就够惨了，没想到你居然比我还惨。”白小纯咳嗽了一声，看到许宝财后，很开心地笑道。

按住许宝财的那两个大汉一看这个样子，立刻松开了许宝财，知道有些话不能听，于是快速退下。

许宝财眼圈都红了，他看着白小纯红光满面，还有那一桌子灵食，粗略一算，大为震惊，这些东西加起来都有十万贡献点了，这是他卖多长时间的消息，也无法赚到的。

尤其是白小纯居然还成了青龙会的头领，此事彻底颠覆了他的认知，让他忍不住流下泪来……

还有白小纯身后那两个侍女，竟不是真人，而是傀儡，许宝财更是内心一颤，他知道，在这里，这种傀儡卖得十分昂贵。

至于一旁的神算子，许宝财也留意到了，只见神算子全身上下闪闪发光，修为明显比几个月前更上一层，距离结丹更近，许宝财的心中泛起无限的苦涩。

此刻，他真的后悔当初的决定，一想到自己离开白小纯后，日子过得那么凄惨，依靠贩卖消息换取微薄的收入，而且，他可是打探消息的人，居然不知道白小纯是青龙会的头领。

一想到自己离开后，竟错过了这么一场造化，许宝财心里越发苦涩。

“少祖，我错了……”许宝财再次扑倒，眼巴巴地看着白小纯，他已打定主意，就算白小纯赶他走，他也不走。

“算了，你毕竟是我带来的，我要对你负责，虽然你们当初无情地抛弃了我，可我还是很大度的，以后你就跟我混吧。”

白小纯很大度地一挥手，许宝财顿时感动得热泪盈眶，一旁的神算子干咳一声，觉得这句话很耳熟……

“今天太晚了，你先休息休息，过几天我们再叙旧吧。”

第 390 章

今夜将那白药师擒来

“我也要这么活！！”许宝财眼睛都红了，望着远去的白小纯，说出如此豪言壮语。

神算子起身，咳嗽一声，看向许宝财。

“许兄，这才几个月没见，你怎么这么惨？”

许宝财闻言心有怒气，当初就是受了神算子的蛊惑，他才选择离去，现在神算子还这样问他，真是可恶。可惜，眼下他不能得罪神算子，只能咽下这口气，脸上装出一副苦涩的样子，心底则在咒骂。

神算子也理亏，看了看许宝财，长叹一声。

“你也别怨我，我当时也没算出来，我们这位少祖居然有赚钱的能力……要知道，在这空城内，修为并不代表一切。”

神算子感慨万千，为许宝财安排了住所，更是送出不少贡献点作为他的零花钱……

一路上，许宝财看出了神算子在青龙会的地位，那是一人之下，万人之上，青龙会的修士，但凡能在洞府内居住的，都对神算子很恭敬。

这一幕幕，让许宝财再次受到了刺激。

这一夜，许宝财彻夜难眠，第二天清晨，他红着眼走出房间，在心底立下一个誓言。

“我一定要在少祖心中超越神算子！”

许宝财的到来使得白小纯多了一个护道者。由于受到了刺激，许宝财办事极为卖力，他擅长打探消息，传播消息，有他在，青龙会渐渐开始扭转风向，坊间传闻不再完全对青龙会不利。

神算子暗中管理青龙会，许宝财负责搜集情报，更有数十位橙衣弟子各自负责一方面，使得整个青龙会的结构慢慢稳定下来。

青龙会的规模不断扩大，置换丹的销量一直在攀升。

这段时间，天空会暗中使了很多手段，这些手段在对付一个人时有效，对付一个小组织时一样有用，可青龙会发展得实在太快了，规模日渐扩大，使得天空会使的那些手段全都不起作用。

之前，散播关于青龙会的谣言本来只是天空会计划中的一个环节，可眼下，这个环节的失败影响了其他的安排，使得天空会对青龙会怒气更多。

偏偏此事上不得台面，天空会也研究了白小纯的置换丹，他们已确定了一点，青龙会的头领就是当初炼出超级辟谷丹的白药师。

他们去查了白药师的来历，却一所无获，而他们安插在青龙会的密探短时间内也查不出什么，毕竟整个青龙会内，知道白药师真实身份的人不多，在神算子的安排下，那些知道内情的人都守口如瓶。

查不出白药师的真实身份，天空会顾忌更多，不过在星空道极宗，查不出来历的人也不在少数。这置换丹是天空会偶然得到的，他们并不知道其来历，而东脉修真界太大，发生在中下游的事情，短时间内也传不到这里来。

一段时间后，眼看青龙会发展得更为庞大，且置换丹的销量已超越天空会后，天空会终于忍不住了。

天空会在中城的山门内开展了一次会议，有人提议继续用一些手段，使青龙会分崩离析，只不过会略慢一些，就在这时，一声冷哼传出。

“不能再等了，我们天空会不是不能动武解决问题，而是我们不愿打破规则。既然青龙会如此不知好歹……你们也不用继续商议了。时间久了，怕是很多人都忘记了我们天空会的力量，今夜，将白药师擒来！”

“那白药师的修为和来历都未知，此事……”有人迟疑。

“天下未知之事太多，难道遇到一个不知来历的人，我们就退缩不成？他背景再大，能比得过我天空会背后的天人家族吗？他修为再高，能比得过元婴天人吗？我看他连结丹都不可能，若是结丹境的强者，早就飞上彩虹了，怎么可能花费时间去炼药！”

此话一出，天空会众人沉默，说话之人地位太高，其他人相互看了看，尽管觉得不妥，可是又不好继续开口。

很快，整个天空会就动了起来，天空会内没有结丹修士，最强的就是筑基大圆满，再就是假丹境界，毕竟空城内只有赤、橙两色弟子，修士一旦飞上彩虹之后，就不会轻易下来。

这一次，为了对付白小纯，天空会竟出动了十个假丹修士，还有数十个筑基大圆满修士，以及更多筑基后期的修士。

这些人连夜潜入北城，直奔青龙会的洞府而去。

这些人在空城中足以横扫很多小势力了。

他们速度飞快，这一次又是突然袭击，为的就是在青龙会反应过来之前，将白小纯擒拿，若是无法擒拿，直接击杀也可。

这一夜，月黑风高，白小纯正在洞府内盘膝打坐，修炼寒门养念诀，经过这段日子的修炼，他已经接近下寒巅峰了。

此刻，他的身体内外寒气逼人，使得四周的墙壁上都凝结了一层又一层的寒霜，好在白小纯将寒气内敛了，否则的话，寒气外散可让筑基修士全身冻僵。

在修炼的时候，白小纯屏气凝神，突然，他缓缓睁开双眼，抬头看向外面，神色有些古怪。他干咳一声，没有理会，继续打坐。

白小纯闭眼不久，一道道身影急速而来，很快就靠近了洞府。那些人相互看了看后，想要冲杀进去，洞府外的阵法骤然开启。

阵法开启，轰鸣声震天，天空会的修士生生将阵法轰开，杀了进来。

青龙会众人立刻反应过来，出招拦截。

“滚开！”

那十个假丹修士在前，一路轰杀，他们突然袭击，青龙会的人被打得措手不及，连连后退。青龙会的几个头领更认出了这十个强大的修士。

“假丹境界！”

“青龙魁首，就在那个房间！”

与此同时，天空会安排在青龙会的密探陆续出现，为攻过来的十个假丹修士指出方向。

他们一群人化作长虹，直奔白小纯的居所，刹那临近，最快的六个假丹修士没有停顿，气势汹汹，甚至带着一丝轻蔑，骤然闯入白小纯的房间。

另外四人索性待在外面，阻止青龙会的人来救援。

“今夜过后，青龙再无魁首！”其中一个假丹修士傲然开口。

所有人都看到了这一幕，青龙会的人大为着急。天空会的修士则冷笑不已，他们已做好了完成任务后，立刻离去的准备。

众人等待的轰鸣声竟没有从白小纯的房间内传出，之前冲进去的六个假丹修士也没有立马出来。里面没有打斗声传出，全场鸦雀无声！

外面的人都愣了。

神算子与许宝财也在人群内，两人目中带着不屑。

“怎么回事……”

众人都吸了一口气，看向白小纯的房间，隐隐觉得不对劲，只见房间里面一片漆黑，仿佛一张大口，让人忍不住全身一颤。

此刻，另外四个假丹修士呼吸急促，四人相互看了看后，狠狠一咬牙，下定了决心。若就这么离去，他们没法交代，只能齐齐飞出，四人合力，一起靠近房间，想要探个究竟。

四人轰杀而去，就在他们靠近的瞬间，一股寒气从房间内散发出来，向着四周猛地扩散。其中三人瞬间如被冰封，手脚僵硬，他们睁大了眼，难以置信，只有一个假丹修士，在被冰封时体内有一道红光射出，那是一张符箓，此刻正在燃烧，借助符箓燃烧之力，这个假丹修士勉强后退几步。他面色苍白，眼神惊恐，失声惊呼：

“结丹！！”

第 391 章

道友，你是张大海吗

这个假丹修士只来得及说出这两个字，整个人就再次被寒气笼罩，一动不动，可他之前传出的声音，却惊到了天空会众人。

“什么？”

“结丹……天啊，青龙会的魁首，竟然是结丹修士！”

“整个空城内，都没几个结丹修士，结丹修士不都去了彩虹之上吗？”

“该死的，我从来没见过哪个结丹修士这么无聊，明明可以去完成任务，却来经营组织赚贡献点！！”

那些天空会来的筑基修士，一个个神色大变，急速后退，准备逃离这里。

遇到结丹修士，就算他们人数再多也不行，此刻他们脑海里只有一个念头，那就是尽快离去。

白小纯岂能让他们走？一声冷哼从房间内传出，如同天雷一般在天空会修士耳中炸响。

惨叫声回荡，这些修士身体颤抖，体内修为不稳，失去控制，从空中掉落下来，正好被青龙会的修士擒住。

一声冷哼就可做到这一点，这让在场所有人心神震动。

天空会那些被擒拿的筑基修士更是不断颤抖着，他们不是没接触过结丹修士，可白小纯比他们见过的结丹修士要可怕太多。

自始至终，白小纯都没有走出房间，只有那几个假丹修士的身体被扔了出来。

越是如此，在青龙会众人心中，他们的魁首越神秘莫测，越惊天动地，同样，天空会的修士对青龙会的魁首简直恐惧到了极点。

白小纯丝毫没觉得自己是在欺负筑基修士，反倒很期待这样的事情能多一些，自己正好立一下威。

“又不是我主动出手的，是他们非要来招惹我。”白小纯得意地想着，同时想到此事隐瞒不住了，自己是结丹修士这件事很快就会传遍整个空城。

“这样也好，原本我也打算近期找个机会露一手，如此一来，可让青龙会的扩张更为顺利。”白小纯觉得自己运筹帷幄很厉害，此刻得意地笑了笑，继续闭目打坐。

外面的事情自然有神算子、许宝财处理，前来袭击的天空会的修士被擒拿后，两人立即着手安排了许多事情。

当第二天到来时，整个空城内，都有不少人在传昨夜之事，说得绘声绘色，仿佛他们就在当场一样。

“你听说了吗，昨夜天空会出动十大假丹修士、数十个筑基大圆满修士，还有若干筑基后期修士，突袭青龙会，结果大败，所去之人全部被青龙会擒拿！”

“这怎么可能……”

“怎么不可能，还有更惊人的消息呢，青龙会的魁首，居然是……结丹修士！！”

短短一天之内，这样的传闻就传遍了整个空城，被无数人关注。

毕竟空城内的结丹修士实在是太少了。一般来说，结丹修士都不愿浪费时间，更不会依附任何组织，他们只需完成一些任务，就可快速积累贡献点，飞上彩虹。

毕竟，瀑布下的四大城池，只不过是星空道极宗的外围而已，生活在四大城之中，堪比其他宗门的外门弟子。

随着天空会夜袭青龙会失败的事情传开，青龙会的名气大涨。与此同时，天空会内极受震动，其山门之内不断有怒吼响起，终于，数日后，天空会派出使者，付出众多贡献点后，从青龙会那里赎回了那些被擒拿的修士。

至此，此事才算告一段落，而天空会也安静下来。

白小纯不是没想过一次性解决问题，只不过事情有些棘手。

在空城的时间越久，白小纯对天空会的了解就越多，虽然天空会没有结丹修士，但不容小觑。

准确地说，天空会不算什么，白小纯一个人就可以将其灭掉，只是天空会是天人家族的仆从，而这个天人……正是带白小纯来此地的童子。

白小纯知道这些后，顿时没了铲除天空会的念头。

与此同时，随着此事的发酵，青龙会以一种不可思议的速度扩张，崛起于空城之中。

很多修士主动加入了青龙会，不仅如此，就连空城内的一些小的修真家族以及小组织也纷纷依附于青龙会。

丰富的贡献点和结丹境的魁首使得青龙会在不到一年的时间里，从一个小组织，发展成了空城内的第二大会！

规模扩大之后，青龙会的洞府也早已搬迁，虽还是在北城，但是占据了最好的一片区域，若不是空城内的洞府与土地不可买卖，怕是青龙会早就买下那片地方了，此刻，青龙会只能将其租下。

白小纯也不再那么忙碌，有大量药师辅助他炼药，他只需要在关键时候出手。

不过神算子与许宝财却整天都在忙碌，白小纯看在眼里，想起了其他几个人，觉得十分诧异，暗道其他几个人应该不会不知道自己就是青龙会的魁首吧……

“宋缺一定是外出做任务去了，不知道的话还情有可原，但大师兄不可能不知道啊，怎么没来找我？”

正当白小纯百思不得其解时，陈曼瑶找来了。

陈曼瑶一出现，就对外宣称自己是青龙魁首的道侣，更以“白夫人”自居，如今青龙会风头正劲，青龙魁首的威望更是如日中天，以至于众人宁可信其有，不敢信其无，不愿得罪陈曼瑶，将她送到了白小纯面前。

白小纯看到陈曼瑶，听手下人讲了一下事情的来龙去脉之后，感到十分头痛，同时也知道自己赶不走陈曼瑶，白小纯叹了口气，索性大方地一挥手，让她留了下来。

陈曼瑶留下后，对外依旧以白小纯的道侣自居，整个青龙会对她都很恭敬，白小纯也懒得理会，心中想着张大胖，有些担心其安危，于是下命令，发动青龙会的力量，寻找张大胖，至于名字，自然不能用“张大胖”，而是其本名“张大海”。

以青龙会现在的势力，想要找一个人很容易，尤其是当青龙魁首下达命令的时候，无数修士都觉得这是一个机会，纷纷出动，寻找张大胖。

就连天空会也闻风而动，暗中寻找，目的不言而喻。白小纯忧心天空会对张大胖不利，但又想尽早找到张大胖，只能安排人手去监视天空会。

在全城寻找张大胖的过程中，西城区有一个小的修真家族，其家族的族长刚刚依附了青龙会，成了一个小头领，他同样得到了寻找张大胖的命令，尤其是看到关于张大胖的描述后，小头领冷汗直流。

他隐隐觉得，青龙魁首所说的那个人很像自己半年前，抓来的那个自称姓张的炼灵师……当初那炼灵师给他炼废了一件法宝，这小头领一怒之下，将那人扔在专门炼灵的地方，逼迫那人没日没夜地炼灵，来弥补自己的损失。

只要他不杀人，星空道极宗也发现不了，后来时间久了，他就忘了此事，眼下越想越觉得那个炼灵师就是青龙魁首要找的人，不由得浑身颤抖。

他记得自己当时交代过，只要此人不死，就要一直炼灵，此刻回想起来，肠子都悔青了，他身体颤抖，生怕张大胖有个什么三长两短，于是直奔家族内的炼灵之地。

刚到那里，他就看到了已瘦成人干的张大胖。只见张大胖正双目无神，麻木地拿着一把飞剑，身边还有一个家仆，正凶狠地呵斥张大胖。

“赶紧的，这把飞剑你若是再炼废了，爷爷让你……”

那家仆刚说到这里，看到家主到来，赶紧一脸奉承地走过去，正要拜见，这小家族的族长一巴掌扇了过去，那家仆惨叫一声，直接被扇飞了十多丈。

“怎么说话的，该死，你居然这么对我的贵客！”

张大胖看到这一幕，不由得浑身哆嗦，紧张地看向小家族的族长。

此刻，这族长比张大胖还紧张，他上前赶紧扶起张大胖，小心翼翼地问了一句。

“道友，你是张大海吗？”

第 392 章

护道重逢

张大胖战战兢兢，他从来没见过这个家伙如此亲切地与自己说话，在他的眼里，对方就是这片区域内呼风唤雨的大人物，不但是橙衣弟子，更是一个修真家族的族长。

据说其族内还出过一个元婴修士，虽然那个元婴修士早已陨灭，但受其福泽，这修真家族在西城的区域内，在普通修士眼中，依旧得罪不起。

他当初自信满满来此炼灵，却连续失败了多次，还将对方一件很不错的法宝直接炼废了，对方一怒之下，直接将他关押在此地。

一晃就过去了大半年，张大胖都快疯了，他每天除了炼灵就是炼灵，吃也吃不饱，若非他求生意志强烈，早就饿死或者累死了。

所以，对于这个修真家族的族长，张大胖有着本能的恐惧，听到对方说出自己的名字，张大胖哆嗦得更厉害，心中产生了悲愤之感。他死死地盯着眼前这个修真家族的族长，如果目光可以杀人，他一定已经将对方千刀万剐了。

“你……道友，你到底是不是张大海？”

这修真家族的族长内心十分焦急，可又不敢做灭口的事情，要是他真的杀了对方，以青龙会的势力，此事迟早都会被调查出来，到了那个时候，他的下场一定无比凄惨，甚至会连累整个家族。

“我就是张大海！”张大胖怒吼一声。

听到张大胖的回答，修真家族的族长头皮都要炸了，他身体哆嗦，瞳孔收缩，呼吸急促。这么一副表情，让张大胖好不容易强起来的气势又弱了下去，内心悲愤，正要开口，却见那修真家族的族长，突然直奔负责看守他的家奴而去。

“狗奴才，老夫当初是怎么交代的，这是我家的贵客，是最尊贵的客人，让你一定好好伺候，没想到你这奴才竟如此害我！”这修真家族的族长怒吼一声，直接上前，抬起右手，狠狠一挥，一股大力卷着那家奴，将其卷到了远处。

惨叫声传出，那家奴口吐鲜血，不知自己主子的性情为何转变如此之大，正要求饶，只听族长大吼了一声。

“来人，将此人废去修为，扔入地牢！”

说完，这修真家族的族长赶紧上前扶起张大胖，脸上露出亲切的笑容，一脸愧疚。

“张兄，此事是我的错，只要你一句话，这家奴的生死就可定下！这段日子，让张兄受苦了，唉！”

说着，这修真家族的族长还为张大胖拍去了身上的灰尘，扶着茫然的张大胖，直奔大厅而去。

“给我准备最好的灵食，最好的琼浆，我要给我张兄赔罪！”

很快，这个修真家族的族人都忙碌起来，他们一个个都摸不着头脑，不知道族长怎么性情大变，却不敢质疑，用最快的速度准备了一桌子灵食。

在饭桌上，这修真家族的族长小心翼翼地伺候着，甚至叫来族女陪在张大胖身边。

张大胖更茫然了，这一切变化得太快，他从来没见过对方如此殷勤，想不出原因所在，不由得越发心惊。可他看了一眼桌子上的灵食后，索性狠狠一咬牙，把心一横，心想不管之后怎么样，他都要先吃一顿饱饭再说。

那小修真家族的族长陪在一旁，心底也在颤抖，脸上挤出笑容，不断为张大胖夹菜，更对一边的族女使眼色。

这些族女十分费解，可还是要为张大胖倒酒。

这一幕，让张大胖更紧张了，他一咬牙，决定豁出去了。

一个时辰后，酒足饭饱，张大胖深吸一口气，狠狠一拍桌子，怒视眼前这小修真家族的族长。

“说吧，你到底要干什么？”

“张兄……那个……之前的确是我的错，还请你不要介意。”

这修真家族的族长连连抱拳，苦涩地开口。他看了眼张大胖身边的这几个族女，忽然一咬牙，做了一个决定。

“如张兄不嫌弃，还请张兄收下这几个我家族的族女为仆！”

那几个女子一听，顿时倒吸一口凉气，一个个内心焦急，正要开口，却被族长严厉地瞪了一眼，都内心一惊。

张大胖都惊呆了。

“你到底要干吗……”

“张兄……青龙会的魁首，正在找你……”被张大胖逼问，这小修真家族的族长深吸一口气，不敢隐瞒，赶紧道出了真相。

“青龙会？”

张大胖愣住了，当初，他被关在这里时，青龙会刚刚有崛起之意，很多人并不知晓青龙会的名头，张大胖更是对青龙会十分陌生。

小修真家族的族长始终盯着张大胖，见张大胖一脸茫然，连忙在一旁解释，告诉了张大胖这大半年来青龙会的发展过程。

闻言，张大胖身体颤抖。

“这么一个大人物，找我？”

张大胖拿起酒壶，狠狠喝下一大口后，内心依旧无法平静，与这小修真家族的族长，你看着我，我看着你，大眼瞪小眼。

很快，天色已近黄昏，在小修真家族族长的再三赔礼下，张大胖与对方一起走出了修真家族的宅院，直奔北城而去，要去见见如今可以说是空城中的大人物的青龙会魁首。

一路上，张大胖听到不少路人都在讨论青龙会，心中越发紧张。直至明月高挂，他与那修真家族的族长才到北城，看到前方一个占地足有上万平方米的……惊人的洞府。

门前十八尊石人，威武霸气，四周还有大量修士守护，有的修士正四下巡逻，洞府内部更是灯火通明。

洞府四周闪耀着阵法光芒，天空上有法术形成的巨大的青龙之影，栩栩如生，真是气势不凡。

“这……这里……就是青龙会？”

张大胖身体发抖，不确定地看向身边的修真家族的族长。这族长虽然不是首次来这里，但是这一次格外紧张，赶紧点头。

张大胖呼吸急促，局促不安起来，他怎么都想不明白那种大人物为何要找自己，正忐忑时，那族长到了青龙会大门前，小心翼翼地禀告起来。

没等他把话说完，突然，三个人从青龙会洞府内飞出，最前面的人，正是穿着一身橙色长袍，戴着一顶绣着青龙的帽子的白小纯！

白小纯的身上挂满了防护玉佩，全身上下都散发着光芒，他的身后，则是许宝财与神算子。

此刻的许宝财也与之前不一样了，他满面红光，全身上下珠光宝气，富贵逼人。

随着白小纯飞出，整个青龙会都轰动了。大量的修士、侍女从洞府内追出来，尤其是门口的修士，更是在看到白小纯的瞬间，身体一震，齐齐跪拜下来。

“拜见魁首！”

“拜见魁首！”

这声音陆续传出，很快就形成了如雷霆般的轰鸣，放眼望去，所有人全部跪拜，就连张大胖身边的族长也跪了下来。

唯独张大胖，此刻眼珠子都快瞪出来了，他呆呆地看了看神算子、许宝财，最后看向已经恢复原本模样的白小纯。

“九胖！”

张大胖完全傻眼了。

“大师兄！”

白小纯哈哈一笑，上前一把抱住张大胖，有些得意，又有些激动。

张大胖更高兴，看到白小纯就像看到了亲人一样，伸手将白小纯狠狠地抱住。

那个修真家族的族长看到这一幕，心底颤抖，生怕张大胖记恨自己，于是哭丧着脸，眼巴巴地望着张大胖。

张大胖正处于兴奋之中，也没心思管那个族长刁难自己的事情，此刻笑声不断，与白小纯一起直奔洞府内。

第 393 章

被举报了

如今，当初白小纯带来的五位护道者，除了宋缺依旧不知去向，其他四人都回到了白小纯的身边。

哪怕是陈曼瑶也对白小纯服服帖帖。不用依靠修为就能获得尊敬，让白小纯一想起就觉得美滋滋。

而张大胖的到来更让白小纯放下了心中的一块大石头，他对张大胖，与对神算子、许宝财的感情不一样。

可以说，张大胖一来青龙会，立刻就成了青龙会的二号人物，凌驾于神算子与许宝财之上。对此，神算子与许宝财也没有太多想法，他们知道张大胖与白小纯是莫逆之交。

而青龙会也在不断扩张，变得越发庞大，除了置换丹外，青龙会已有了要在其他方面与天空会一争高下的意思。

不过这需要时间，更需要雄厚的贡献点去支撑，现阶段，销售置换丹还是青龙会最赚钱的业务。

这些事情，白小纯完全扔给了张大胖等人去处理。

白小纯春风得意，唯独遗憾的就是在空城内，居然没有完全属于他的私人洞府，所有的洞府都是租下来的。

这让他觉得不舒服，可他也打听了，整个空城能拥有私人之地的，凤毛麟角，必须极有背景才行。白小纯觉得自己背景一般，只能放弃。

此刻，白小纯正沉浸在修炼之中。他借助青龙会的海量的贡献点，买下了无数灵药灵食，使得他的修炼速度加快了许多。

终于，在花费了上百万贡献点后，白小纯的不死长生功第三层有了进步，左侧小腿变得更加坚韧。

形成不死筋后，白小纯全身震动，一股惊人的波动从他的左腿上散出，仿佛其内蕴含了惊天动地的狂暴之力。

现在，左腿可以算是他全身上下，力量最强的部位。

白小纯还发现，自己不仅力量变强了，速度也加快了。

左腿发力的时候，他的速度比以往快至少一倍！

要知道白小纯原本速度就很快了，可眼下，一旦左腿蹬地，他能快到让所有看到他的人倒吸一口凉气。

白小纯甚至感觉身体其他部位限制了自身的速度，可想而知，他的速度快到了什么程度。

“若是有一天，我全身上下所有地方，都练成了不死筋，那么我一旦爆发……”白小纯想到这里，内心充满期待。

若是他还待在逆河宗，或许会花费很长时间，即便有血祖在，也难以加快修炼速度，可如今在星空道极宗，不仅有浓郁的灵力，而且有很多灵丹妙药，再配合那些灵食，使得他的修炼速度加快了许多。

只不过在这里，想要获得这些物品，需要付出大量贡献点，如今对白小纯而言，他最多的……就是贡献点。

除了不死筋略有小成外，白小纯的寒门养念诀也有精进。

这里的通天河水，与下游以及中游不大一样，灵气更为浓郁，白小纯甚至花了数十万贡献点，专门买来了一碗……通天海水。

正是通天海水使得白小纯的寒门养念诀轰然爆发，一举达到下寒巅峰，此刻，他挥手间，就可让百丈范围内冰寒一片，还会出现一个冰寒之影。

此影一出，白小纯甚至可以与其互换位置，若是用得好，可以出奇制胜，若是遇到强敌，也增加了反败为胜的可能！

此事让白小纯激动无比，他甚至为此专门划出了一片区域，严禁外人踏入。他独自在内尝试多次，每次释放灵力，百丈之内立刻结冰，那冰寒之影不停穿梭，随着他的意念，冰寒之影可以在百丈范围内的任何一个地点幻化出来。

而他只需走出一步，就会与冰寒之影互换位置，妙用无穷。多次尝试之后，白小纯激动得难以形容。

与此同时，随着寒气到了下寒巅峰，白小纯的修为也达到了金丹初期的巅峰！

只差一步，就可突破到金丹中期！

而白小纯早就定下了目标，那就是……突破下寒，踏入中寒！

“当我的寒气成为中寒的一刻，就是我白小纯踏入金丹中期之时！这一天，不会太久了！”白小纯仰天大笑，他觉得自己来星空道极宗算是来对了，若是之前就知道空城如此好，他早就来了。

白小纯春风得意时，天空会对青龙会的关注与敌意，从未减少，反倒越来越浓，其内部针对青龙会和白小纯，展开了多次讨论。

之前，白小纯打得他们措手不及，致使他们失去了先机，那一次受挫，使整个天空会的威严严重受挫。

最重要的是，面对如此庞大的青龙会，天空会很难暗中使出一些手段，要是直接动手的话，也没有胜算，因为如今整个天空会内，没有结丹修士。

虽外界传闻他们身后有天人家族，但天空会的老一辈橙衣弟子知道，他们只不过是天人家族的奴仆而已，看似风光，实际上并不是特别受重视。

无奈之下，他们只能将此事上报天人家族，试图让天人家族出面解决，只是消息送上去几个月了，一直没有收到天人家族的回复，似乎……这种事情只是很小的事情，若天空会连这点事都解决不了，还需要让天人家族出面，那么天空会也就没有存在的必要了。

天空会等了很久也不见答复，渐渐想出了关键点，却有些不甘心。

“不能这么下去！”

“没错，那该死的青龙会发展得太过迅猛，这么下去，我们会更被动！”

“可天人家族又不理会我等，唉！”

“还有这青龙会魁首，我们居然还没有查到此人的来历，这件事我总觉得不对劲……似乎有人将青龙会魁首的所有痕迹全部抹去了！”

天空会内部，众人正在商讨应对之法。

突然，一个大部分身体在黑暗中的身影缓缓抬头，阴冷地说道：“天人家族不理会，这青龙会魁首又神秘，既然如此，那么我们索性……废了置换丹，如此一来，就等于是废了青龙会，同时置身事外，或许能看清更多。

“至于方法……此事简单得很，只不过你们之前没有那么想而已，我们向宗门……举报置换丹！”

此话一出，四周顿时安静，每个听到这句话的人都陷入沉思。

说话之人正是天空会的首领。

很快，在达成共识后，天空会发动他们的力量，将置换丹的危害以及种种弊病，全部上报宗门，更不惜一切代价，利用人脉，将此事坐实。

三天之后，瀑布第三层彩虹上，传出一道命令，瞬间传遍整个空城！

空域掌座下令，禁止一切内门弟子，贩卖置换丹！

不仅如此，更有一枚玉简，化作一道长虹，直奔青龙会洞府，一路势如破竹，一切阵法都无法阻挡，刹那间就出现在密室内，到了白小纯面前。

白小纯睁开眼，十分吃惊。

这玉简闪耀着刺目的光芒。一个苍老且威严的声音，蓦然响起。

“逆河宗质子白小纯……老夫乃空域掌座，你速来见我！”

第 394 章

空域彩虹

此刻的白小纯正在盘膝吐纳，看到面前突然多出一枚玉简时，他猛地睁大眼，哆嗦了一下。

“空域掌座？要见我？为什么要见我，我又不认识他！”

白小纯吸了一口气，隐隐觉得玉简内的声音，似乎带着一丝不善，让他内心一惊。

“怎么回事？”

白小纯正在紧张时，神算子、张大胖等人陆续赶来，一个个神色严肃。张大胖目中带着怒意，他身后还站着青龙会的几大头领，他们都焦急地看向白小纯。

“少祖，星空道极宗方才下了命令，禁止一切内门弟子贩卖置换丹，这一定是天空会搞的鬼，这是要断我们的财路！”

许宝财咬牙开口，声音尖锐。这段日子，他过得很舒坦，尤其是每天看到那么多贡献点，更是兴奋，可眼下，一切都要被毁了，他岂能不急？

“魁首，怎么办？”

“没有置换丹，我们青龙会就危险了！”

“之前我们扩张的速度太快了，而且禁止贩卖置换丹的消息怕是很快就会传遍全城……”

不仅是许宝财，所有青龙会的修士都着急起来，还有不少人有其他心思。毕竟如今的青龙会虽然有其他收入，但是主要收入还是靠贩卖置换丹。

一旦没了置换丹，那么青龙会必定会有巨大的负担，毕竟规模太大，要维持下去，每天需耗费大量贡献点。

时间长了，必出问题，而一旦缩小规模，那么天空会一定会趁势而来，从其他方面打压青龙会，使得青龙会轰然瓦解。

其实归根结底，最大的原因还是青龙会的根基不稳，难以与天空会相比，如今的青龙会就如同空中楼阁，稍不留神就会坍塌。

除了白小纯的护道者之外，其他的青龙会头领，此刻也难免起了别的心思。

这些人都这样，更不用说整个青龙会内的其他修士了，白小纯明白，此事如果处理不好，青龙会就完了。

只是他现在无心处理青龙会的事情，前方飘浮的那枚闪闪发光的玉简，让他的压力更大。此刻听着四周众人的话语，白小纯深吸一口气，正要开口，忽然再次看了眼玉简，目光一闪，干咳一声。

“急什么？”

此话一出，众人立即闭嘴，齐齐看向白小纯。白小纯身为青龙会魁首，又是金丹修士，更是置换丹的研发者，可以说是他一手将青龙会撑起来的，虽然平日里他不管事情，但是他对青龙会的人来说，如同定海神针。

“天空会有来头，难道我就没有吗？”白小纯站起身，背着手，抬起下巴，傲然开口，一指面前的玉简。

“你们看，这是什么？”

此刻，其他人也注意到了玉简，纷纷诧异，有人认出这是彩虹之上的东西，顿时惊呼。

“这是……空域彩虹的掌座令！我刚才就看到一道长虹从空域彩虹飞出，的确是飞到了这里，原来是来找魁首大人！”

四周那些青龙会修士，都深吸一口气，看向白小纯时，无比好奇。

“难道魁首大人与空域掌座有特殊的关系？”

就在众人胡乱猜测时，许宝财和张大胖却茫然了。许宝财和张大胖呆呆地看着白小纯，绞尽脑汁也想不出白小纯与空域掌座有什么关系。

“你们知道就好，我现在就要去拜见空域掌座，一切等我回来后再说！”

白小纯淡淡地开口，一甩袖子，拿着玉简，抬着下巴，走出密室。

他的身后，所有青龙会修士都深吸一口气，纷纷抱拳，心中不再慌乱，放心不少。他们的心态也会影响到他们手下的修士，最起码短时间内，青龙会不会因置换丹被禁售的事情，而产生内部动乱。

白小纯演得太好了，就连许宝财和张大胖都被骗了。此刻，众人看着远去的白小纯，纷纷有了信心，振奋精神，期待今后的发展。

白小纯刚离开青龙会洞府，就哭丧着脸，唉声叹气起来。他之前一直强撑着，眼下十分发愁，空域掌座找他让他紧张。

“空域掌座到底找我什么事啊……”

白小纯一路紧张地到了中城区域，那里有专门的地方，通往彩虹之上。

除非晋升成黄袍弟子，才可以在任何地方飞上彩虹，赤袍弟子与橙袍弟子想上去，只能拿特定物品，去中城特定的地方才行。

很快，白小纯就到了中城，在传送阵旁，取出玉简，深吸一口气，神色悲壮，大有一副豁出去的模样，然后开启传送。

轰的一声，随着传送之光爆发，白小纯的身影被光芒掩盖，当传送之光消散时，白小纯也不见了。

再次出现时，白小纯已到了第三层彩虹中的第二条彩虹上。

白小纯一出现，就看到四周雕栏玉砌，青玉铺路，阁楼点缀，还有一棵棵仙树使得四周灵气四溢，如同真正的仙境。

还有一个个水池，一处处洞府，更有一些温驯的灵兽，要么在林间飞跃，要么从水池内伸出头，整个世界，都被一层朦胧的七彩之光笼罩着，看起来……极为美丽。

远处有几个穿黄袍的修士，有的打坐，有的独自漫步，整个彩虹世界似乎极为安静冷清，没有空城的嘈杂声，也没有拥挤的人潮，而且这里的修士好像都很冷淡，身上散发着奇异的光芒，看起来极为不俗。

这里似乎有一层特殊的禁制，使得浓郁的灵气变得更为柔和，可以被吸收，又不会过多地消耗能量。

这一幕幕，让白小纯心神一震，这还是他首次来到彩虹上，不由得揉了揉眼睛，再次看去，他发现这片区域很大。

就在白小纯发呆之时，他的前方，虚无扭曲，竟有一个穿着黄袍的女子，从虚无内一步走出。

这女子秀发披肩，相貌很美，只是看起来颇为冰冷。她出现后，冷冷地看了白小纯一眼。

“你就是白小纯？”

白小纯盯着这女子，发现这女子的修为只是结丹初期，与他一样，都是初期巅峰，可方才这女子现身的方式，让白小纯很惊讶。

这是他首次看到跟自己同等修为的星空道极宗的人，见到这女子之后，他对星空道极宗的神通术法有了初步的认识。

“正是白某，你是何人？”

白小纯收回目光，若对方修为比自己高也就罢了，可遇到跟自己修为一样的人，白小纯觉得不能露怯，于是背着手，傲然地点了点头。

“跟我走，师尊要见你，注意我的脚步，走错了路，结丹修士在这里也必死无疑。”女子十分冷淡，说完这句话后，转身向远处飞去。

白小纯一听这句话，顿时变得十分紧张，赶紧飞出，跟在对方身后，二人化作长虹，一前一后向着远处飞去。

一路上，白小纯低头看向大地，对于空域彩虹有了一些了解。此地呈环形，一共五环，越是往内走越冷清，同时给人越强的压迫感。

没过多久，这女子带着白小纯来到中环所处的位置，不远处屹立着一座惊人的山峰，此山竟也是七彩的。上面没有草木生长，山顶有一座大殿，大殿通体灰色，看似平凡，却有一股说不出的气势。白小纯看了之后，只觉得自己看到的仿佛不是一座大殿，而是一只远古凶兽。

女子没有带白小纯上山，而是在山脚下停了下来。她后退几步，没有说话，白小纯正诧异时，一个苍老中带着威严的声音，从山顶大殿内蓦然传出。

“白小纯，你可知罪？”

第 395 章

杜凌菲再现

白小纯一听这句话，忽然不紧张了……他心中有无限感慨，很感谢当年灵溪宗的那些长辈，还有血溪宗的长辈。这些人一次次吓唬他时，说的都是这四个字——你可知罪。

以至于现在的白小纯一听到这四个字，立刻就明白了，这一次应该没事了……但凡长辈这么开口，往往都是想要吓唬自己一番。

一想到这里，白小纯就知道该怎么办了，他深吸一口气，面露苦涩，似不甘心，又似悲愤，有对星空道极宗的崇敬与渴望，还有对逆河宗的回忆。在这一瞬间，他表现出了种种情感，把一个质子的辛酸与无奈，表现得淋漓尽致。

他站在那里沉默不语，默默地抱拳一拜，似有千言万语，却不知从何说起。

虽然他一句话都没说，但他的意思已经很明显了。

这种哀兵之策是白小纯在血溪宗学会的，每次使用都有奇效，此刻也不例外。

就连一旁那位冰冷的女子也在看到白小纯的表情后愣了一下，而山顶的大殿中也沉默下来。

“罢了，你毕竟是逆河宗的质子，而逆河宗也是与我空域有关联的宗门，你把置换丹的药方拿出来吧，此丹虽有瑕疵，但是也有一定的效果。老夫不会让你白白交出来的，我可给你一百万贡献点，让你直接晋升黄袍弟子，从此离开空城，飞上彩虹。”半晌后，七彩山上大殿内，那苍老的声音再次传出。

此话一出，白小纯身边那个冰冷的女子睁大了眼，有些不可思议地看着山顶大殿。

白小纯内心得意，面上却不露丝毫，依旧是一副苦涩的样子。他想着自己有太多贡献点了，要是他想来这里的话，早就来了。自从青龙会发展壮大之后，他一顿饭就要数万贡献点。

他还有那么多手下，每个月的月例都不止一百万贡献点。

“傻子才来这里，在下面多舒服啊，呼风唤雨，修行也快，什么都不影响！”

白小纯本来就贪恋空城的一切，此番一路走来，看到这里的人都是冰冷的，四周也很冷清，心底便一百个不愿意，打定主意不要飞上彩虹。

此刻，听到空域掌座的话后，白小纯深吸一口气，抬头看向七彩山大殿，神色严肃，抱拳深深一拜。

“掌座，药方弟子愿送给宗门，至于贡献点……弟子不要，以如此方式晋升黄袍，非弟子之愿。我白小纯即便要成为黄袍弟子，也要依靠我自己的双手去赚取贡献点！”白小纯一身正气，大声地开口。

旁边那冰冷的女子多看了白小纯几眼，对于师尊提出的交换条件，她感到十分吃惊，拜入师尊门下多年，她还是第一次看到师尊这么大方，没想到白小纯竟然拒绝了！

这让她不由得深吸了一口气，她还是第一次遇见这样的人，那可是一百万贡献点，对于寻常修士而言，是很难积累的财富。

空域掌座若不了解白小纯在空城内的所作所为，恐怕也会感到诧异，毕竟他执掌空域这么多年，还没遇到过拒绝成为黄袍弟子的人。

此刻，他坐在大殿内，神色古怪。不远处，似有一个身穿白色长裙的女子身影模糊地站在那里，凝望着白小纯，目中带着惆怅。

这女子仿佛处于虚幻与真实之间，看不清楚，可她的四周虚无扭曲，甚至开始碎裂，可以想象要么是这女子修为高深，要么就是她身上有至宝！

眼看这女子没有什么反应，空域掌座有些头痛。实际上他不是很想要那药方，只不过因为有他招惹不起的人物到来，让他关照一下白小纯，于是他便找个借口，要给白小纯贡献点，让白小纯飞上彩虹而已。

否则的话，以他空域掌座的身份，虽没有达到天人境，但也是半步天人的大能，岂能理会一个小小的结丹修士，就算白小纯是质子，也不会让他太过在意。

可眼下，白小纯居然拒绝了。

空域掌座不由得有些心烦，可那招惹不起的人物就在身边，无奈之下，他只能再次开口。

“少说废话，以老夫的身份，岂能白要你东西？有什么要求你就说出来，只要在老夫的能力范围之内，尽量满足你就是！”

话音刚落，不单白小纯愣了，就连他身边那冰冷的女子也倒吸一口凉气。今天，她对师尊的表现极其吃惊，师尊这分明是要直接送出贡献点啊！

“这白小纯什么来头？！”女子睁大眼，看了看白小纯，内心惊疑不定。

白小纯也十分诧异，他狐疑地抬起头，看着七彩山上的大殿，心底忽然有些忐忑。他觉得这件事不对劲，怎么看，对方都是一副非给他好处不可的样子，他要是再拒绝，怕会引起对方暴怒。

白小纯迟疑时，大殿内传出空域掌座不耐烦的催促声。

白小纯一咬牙，看着大殿，大声开口。

“掌座前辈，您老人家的心意，弟子心领了。如果您真的要给回报，那个……我在下面的空城，始终都是租地方住，没有归属感，您也知道，我孤零零地过来，很想有个家。那个……您要不给我一块地，怎么样？到时候，我给自己盖宅子……”白小纯忐忑不安地开口，期待地看着山顶大殿。

他原以为对方会迟疑，没想到他话刚说出口，大殿内直接飞出了一道长虹，仔细一看，原来是一面七彩小旗，直奔他而来。

“除了东南中三城外，西与北两个城区，你可以任意选择一个空旷之地，插上此旗后，方圆十里，都是你的私人之地！”

七彩山大殿内，空域掌座似松了一口气，快速开口。七彩山上光芒闪耀，空域掌座发出一股推力，推得白小纯和那个女子不断后退。

那冰冷的女子此刻完全蒙了，死死地盯着白小纯手中的七彩小旗，呼吸急促。她身为掌座弟子，也没有如此待遇，可她师尊居然给了白小纯私人之地！

要知道在空城，十里范围的一块地，其价值之高，简直无法形容。空域掌座居然说给就给，这让她觉得白小纯的来头一定大得不得了。

“真给了？”

白小纯也倒吸一口凉气，抓着七彩小旗，有些茫然地退后，直至退出数百丈后，才忍不住回头，看了眼光芒闪耀的七彩山。

这一眼看去，也不知是不是错觉，他仿佛看到山顶大殿的门口，站着一个女子。女子的身影有些模糊，看不清晰，正当他要仔细去看时，对方已经消失了。

白小纯带着疑惑，转身离去。七彩山上，那消失的女子再次出现，她默默地站在那里，脸上戴着面纱，轻声呢喃。

“小纯……好久不见……”

有风吹来，掀起面纱的一角，露出了一张绝美的脸。

若是白小纯在，他一眼就可以认出，这张脸，与杜凌菲有七分相似！

慢慢地，这女子脸上露出了开心的笑容，笑容里带着对白小纯的祝福与期待。

第 396 章

重整旗鼓

白小纯离开的时候，还是十分茫然与费解。带路的女子神色明显缓和了许多，甚至偷偷打量了白小纯好多次。

将白小纯送到传送阵，这女子竟对白小纯展颜一笑，微微一拜。

“白兄，之前有些失礼，小妹青萱。”

传送之光出现，阻断了两人的视线，就连那声音也变得怪异起来。

白小纯眼前一花，只觉得人声鼎沸，他又回到了空城。

白小纯有种做梦的感觉，低头从储物袋内拿出那面七彩小旗，仔细看了看后，他呼吸急促，更为激动。

“居然真的给我了！”白小纯一想到自己以后在空城内，会有方圆十里范围的私人地盘后，顿时无比高兴。

他将对此事的疑惑深深地埋在了心底，此刻，他抬起头，看了看天空上的空域彩虹，低声呢喃。

“是谁在帮我……这明显是要强送给我，不然的话，为何到我走，空域掌座都没有找我索要药方！”

白小纯沉吟少顷，走出传送阵后，向着北城走去。他正思索着，忽然听到四周的人群在议论跟青龙会有关的事情。

“听说了吗？那万恶的置换丹，一旦吞下，会对人体造成永久性的损伤，毒性极大！”

“何止是损伤，一旦吃的次数多了，会使得资质变差，更可能让人疯狂，我听说还有人直接吃死了！”

“太过分了，这置换丹还会让人产生依赖性，若是过一段日子不吃，一样会疯狂。这么毒的丹药，就是青龙会弄出的！”

“是青龙会的魁首炼制出来的，你们还记得超级辟谷丹吧，那也是他炼制的，他根本就是一个毒魔！”

白小纯听到这里，心里不乐意了，他的置换丹虽有瑕疵，但是不会造成永久损伤，也不会有依赖性，其好处甚至大过弊害。

至于吃死人的事情，从来没有过。

可眼下这些人传得有鼻子有眼，当白小纯到了北城后，他听到的谣言比其他区域的还要多。

几乎所有人都对置换丹感到愤怒，对青龙会感到憎恶，听得白小纯头皮有些发麻。他可以想象，若是现在有人认出自己，大吼一声，估计四周那些人会直接对自己出手。

白小纯一路胆战心惊，为了以防万一，在人多的地方，他也大吼了几声青龙会的坏话，这才一路飞奔，回到青龙会。

刚回来，许宝财等人就焦急地过来拜见，一看到白小纯，许宝财都快哭了，赶紧开口。

“少祖，天空会太无耻了，他们在城里散播消息，污蔑我们青龙会，已经有不少修士暗中离开了。”

“此事影响太大，根本就控制不住……”神算子苦笑一声。他们虽有防范，但青龙会毕竟不如天空会势大，根基没有天空会深，人脉也没有天空会广。

张大胖与陈曼瑶也在发愁，至于那些青龙会的修士，此刻都沉默着，没有说话，而是看向白小纯。他们最在意的就是白小纯去彩虹上有什么收获。

若有就好了，他们身为青龙会的一员，也希望青龙会能够发展下去，可若是没有……那么他们就只能开始琢磨，得罪天空会后，自己要怎么生活下去。

白小纯很生气，置换丹最早是天空会开始卖的，而且还是偷取了他的幻雾改造了一下之后卖的，现在天空会居然倒打一耙，把所有的错推在他身上。

天空会如此污蔑白小纯，让白小纯怒火中烧。

白小纯又想起了超级辟谷丹被阴的事情，怒气顿时有些压抑不住了。

“九胖，天空会太过分了，我们和他们拼了！”

张大胖眼神狠辣，前些日子经历的一切改变了他，现在他的身上多出了一些杀伐果断的气势，此刻，他怒气冲冲地开了口。

“少祖，看来我们真的要和他们直接对上了，只是宗门的规矩在那里，此事有些不好办……”

“没办法了，如今置换丹被禁，断了我们的活路，这么多人怎么办？”

在这些人陆续开口时，一位先前没有开口的橙衣弟子向着白小纯抱拳一拜。

“魁首，不知此番彩虹之行，可有收获？”

此话一出，四周的人纷纷看向白小纯。

“有一点收获，可置换丹依旧无法出售。”

白小纯深吸一口气，强行压下怒气，缓缓开口。

声音回荡，众人更加沉默。

白小纯目光扫过众人，不再开口，只要来一幅空城的地图，就转身回到屋内，不见任何人。

一天后，一部分修士离去，两天后，离去的人数暴增，三天后，离去的修士更多了。

直至过去了七天，整个青龙会，几乎九成的修士都离去了。青龙会崛起的时间毕竟太短，这些人在其巅峰时期到来，并没有要陪着青龙会一起走入末路的决心。

在这七天内，青龙会在其他三个城区的势力纷纷瓦解，那些小家族、小势力也快速与青龙会斩断了关系。

空城内不断出现各种传闻，天空会趁机打压青龙会，使得青龙会洞府内几乎空了。

余下的修士不到一千人，而这些人也在两天后陆续离开，九天的时间，整个青龙会……余下之人，不到两百。

堂堂青龙会九天就坍塌了，此事轰动空城，更衬托出了天空会的强悍与深厚的底蕴。实际上这也没什么好意外的，原本青龙会的一切都建立在贡献点上，算是空中楼阁，没有时间的沉淀，大风大浪之下，必定坍塌。

选择留下的一百多人里，除了当初那批元老外，便是一些对青龙会有感情的修士。这一次，许宝财等人没有离去，就算是陈曼瑶也没有离开，而是默默地留在洞府内，不时看向白小纯所在的房间。

这九天，白小纯没有休息，而是在观察空城的地图。他看得很仔细，几乎每一个区域，每一条街道，他都看得清清楚楚。经过再三斟酌与研究，终于，第九天黄昏时，白小纯从房间内走了出来。

他的眼中有血丝，可精神很好。当他得知短短九天时间，青龙会的势力就瓦解了，只剩下一百多人后，他愣了一下，沉默片刻后，笑了起来。

他一出现，剩下的一百多人纷纷凝望着他，当他们看到他的笑容之后，他们心跳加速，似乎看到了希望。

“诸位道友，你们收拾一下，跟我走。我们，搬家！”白小纯深吸一口气后，向着众人喊道。

“这一次，我们大意了，没关系，我想到了一个新名字！”

白小纯大袖一甩，没有多说，可他的表情立刻让众人有了信心。很快，众人就收拾好了自己的东西，一百多人，浩浩荡荡地走出洞府，从北城向西城冲去。

一路上，不少修士看到了他们，议论纷纷。

在白小纯的带领下，他们离开了北城，很快，就到了西城。

有不少好奇的路人，认出这是青龙会剩下的人之后，便在后方跟随着，想看看这些人要去何方。

天空会也派出了不少人，跟随在白小纯等人身后。

白小纯没有理会身后那些人，他没有停顿，而是向着西城的边缘急速而去。遥遥地，可以看到西城的尽头有一片广阔的沙漠！

所有人在看到这片沙漠后，都是一愣，因为此地有一个遗迹，是空城修士做任务的时候经常要去的地方！

第 397 章

长生客栈

西城的边缘有一片沙漠，这沙漠中有一个遗迹的入口，下方是地宫。

这地宫之大，据说堪比小半个空城，其内有奇珍异兽，更有灵株仙草，对于修士而言，这里的资源实在是太丰富了。

这个遗迹是空城内唯一一个有任务的地方。对于空城修士来说，到这里执行一些特定的任务，总比去外界轻松一些，而且这里虽是遗迹，实际上却是星空道极宗布置出来的，让弟子历练的地方。

在这遗迹内，出现不可抗力的可能性微乎其微，毕竟这是在空城中，算是在星空道极宗内部。如此一来，修士们更偏向于来这里完成任务。

所以，平日里此地人来人往，颇为热闹。

这么一处宝地，自然有人眼红，可在空城内，只有天空会有资格占据此地。修士可以进去，但出来的时候，需要交出收获的三成物资，或是花费不菲的贡献点，去买天空会的令牌，才能出来。

这种事情唯有天空会才可以做到，而其他人想要做真是太难太难，首先天空会就不会允许。

要知道当初天空会之所以能占据这里，付出了极大的代价，而且此地的收益，占了天空会总体收益的五成左右。

因此，天空会极其重视这里。

当白小纯带着一百多人，直奔这片沙漠时，不单天空会的人愣住了，那些跟来的路人也十分诧异。

“他们怎么了？怎么来这里？”

“莫非想一起进入地宫内，完成任务？”

“不像啊……”

在沙漠中，遗迹外部，有一道关卡，大量天空会的修士常年驻扎在此，一看到呼啸而来的白小纯等人，他们立刻神色严肃，全部起身。

此刻，在遗迹外面，还有不少要踏入地宫完成任务的修士，他们看到这一幕后，也是一愣，好奇地望去。

别说是其他人，就连白小纯身后那些留下来的人，也十分不解，他们看着白小纯，心底好奇。

“少祖，我们来这里干吗？”许宝财忍不住问道。

“选地方，搬家啊！”白小纯头也不回地说了一句，接着，没有理会驻扎在这里的天空会修士，而是迈步走了过去。

驻扎在此地的天空会修上也不敢阻挡白小纯，他们都知道白小纯是金丹修士，最重要的是，按照天空会定下的规矩，修士可以随意进入遗迹，只是出来的时候要上缴一部分物资。

白小纯经过这些天空会修士的身边，在距离遗迹不到千丈的位置停了下来，四下看了看后，一脸满足的笑容。

“好了，这里，就是我们的新家！”

此话一出，神算子眨了眨眼，呆呆地看着四周。

许宝财眼神茫然，张大胖傻眼了，就连陈曼瑶也张开嘴，有些蒙。

他们都如此不解，更不用说留下来的其他人了，其他人一个个面面相觑，都有些迷茫。

一旁的天空会的人，听到这句话之后，顿时笑出了声。

“不好意思，这里……似乎无法成为你们的新家，这里属于星空道极宗，不属于任何人。”

“这青龙会……到底在搞什么鬼啊？”

就连跟来的那些路人，还有欲去遗迹完成任务的修士也开始哄笑。

“青龙会的人不至于失心疯吧，竟要占据此地？”

“就算青龙会魁首是结丹修士，也不可能做到这一点吧，这里可是天空会的命脉所在，若他真敢占据此地，那么天空会背后的天人家族必定会责罚他。除非他有让人无法反驳的理由和手段。”

这些人哄笑之时，神算子脸都红了，许宝财有些尴尬，至于其他留下来的修士，心中也有些苦涩。

张大胖与陈曼瑶干咳起来，两人看向白小纯，欲言又止。

“小纯……”

就在这时，白小纯抬起下巴，袖子一甩，抬起右手，他的手中出现了一面散发着璀璨光芒的七彩小旗！

七彩小旗一出，顿时有一股威压向着四方散开，使得所有哄笑之人全部一愣。

白小纯一脸得意，将这面七彩小旗，向着脚下的沙漠，狠狠地插了下去！

“开！”

白小纯大吼一声。

七彩小旗与地面碰触的瞬间，轰鸣之声如雷霆般炸开！

轰轰轰！

大地震动，天地轰鸣，小旗上出现一股狂风。狂风向着四周横扫时，一股无法形容的威压随之爆发！

神算子等人面色大变，一个个呼吸急促，全部后退。不单他们如此，天空会的修士，跟来看热闹的路人，还有那些欲去完成任务的修士，一个个都倒吸一口凉气，开始不受控制地后退。

威压爆发，所有人心神震动，脑海嗡鸣，仿佛遭遇了天威！

七彩小旗发出一层七彩光环，七彩光环向着四周扩散开来。

白小纯头发飞舞，全身的衣衫都被风吹得鼓起来了。

七彩光环覆盖了周围百丈的空间，这还没有结束，眨眼之间，七彩光环覆盖的范围就达到了三里、八里，直至……十里！

七彩光芒闪耀，仿佛成了彩虹。

这一幕，让四周鸦雀无声，只有阵阵吸气声不断传出。

没等众人反应过来，大地震动，轰鸣之声再次响起时，覆盖了方圆十里的七彩光环，刹那间融入地面，慢慢消失。最终有一个巨大的圆圈痕迹，直接烙印在地面上！

不可抹去！

这一刻，一股力量蓦然从十里范围内爆发开来，将这十里范围内的所有人推了出去。

除了白小纯，所有人都傻眼了……

“这是……这是进入私人领域内，才会出现的星空道极宗的阵法排斥！”

“这不可能，这怎么会是阵法排斥？天啊，唯有获得了星空道极宗大阵认可的私人之地，才会受到阵法的保护！”

“整个空城内的私人之地极少！”

“青龙会的魁首居然能圈地！”

这一幕彻底震惊了四周那些修士，不单他们觉得不可思议，就连青龙会的众人，包括许宝财等人也目瞪口呆，感到难以置信。

而最让人惊讶的是遗迹的入口……也在十里范围之内！

“我要在这里修一个客栈……名字我都想好了，就叫长生客栈。”

白小纯背着手，抬起下巴，内心的得意在这一刻已经无法形容。他慢慢开口：“大家可以正常进入遗迹，没关系的，不过这里毕竟是我家，所以……你们进来后，只要在我的客栈里买一杯灵茶，就是自己人啦。”

“我这里的灵茶不贵……比天空会便宜，只要一成收益就可以。”白小纯干咳一声，向着众人笑眯眯地说道。

阵阵吸气声从天空会修士口中传出，此刻他们无比震惊，白小纯这是生生地从天空会手中，夺走了遗迹的进出权！

其他准备做任务的修士则开始思考，相比于天空会收取三成收益的做法，白小纯的做法显然更能让人接受。

第 398 章

金丹中期

白小纯将空域掌座给予的七彩小旗插在遗迹外面之后，周围十里光芒闪耀，遗迹入口成为白小纯私人之地的消息轰动空城。

这消息如风一样，立刻传遍整个空城，无数人感到震撼。

“私人之地，怎么可能？”

“空城内的私人之地不到十处，任何一处都是为空域彩虹立下汗马功劳后，才被赏赐的，这青龙会魁首到底什么来头？”

“我就说青龙会为何敢与天空会叫板，现在明白了，因为青龙会的魁首神秘莫测，说不定其背后也有天人境强者！”

在整个空城轰动的同时，天空会也得到了消息，天空会的人目瞪口呆，彻底傻眼。

他们费尽心机，与青龙会斗智斗勇，没想到白小纯竟然会绝地反击，在山穷水尽之时，逆转形势。他们真是无法接受。

“私人之地！”

天空会内，传出无数惊呼。

这一刻，所有人看青龙会的人的眼神都不一样了。

至于之前离开青龙会的那些人，则无比后悔，却无可奈何。即便有人厚着脸皮回去，还是被拒绝了，许宝财等人给出的解释是不再招人。

很快，在整个空城的关注下，西城边缘的沙漠内，一个客栈被一百多人用最快的速度修建出来。

这客栈的占地面积极大，内部有数座阁楼，外围更是搭起了凉棚。

在全城的关注下，没过几天，这个客栈就正式开业了，之前青龙会的那一百多人，摇身一变成了伙计，专门卖灵茶。

想要进出遗迹，拿着天空会的令牌已经没用了，需要来这里买一杯灵茶……

与此同时，空域彩虹竟然没有传下任何命令，似乎对此毫不在意。空城的修士渐渐明白了，这是默认的意思。众人对青龙会魁首的来历有了更多猜测。

随着时间的流逝，天空会隐忍下来，修士进出遗迹的事情恢复如常。

青龙会只收取一成收益，这就使得更多修士选择在遗迹内完成任务，来往之人每天都有十万以上。

如此多的人，让青龙会忙碌起来，凉棚也不够用了，于是又额外搭建了一些，才能容纳来往之人。

白小纯查看收获的贡献点时，倒吸一口凉气，这贡献点之多，比他们当初卖置换丹，还要恐怖。

“天空会为富不仁！”

白小纯咽下一口唾沫，看着收入，吸了一口气。一旁的张大胖等人也双眼冒光，纷纷怒斥天空会。

长生客栈的贡献点，没有放在个人身上，都累计在一枚令牌上，如此一来，就不会使得拥有贡献点的人，因贡献点超过百万，无意中晋升成黄袍弟子。

尤其是白小纯，他很担心自己哪天不小心晋升了，成为黄袍弟子，那他一定会哭死。为了以防万一，他身上的贡献点只有几十万，其他的都在青龙会的令牌上。

数日后，随着长生客栈生意的火爆，天空会的收入锐减，少了置换丹和遗迹带来的收入后，天空会苦不堪言，无奈之下派人来与白小纯交涉。

白小纯直接让神算子与许宝财去负责这次交涉，双方自然无法和解，很快神算子与许宝财就把天空会的人打发走了。

此时的白小纯春风得意，眼看自己在空城已有家有业，且每天都在赚取海量贡献点，别提多满足了。

“这才是我要的生活嘛！”白小纯背着手，站在客栈内的阁楼上，望着下方熙熙攘攘的人群，心生感慨。

更让白小纯高兴的是经过这段时间的修炼，他的修为终于有了要突破的迹象，踏入金丹中期指日可待。

他索性放下一切事务，踏入客栈内的密室内，开始闭关，争取用最快的时间突破，踏入金丹中期。

这一闭关，就是一个月。

一个月后，白小纯在密室内蓦然睁开双眼。在这一刻，他的瞳孔竟发出了蓝色的光芒，随着光芒闪耀，他全身顿时散发出了惊人的寒气。

这寒气瞬间覆盖四周，使得他所在的密室如同隆冬，整个密室顿时被冰封起来。

“下寒者，可凝聚寒气之影，形成冰寒之法，而中寒者，可让周围千丈，刹那冰封！”白小纯喃喃低语，低头看向自己的右手。

这一刻，他的右手竟慢慢变得透明，甚至可以看到血管、看到皮肤下的血液在流淌，而密室内的寒气，对他来说，完全不成问题，他就像完全感受不到一样。

“要突破了！”白小纯深吸一口气，蓦然起身，离开密室，无人察觉他已消失。

白小纯化作一道长虹，直奔远方，再次出现时，他已到了这片沙漠的尽头。四周荒无人烟，即便是空城修士，也很少来这里。

烈日当空，尽管远处就是通天河与通天海，可这里依旧十分燥热，热气升空，使人在远眺时，视线变得模糊。

白小纯站在这里，看了看四周，确定无碍后，闭上双目，寒气顿时从他身上爆发出来。

这寒气刹那间就覆盖了周围百丈，寒气所过之处，热气瞬间被压制，地面更是直接被冰封！

因冷热交替，使得四周传出雷鸣般的声音。

白小纯双手掐诀，施展寒门养念诀，向着两边一按，寒气的覆盖范围瞬间扩大。

轰轰轰！

寒气扩散至二百丈、三百丈……五百丈！

一切依旧没有结束，白小纯头发飞舞。尽管他闭着眼，可依旧有蓝光穿透了眼皮，扩散开来。他的身体的其他部位也变得透明起来，现在，他就如同一个冰人。

这寒气扩散到了七百丈的地方，还在不断扩散，沙漠的热气被驱散，寒气已扩散了九百丈！

九百二十丈、九百五十丈、九百八十丈……也就是几个呼吸的时间，这寒气的范围直接就扩散到了九百九十九丈！

只差一丈……就是千丈！

只差一丈……就是中寒！

"中寒！"

白小纯双眼猛地睁开，低吼一声，体内传出天雷之音，他的天道金丹，此刻寒气涌动，骤然爆发。

在他的爆发下，寒气的范围骤然就扩大到了一千丈！

此地越发寒冷，寒气向上蔓延，很快，千丈范围内的地方就彻底成了一个冰雪世界！

而白小纯的修为终于在这一瞬，突破了天道金丹初期，达到了金丹中期，一股天道之意随之传出。

千丈外，依旧是沙漠，冷热交替的地方，有一道道裂缝，远远一看，触目惊心。

白小纯无比振奋，他深吸一口气，在千丈范围内，竟然出现了大量虚幻之影，每一个身影都与他一模一样，正是冰寒之影。

而他也能够瞬间与那些冰寒之影交换位置，如同瞬移一般。

若有人在远处看到，一定会被无数的白小纯的身影惊得倒吸一口凉气。

不多时，千丈范围内的所有冰寒之影就凝聚在了一起，露出了白小纯的真身。

白小纯情绪激动，袖子一甩，千丈范围内的寒气顷刻消散。

随着热气重新袭来，一股风暴冲天而起，将白小纯的头发吹得飞扬起来，而他的笑声也在这一刻传向四方。

第 399 章

宋缺的梦想

若有外人看到这一幕，必定万分震惊，因为这已经不是寻常结丹中期的人可以施展出来的手段了，即便是天骄，能做到这一点的也不多！

要知道，这里可是星空道极宗，天骄之多，远远超出中下游修真界，尽管如此，白小纯此刻的气势也足以胜过其他天骄。

寒门养念诀的威力在这一刻，初现峥嵘！

“这仅仅是中寒，若是能达到上寒……”白小纯目露期待，他想到了寒门养念诀对上寒的描述。

“万丈范围内，一片寒地的同时，可形成寒镜，折射分身降临！那一刻，折射出的就不是冰寒之影，而是真正的分身！”

白小纯有些激动，不由得又想起了至寒！

“至寒……可冰封一定范围内的……通天河！”

白小纯握住拳头，更为期待之后的突破。他深吸一口气，没有结束修炼，此番一同突破的不仅仅是寒门养念诀，还有不死筋！

白小纯低头看着自己的左腿，此刻他左腿的筋已完全练成了不死筋，可以说这一条左腿就是他全身力量最强的地方，也是最坚韧的地方。那是力量的凝聚点，强度远远超越身体的其他部位。

白小纯缓缓抬起左腿，向着地面狠狠一踏。

这一踏将不死筋之力完全爆发出来，还没等碰到地面，大地就开始震动，无数沙子飞起，更有一阵狂风横扫四周。

可白小纯还是没有满足，他在左脚踏上地面的刹那，口中轻吐出三个字！

“不死禁！”

眨眼间，白小纯的左脚就踏在了地面上，轰鸣声震天，一道道裂缝刹那间朝着四方扩散，仿佛形成了一道天然的禁制，封印一切，毁灭所有。

白小纯所在的地方，瞬间塌陷，尘土飞扬，雾气升空。

一声闷响传遍四方，甚至在空城内都可以听到，引起不少人的注意。

而此刻，白小纯也惨叫一声，整个人瞬间就掉入了脚下的大坑。

沙土掩盖了一切，直至许久，在沙土消散后，地面上才露出了一个深坑！

深坑四周有金色光芒化成的丝线在蔓延，这丝线正是近乎神通的……不死禁！

封印一切！

白小纯在深坑底部哭笑不得，他挣扎着爬了出来，灰头土脸的，他忘记了这里是沙漠，就这么一脚踏下，地面都塌陷了。

前一刻还得意扬扬，下一瞬就被沙土淹没，白小纯觉得有些丢脸。

他爬出来后，赶紧看向四周，发现此地没人后，这才松了一口气，定了定神，立刻化作一道长虹远远飞走，回到了客栈内。

在他离开不久，此地出现了很多空城的修士，这些修士大都是闻风而来，在看到深坑后，一个个都倒吸一口凉气，心惊肉跳。

“这里……这里可是星空道极宗术法形成的沙漠啊！”

“等闲之辈根本无法破坏此地，如今居然有人在此地轰出了这么一个大坑……难道说是星空道极榜上某个赫赫有名的天骄路过此地？”

“就算是结丹修士，也很难做到这一点，应该是星空道极榜上千名以内的人了！”这些修士议论纷纷，说起星空道极榜，都是一脸羡慕。

星空道极榜是星空道极宗内极为重要，且最具权威的排行榜，只列元婴以下的修士，但凡上榜的人，都会轰动整个东脉修真界。

就在众人讨论之时，远处有一道长虹，正急速飞来。长虹内是一个青年，此人相貌俊朗，双目炯炯有神，风尘仆仆，一身修为赫然已是筑基大圆满，达到了假丹境界！

看样子，再过一段时间，青年就能将体内灵海凝聚成丹，从而踏入结丹期，从青年全身上下散出的能量波动来看，他突破失败的可能性很小。

尤其是青年身上还带着一股惊人的煞气，配合他身上多处伤疤，顿时给人一种生人勿近之感。

这个青年正是宋缺！

离开白小纯之后，他一口气接下大量的任务，这一外出就差不多是一年，多次九死一生，拼了性命才将那些任务完成了大半，身上的贡献点也累计了数十万。如今，他还剩一些任务要在遗迹的地宫内完成。

于是，他这才归来，路过此地时，看到那个深坑，顿时停下脚步，仔细看了看后，也很心惊。

“能在这里轰出如此深坑，此人不俗……早晚有一天，我宋缺一定也可以！”宋缺眼神冷厉。

在宋缺停下的同时，四周那些修士都警惕地看着宋缺。毕竟宋缺给人的感觉，不但煞气浓郁，而且十分阴冷，一眼看过去就觉得不好惹，应该是那种常年在外与人殊死搏斗的人。

看到众人忌惮的眼神，宋缺内心得意的同时，也十分自傲，他觉得自己这一年值了。一年的时间，自己已经脱胎换骨，比之前强悍了太多，距离成为黄袍弟子也不远了。

“那几个废物，说不定已经饿死了，哼！”

宋缺冷哼一声，更加不屑。在他看来，神算子也好，许宝财也罢，还有张大胖，都是废物，唯独陈曼瑶他有些看不透。

至于白小纯……宋缺一想到白小纯，就恨得咬牙切齿。当初在陨剑深渊时，白小纯就压他一头，抢走了天道之气，此事宋缺一辈子都不会忘记，每次想起，都觉得内心憋屈。还有血溪宗的事情，也让他抓狂，又想起逆河宗，不甘之意更为强烈。

“白小纯，陨剑深渊你压我一头，血溪宗内，你压我一头，逆河宗内，你又压我一头……而且张口闭口都是缺儿长缺儿短的，这一次，等我成了黄袍弟子，我一定要压过你！”宋缺深吸一口气，眼神坚毅。

他相信，自己一定可以做到。

“这星空道极宗，对我来说，就是造化之地，临走前，老祖对我充满期待，希望我能在这里成为元婴修士……我一定可以做到！”

宋缺深吸一口气，低头时右手在储物袋上一拍，手心内立刻多了一枚蓝色的令牌。

这小小的令牌是宋缺花了不少代价，找一个空城修士换来的进入遗迹的令牌。

“成为黄袍弟子还差的那些贡献点，就看这一次遗迹之行了，等我从遗迹出来后，贡献点应该就够了，到时候就可以成为黄袍弟子，飞上彩虹！”

宋缺想到这里，顿时心中火热，更加期待。

“先去观察一下，尝试看看，然后再有针对性地做好准备。”宋缺微微一笑，背着手，化作长虹直奔遗迹所在之地。

没过多久，宋缺就远远地看到了遗迹，也看到了遗迹外面的客栈。

他还看到客栈外有数十个凉棚，里面摆放着桌椅，有上百个统一穿着的修士，如同伙计一样，正在忙里忙外。

不少修士来来往往，从这里通过，进入遗迹。

“不愧是空城内的第一大组织，背后有天人家族的天空会居然可以在这里修一个客栈。”

宋缺有些羡慕，更有感慨，对于能占据此地，掌握出入权的天空会，他内心深处有些酸酸的，却没办法。

“只要占据了此地，只怕一天收获的贡献点就比我辛苦一年赚得还要多……”

他一年前离开空城，外出做任务，并不知道这一年内空城发生的事情，此刻正无比羡慕天空会。

他摸了摸自己的储物袋，将天空会的令牌取出，拿在手中，这才从容地向前走去。

第 400 章
缺儿，是你

地宫的入口有不少碎石，与四周的环境不一样，仔细一看，在碎石内，似乎有一个残破的大门。

走过此门，就可以踏入地宫。

而大门旁边，就是长生客栈。数十个凉棚下面，此刻熙熙攘攘，修士众多。

有的正在计算自己收获的贡献点，有的人则在买下灵茶后，直奔遗迹。毕竟此地的规则与天空会还是有些不一样，虽只收取一成收益，但是在进入时，还需要花费十个贡献点，去买一杯灵茶。

虽然如此，长生客栈还是比天空会有良心，所以空城的修士也没有反对，更重要的是，能够有自己的私人之地，这本身就是一种威慑。

而关于白小纯的种种传闻，让很多修士心生敬畏，他们不愿得罪客栈的人。

宋缺从远处而来，神色冷漠，全身上下煞气弥漫，这是他一年来外出形成的习惯。他表现得从容冷淡一点，很多事情都会好办一些。

他没打算踏入凉棚，而是准备进入遗迹观察一番，可当他要绕过凉棚时，立刻就被一位修士拦住了。

“这位道友，还请买一杯灵茶。”这修士是一个青年，此刻，他含笑抱拳，客气地开口。这是陈曼瑶定下的规矩，让所有青龙会的人都要对来往修士客气一些。

毕竟他们占据了这里，本来就容易引人嫉妒，哪怕他们收得比天空会少，也需要对人客气一些。当然，若是遇到那种不开眼的人，他们也会让人知道，不是什么人，都可以来闹事的！

“买什么灵茶？”

宋缺一愣，随即不悦，可一想到天空会的势力，便忍了下来，抬起右手，将天空会的令牌在对方面前一晃。

“看到了吗？我有令牌！”

此话一出，四周的人都停了下来，纷纷看过来，一个个神色古怪。

青龙会的青年闻言一笑，没有往心里去，毕竟宋缺明显是刚刚从外面回来，还不知道状况，他之前也遇到过不少这样的修士。此刻，他含笑抱拳，温和地解释。

“不好意思道友，这枚令牌是天空会的，可此地已经不属于天空会管了，而属于我们青龙会，规则也改了。”青年不厌其烦地将规则重新说了一遍。

宋缺面色一变，愣住了。

这令牌是宋缺花了很大的代价买来的，其作用是出遗迹的时候，免收贡献点，只不过有次数限制。眼下，一听到这令牌居然无效了，宋缺顿时傻眼了。

“这怎么可能？天空会如此庞大，你们……这里……”

宋缺呼吸急促，十分惊讶，若是这令牌无效，那么他的损失就大了，甚至对他晋升黄袍弟子都有影响。

“你们不能这样，这枚令牌是我花了极大的代价换来的！”

宋缺着急了，全身煞气轰然散出，他本就脾气不小，此刻一急，话也变得不客气起来。

四周的修士纷纷让开，有不少都有看热闹的意思，更有一些隐在人群内的天空会修士，一看势头不对，立刻就开始起哄。

“青龙会要给出一个说法！”

“没错，我的令牌当初也花了不小的代价，岂能说无效就无效？”

眼看如此，青龙会的青年面色立刻阴沉下来，冷哼一声：“滚出去，再闹事，休怪我青龙会不客气！”

这一年来，宋缺每天基本都在生死线上徘徊，所以变得冷酷无情，此刻，他眼神一变，灵力顿时散开，形成一股风暴横扫四周，接着，他向前走出一步。

青龙会的青年心里一惊，此地的吵闹之声顿时高涨，眼看两人就要打起来了，就在这时，突然，一个诧异的声音从不远处传来。

“宋缺？”

神算子与许宝财两人走了过来，他们看到宋缺后，都是一愣。

宋缺原本杀气腾腾，看到神算子与许宝财后，也愣了一下。尤其是看到两人满面红光，而之前那个呵斥自己的青年，居然对神算子与许宝财很恭敬后，宋缺睁大了眼。

“你们……”

宋缺觉得此事有些不对劲，可还没等他反应过来，白小纯就出来了。

其实，白小纯在听到外面的吵闹声之后，灵识一扫，就知道宋缺来了。白小纯眨了眨眼，脸上露出笑容，直接走了出来。

他一出现，青龙会的修士就全都跪拜下来。

“见过魁首！”

上百人齐齐跪拜，场面不小，立刻就引起了轰动。

其他修士看见白小纯后，一个个都吸了一口气，各自低头，迅速抱拳。

“见过青龙会魁首！”

这样的声音陆续传出，凉棚内的人都对白小纯恭敬有加，宋缺呆呆地看着走来的白小纯，脑海一阵轰鸣，彻底傻眼。

“缺儿，你终于找来了！”白小纯一脸心疼，快走几步，高声喊道。

“缺儿，你怎么弄得这么凄惨，我以为我就够惨了，没想到你比我还惨。”

此话一出，四周的人都深吸一口气，齐齐看向宋缺，更有不少人显得很羡慕。他们已然明白，青龙会魁首与这个叫缺儿的修士关系必定非同寻常。

瞧这个样子，似乎这个叫缺儿的修士还是青龙会魁首的晚辈。

宋缺面色苍白，心中像掀起惊天巨浪，整个人如傻了一样，只觉得整个世界都逆转了。

他看着身上挂满玉佩的白小纯，光白小纯那一身行头就值上百万贡献点。

而他辛辛苦苦一整年，省吃俭用，九死一生，眼下要晋升成黄袍弟子还差一些贡献点，这么一对比，他整个人都要崩溃了。

“你……你是……青龙会……魁首？”

宋缺的视线有些模糊，他觉得这一切太匪夷所思，说什么也难以置信。

与此同时，张大胖与陈曼瑶也走了出来，在看到宋缺后，几人彼此看了一眼。

宋缺艰难地从白小纯身上移开目光，又看到其他几人富贵逼人的模样，整个人都不好了。

“你们……”

许宝财在一旁干咳一声，看了看宋缺，目中带着同情与可怜。

“宋缺，这里是我们的地盘，青龙会就是少祖建立的，这客栈是我们的，这里的地也是少祖私人的，你的令牌的确是不好用了，不过你是少祖的侄儿，咱们都是自己人，什么令牌不令牌的，你扔了吧。从此之后，你可以随意进出这里，是不是，少祖？”许宝财叹了口气，看向白小纯。

白小纯神色严肃，拍了拍傻在那里的宋缺的肩膀，摆出一副长辈的样子，老气横秋地点头：

“缺儿，我来的时候，你小姑把你托付给我，我身为长辈，要对你负责。虽然你当初无情地把我抛弃了，可姑父还是很大度的，我觉得你自己去遗迹太危险了，我不能看着你冒险。你还差多少贡献点，过来陪我叙叙旧，我给你补满，想成为黄袍弟子，还不就是我一句话的事儿吗？”

话音刚落，四周的修士都惊讶了，对于彩虹下面的修士而言，成为黄袍弟子是他们毕生的梦想。他们竟然亲耳听到，白小纯要把这样一个机会送给宋缺，顿时对宋缺无比羡慕。

可宋缺心高气傲，光是“缺儿”和“姑父”两个词就快把他气死了。听到白小纯最后一句话，他整个人都炸了，急火攻心，喷出一口鲜血，竟被气得直接昏了过去。

第 401 章

何人如此大胆

当天夜里，宋缺睁开眼时，他正躺在客栈的一间屋舍里面。

他眼神茫然，半晌之后，看了看四周，确定了白天发生的事情是真的之后，他欲哭无泪，内心莫名悲愤。

“怎么会这样？我、我辛辛苦苦一年啊！省吃俭用，九死一生……那白小纯凭什么？凭什么？凭什么？”

这一次，宋缺真的要哭了，他觉得委屈，觉得憋屈，觉得难过。他回想自己这一生，基本上可以分为两个阶段。

第一个阶段的人生春风得意，那时候他是血溪宗天骄，前途无量，可是遇到白小纯之后，他就展开了第二个阶段的人生，那是一条憋屈之路。

“陨剑深渊我不如他，血溪宗内我不如他，逆河宗内还是不如他，到了星空道极宗，一切从头再来，我……我就连生存状况也不如他！”

宋缺内心悲愤，觉得自己没有脸留在这里了，此刻狠狠一咬牙，走出房间，化作一道长虹飞起，正要头也不回地离去。

突然，一道接引之光从瀑布上的空域彩虹中射出，直接罩在了宋缺的身上。宋缺蒙了，下意识地查看自己的贡献点，然后，他睁大双眼，呼吸骤停。

他的贡献点竟有两百万之多，只有远远超出了祭献所需的贡献点，才可以不祭献，而是被强行晋升。

这是星空道极宗的规则。

此刻，接引之光射出。整个空城的修士看到这一幕，都无比渴望与羡慕。宋缺神色复杂，低头望着大地上的客栈，也不知自己是该笑还是该哭。

他的确做到了，成了护道者中的第一个黄袍弟子，第一个飞上彩虹之人，可他明白，自己输了……输得彻彻底底。

正当宋缺内心纠结时，地面上，白小纯从房间走出，抬头望着空中的宋缺。

白小纯干咳一声，连忙挥手告别。

“在上面好好修行啊，别给我和你小姑丢脸，遇到什么困难，或者有人欺负你，记得和姑父说，这里就是你的家，记得常跟家里联系……”

宋缺听到这句话，内心更复杂了。他狠狠地瞪了白小纯一眼，长叹一声，任由接引之光带动身体，飞向空域彩虹，慢慢消失了。

七彩光芒在整个苍穹扩散，更多的人看到后，心中生出了无限的渴望。

送走了宋缺，白小纯美滋滋地回到房间内，觉得自己做了一件好事，以后回去看到宋君婉时，也可以告诉她，自己很照顾她的侄儿。

“有我这样的姑父，真是缺儿的福气啊！”

白小纯感慨，越想越觉得自己非常大度，很有长辈风范。于是他得意地坐下，继续修炼寒门养念诀。

踏入中寒后，白小纯的修炼速度更快了，每次修炼的消耗也更大，他一天吃下的灵食是别人的几倍。

白小纯开始修炼自己的头，在他看来，拳头是最容易被人防范的，而自己的左腿够强，至于头部……敌人防范的可能性不大。

一想到自己与人打斗时，着急了可以一头撞过去，把人直接撞飞，白小纯就觉得很有优势，于是开始修炼头部的不死筋。

而客栈的生意也慢慢稳定下来，闹事的越来越少，收益逐步增加。他们俨然成了空城内一个特殊的组织，可以与天空会并驾齐驱。

眼看长生客栈站稳了脚跟，天空会的首脑都要抓狂了，他们的一切手段与方法，在私人之地面前都不起作用。

而且，天空会的人也打不过白小纯，无奈之下，天空会的人只能将此事上报给他们的靠山——天人家族。

这一年来，天空会收入锐减，近期更是大为减少，此事终于引起了天人家族内负责外部事务的一位长老的注意。

那位长老听了此事后，冷哼一声："区区一个橙衣弟子，好大的胆子！欺负别人也就罢了，竟然敢欺负到我家族头上！"

这位长老在家族内是有很大的话语权的人，他斟酌再三，没有轻举妄动，而是取出一枚玉简，查阅有关白小纯的私人之地的事情。

"用置换丹的药方从空域掌座那里换来的吗？就算白小纯与空域掌座有些关系，老夫也要动一动此人，给他一些教训！"

这位长老袖子一甩，正要下达一道针对白小纯的命令，就在这时，突然，他所在的房间外，传来尖锐的呼啸声。

那是一枚紫色玉简，速度飞快，直接穿透了长老房间外的阵法，出现在他面前。

长老看到玉简上竟写着一个"天"字后，面色一变，倒吸一口凉气，身体一哆嗦，赶紧恭敬地接过。

神识一扫，他双眼猛地睁大，连连吸气。

"这、这白小纯，他什么来头？"长老呼吸急促，小心地向着玉简抱拳，玉简散出紫光，融入虚无，消失了。

直至看不到玉简，长老的神色才勉强恢复了一些。他心中还残留着一丝敬畏，赶紧打消了下命令的想法，对险些害自己与白小纯起纠葛的天空会也有了怒意，冷哼一声，直接将天空会的头领叫上了彩虹。

天空会的头领是一个中年男子，当他得知天人家族的长老召见自己之后，立马就赶了过去，原以为对方会下命令收拾白小纯，没想到看到长老后，却被生气的长老狠狠地训斥了一顿。

"这点小事，你都处理不了，还要来烦老夫！"

那种训斥极为严厉，吼声传出很远，吓得天空会的头领瑟瑟发抖，连连称是，最终被赶了出来。他欲哭无泪，只觉得与白小纯对上后，看起来分明是己方势大，偏偏己方总是碰壁。

"这怎么会是小事……那青龙会魁首，拥有私人之地，又是结丹修士，我们这些外围弟子怎么可能处理得了？"

天空会的头领内心憋屈，连连叹息，走在天人家族的院子内，琢磨着既然天人家族都不理会，自己又何必去招惹对方。

“罢了罢了，他们愿意怎样就怎样吧。”这天空会的头领长叹一声，正准备回空城时，忽然在他前方，有一群人，正簇拥着一位衣着华贵的青年走过来。

这青年显然地位不低，神色有些傲然，与身边的修士谈笑时，傲然之意丝毫不减。

天空会的头领在看到这青年后，立刻认出对方是天人家族内的几个天骄之一——李元圣。

李元圣修行不到百年，已是结丹修士。前些年，李元圣还是筑基修士时，去过空城，要走了一些贡献点。

天空会的头领连忙低头拜见。

李元圣与身边那些修士走过，目光一扫，看到了天空会的头领，想起了自己曾从天空会拿走过一些贡献点，于是随意问了一句。

“何事到来？”

天空会的头领一听，内心微动，赶紧开口，添油加醋，将白小纯的事情以及自己遇到的麻烦说了出来。

“李兄，你家族的产业，居然有人抢夺？”

“有意思，这青龙会的魁首，区区一个结丹修士，竟敢虎口夺食。”李元圣身边的人听了后，纷纷笑道。

“还请少主为我等做主！”

天空会的头领立刻抱拳，深深一拜。

李元圣也听到了四周修士的话，冷哼一声。

“今日无事，我便跟你去一趟，看看此人到底有什么本事，竟敢如此大胆！”

第 402 章

欺上家门

天空会的头领大喜，连忙带路。跟随李元圣的修士，都是彩虹上各个家族的纨绔公子，修为大都是靠珍贵材料堆积出来的，虽然修为达到了结丹，但是结丹大多是他们一生的尽头了。

平日里，这些人无所事事，此刻一听有热闹可看，他们都开心不已，随着李元圣一起踏入传送阵，十多人一起到了空城。

到了空城后，天空会头领内心激动，他知道这些人的兴趣来得快，消失得也快，于是没有耽搁，立刻带着他们直奔西城而去。

“那青龙会魁首极为歹毒，曾炼制超级辟谷丹残害同门！还有置换丹也是他之前炼制出来的，祸害一方，宗门已明令禁止售卖置换丹，如今在空城内，不知有多少人对他恨之入骨！少主，你们此番下来，不仅仅是为了家族，也是为我星空道极宗除去一害啊！”

一路上，天空会的头领不断地开口，听得那些跟随李元圣到来的人哈哈一笑，此事他们不会当真，只是听得舒坦便好。

“能有自己的私人之地，看来此人的来头也不小，不过就算来头再大，得罪了我天人家族，也不行！”

李元圣淡淡开口，他虽然有些自傲，但毕竟是天人家族的天骄，不会太过迷失在旁人吹捧的言辞中。

“不过此事我帮你之后，你要知道接下来怎么处理。”

李元圣大有深意地看了看天空会头领，天空会头领立刻会意，知道对方这是在向自己要贡献点，于是连忙点头。

李元圣微微一笑，这一次去找白小纯的麻烦，他不认为是多困难的事情，此刻一边与身边的人笑谈，一边飞向西城。

途中，空城修士看到他们后，全都大惊失色。这一行十多人，除了天空会的头领外，其他人竟全部都是黄袍弟子。

那明晃晃的黄袍让所有人大为震惊，羡慕的同时，也知晓了这些人来自彩虹。

还有不少修士看到这些黄袍弟子朝着西城过去之后，有了无数猜测，小心翼翼地跟在李元圣等人后面。

很快，跟随在后面的修士就有数百人之多。李元圣没有在意，身为天人家族的天骄，他走在任何地方，只要是东脉修真界内，都会如此，他早就习惯了。

不久之后，一行人就来到了西城的边缘，隔得很远，他们就看到了占地方圆十里的客栈。

此地来往之人众多，虽是黄昏，可极为热闹。

有人看到李元圣一行人后，愣在那里，内心震动。

“黄袍弟子！”

“这么多黄袍弟子，他们身边那个人我有些眼熟……那不是天空会的头领吗？”

“难道他们是要针对青龙会！”

在众人心惊时，李元圣等人已飞到了客栈的上方。

这一刻，天地轰鸣，风云倒卷，整个大地都在震动，强烈的威压瞬间扩散四方，使得这里的修士身体都颤抖起来。

仿佛有一层层威压，从天降临，使得众人头上如压了数座大山，客栈内的青龙会修士一个个神色大变，失声惊呼。

神算子快速走出，现在，他已然达到了筑基大圆满之后的假丹境界。

此刻，张大胖也走了出来。

白小纯的护道者中，进步最快的就是张大胖。也不知是不是他与星空道极宗的灵气颇为契合，又或者与其炼灵有关，在无数贡献点的帮助下，他的修为竟在近期突破了，踏入了筑基大圆满，走出时，气势不凡。

许宝财与陈曼瑶也走了出来，看到天空上那十多个黄袍修士，感受到他们身上的威压时，两人面色大变。

“青龙会魁首，给我滚出来！”

天空会的头领深吸一口气，他对青龙会已是恨之入骨，猛地大吼一声，内心十分舒坦。这句话他憋在心里好久了，此刻终于说出，顿时感觉无比畅快。

远处跟来的那数百人也睁大了眼，目不转睛地看着这一幕。

“青龙会完了……”

“天空会可真是强悍啊！其背后的天人家族可没那么简单，天人家族只需一句话，就会有无数的修士为之疯狂！”

“我见过那个人，他是李元圣。天啊！他是在星空道极榜上，排在九百多名的天骄！！”惊呼之声不断传出。

能进入星空道极榜千名以内的人，都是天骄，毕竟星空道极宗的规模很大，其弟子之多，外人难以计算。

随着天空会的头领一声怒吼，白小纯心惊肉跳地打开窗户，偷偷看了看外面天空上那十多个修士。看到对方在自己的私人之地内，他放下心来，干咳一声，大摇大摆地走了出去。

“何人吵闹？”白小纯站在阁楼上，皱着眉头开口。

“给我出去！”

白小纯袖子一甩，操控那面七彩小旗，运转阵法之力，顿时风起云涌，正要将这些人驱赶出去。

突然，李元圣微微一笑，拿出一枚玉简，向下一按。

“阵散！”

简简单单的两个字，刹那间，阵法之力消散。

白小纯诧异时，李元圣身体一晃，全身上下竟在这一刻燃起了白色火焰，如同一道流星，直奔白小纯而来。

李元圣拥有结丹中期的修为，散发出滔天威压，如同天火降临，刹那间出现在白小纯面前。

“不要让我说第二遍，滚出这里！”李元圣淡淡地开口，目中带着冰冷与轻蔑，右手猛地落下。

远远一看，火焰剧烈燃烧，白小纯皱起眉头，对方修为与他一样，都是结丹中期，此刻出手气势不凡，而且明显用了全力，不但要重伤他，而且要将客栈毁掉！

白小纯生气了。这里是他的家，对方如强盗一样气势汹汹地到来，欲毁自己的家业，此事让白小纯怒极。

“是你滚！”

白小纯右手掐诀，然后狠狠一挥，顿时，一股惊人的寒气爆发开来，从他脚下开始，几百丈内，刹那冰封。

轰的一声，李元圣的天火与白小纯的右手碰触后，直接爆发，向着四周扩散。可在扩散的过程中，不仅无法使被冰封的客栈燃烧，反而被冰封住，成了一朵朵冰花！

李元圣面色一变，全身一阵冰冷。这寒气十分诡异，进入体内后竟无法被驱除，而是变成了无数冰粒。

李元圣一击失败，嘴角溢出鲜血，就连鲜血也在溢出后刹那结冰。

“一起出……”

李元圣呼吸不畅，后退时话还没说完。

白小纯猛地抬头，他全身上下的寒气冲天而起，他猛然冲出，直奔李元圣而去。

嗖的一下，白小纯就到了李元圣面前，他掐诀再指，寒气于半空中爆发，向着四周横扫。

李元圣的那些同伴面色大变，立刻出手。眨眼间，巨响震天，十多位结丹修士出手，造成虚无坍塌，化作一张大口，似乎要将白小纯吞噬。

“小纯！！”张大胖怒吼，想要去帮忙，却没有能力。

就在这大口要冲过来的瞬间，白小纯突然消失了，再次出现时，竟然到了这十多个结丹修士的身后。他面色阴沉，一身煞气从其体内扩散开来，仿佛化身夜葬！

“瞬移！这不可能！”

看到白小纯消失又出现，这十多个结丹修士感到难以置信，失声惊呼。

第 403 章

你敢伤我

就连四周观望之人，也全都睁大了眼。

“这绝对不是瞬移！”

“结丹修士，怎么可能瞬移？”

“此人要么就是身怀至宝，要么就是功法特殊……”

众人无比惊讶，也难怪他们如此，瞬移是元婴真人才拥有的手段，那是精气神与整个天地初步融合后，才能形成的神通之法。元婴以下的人很难做到，若是能够依靠某些手段做到的话，就代表此人非常难对付。

面对会瞬移的人，围杀之法也将失效，可以说会瞬移的人完全占据了主动，想攻就攻，想退就退，一切都在其一念之间。

李元圣和身边的人内心都是咯噔一声。

白小纯避开这十多个结丹修士联手一击的时候，地面上客栈内外的冰层，也瞬间消散。之前有冰层保护，整个客栈没有丝毫损失。

这种一出手就让四周冰封，一念间又让寒冰消散的神通之法，让客栈内的修士精神振奋，而四周观望之人都纷纷倒吸一口凉气。

尤其是半空中李元圣等人，一个个面色变化，看向白小纯时，表情都变得凝重起来。他们虽是纨绔子弟，但毕竟是星空道极宗的弟子，见多识广，之前还没把白小纯当回事，如今一交手，立刻就感觉到了白小纯的不同之处。

如今煞气散开，李元圣立刻意识到，眼前之人……绝非寻常修士，其战斗经验恐怕不比那些一直执行任务的修士少。

李元圣心有怒气，狠狠地瞪了一眼天空会的首领，暗自后悔，不该飞下彩虹，当着这么多人的面要教训白小纯。若他奈何不了白小纯，那么，用不了多久，此事就会传遍星空道极宗，他李元圣也会成为一个笑柄。

天空会的首领也在颤抖，他只知道青龙会的魁首是结丹修士，却不知道对方能与十多个结丹修士交战，不落下风，更掌握了瞬移之法。

“这……”

天空会首领哆嗦了一下，呼吸急促。

李元圣身体一晃，整个人在半空中化作一只巨大的火焰手，直奔白小纯而来。他身后那十多人也各展神通，一时之间，苍穹之上五光十色。

他们再次联手，袭向白小纯。

“你们欺人太甚！”

白小纯真的怒了。他向前走出一步，脚刚落地，立刻就有一股力量从其身上爆发开来。以他为中心，寒气扩散，形成了风暴，横扫四周，与那十多人直接撞在一起。

巨响震天，白小纯先消失了一下，再次出现时，就到了一个结丹修士的身后，只见他抬起右手，一拳狠狠轰出。

轰的一声，这个结丹修士面色一变，全身衣袍鼓起。生生扛了白小纯一拳后，他全身颤抖，猛地倒退，因寒气入体，就连刚喷出的血也结了冰。

“他这件衣袍，可以抵挡不少力量……”白小纯皱起眉头。

“他肉身之力不俗！”这结丹修士赶紧低吼一声，打算提醒其他人，可就在他开口的瞬间，白小纯背后出现了一对翅膀，翅膀猛地一扇，白小纯的速度瞬间加快。

白小纯再次出现在这结丹修士面前，这一次，他右手闪电般抬起，一把抓住此人，直接把这结丹修士扔在地上。

地面震动，惨叫声传出，这结丹修士在深坑中挣扎，看向白小纯时，已露出恐惧之色。

解决了一个结丹修士，白小纯再次瞬移，出现在另一个结丹修士面前，这一次他没有用拳头，而是猛地抬起左腿，向着此人狠狠扫腿。

那个结丹修士面色变化，试图全力抵抗。白小纯以不死筋之力，一腿扫在那个结丹修士的腰部。

那个结丹修士睁大了眼，运转全身灵力，却还是被白小纯一脚踢到百丈开外，惨叫声传出。

这还没有结束，一道道金色的丝线缠绕在那个结丹修士体外，形成禁制，直接封印了那个结丹修士体内的灵力，使得那人刹那间成了凡人。

这一幕，让所有人倒吸一口凉气。

“这青龙会魁首……太狠了，出手时竟带了禁制之力。”众人心惊胆战。

这场战斗还没有结束，白小纯猛地转身，不死长生功运转，形成防护之力，生生扛住了身后两个结丹修士使出的术法。

白小纯左腿再次一扫，两个偷袭的结丹修士直接被踢飞了。

金丝闪耀，咔咔之声传出，那两个结丹修士双双骨折，体内的灵力顷刻间都被封印了。

接着，紫色的大鼎瞬间降临，砸向众人。白小纯利用这个机会，避开众人的攻击，来到一个结丹修士的身后，正要出手，其他几个结丹修士察觉之后，纷纷杀来。

白小纯冷哼一声，索性直接施展撼山撞。

他整个人如同暴龙，撞在前方结丹修士的身上，这结丹修士一句话都说不出，直接倒飞出去。

白小纯没有停顿，右手掐诀，转身向着另外三个结丹修士，隔空一按。

“寒！”

寒气扩散，那三个结丹修士都脚步一停。

这一停顿的代价极大，白小纯瞬间靠近，抬起左腿一扫，三人立马倒飞出去。

这一切说来话长，实际上从白小纯出手到现在，也就是几个呼吸的时间。

没想到，李元圣带来的人大败，此刻留下来的，除了李元圣，就只有三个结丹修士了。

这三人面色难看，身体一颤，彼此看了看后，瞬间后退，打定主意不参与这件事情。这些同伴此刻凄惨的模样，就是警醒这三人最有力的手段。

其他观望之人，看到这一切后，似乎都被白小纯吓得不敢发出声音了。

李元圣更是身体一抖，短短几个呼吸，他四周的十多人，要么昏迷，要么逃遁，要么被重创，只有他一个人站在半空中。

白小纯本身就有惊人的战力，还会瞬移，如同鬼魅，根本就无法对抗！

此刻，李元圣额头冒冷汗，与白小纯对视一眼之后，内心深处生出了一丝寒意，下意识地开始后退。

“你也给我下来吧！”

白小纯直奔李元圣而去，欲将其抓住，扔向地面。

他速度飞快，配合冰寒之影，在李元圣退后的瞬间，直接瞬移，出现在李元圣面前，右手抬起，身后出现不死长生功的金刚身。金刚身同样抬起大手，向着李元圣，一把抓去。

白小纯手中发出超强的吸力，冰寒之气倒卷，形成大量冰刺，从四面八方刺向李元圣，仿佛十面埋伏，让李元圣面色大变。

“你敢伤我！我李元圣来自天人家族，不管你什么来头，三天之内，我定让你滚出星空道极宗！”李元圣眼神惊恐，当即大吼。

第 404 章

我是质子

李元圣的声音传遍四周。惊慌之下，他故意说出这句话威胁白小纯，在他看来，任何一个修士来到星空道极宗后，都很怕被逐出宗门。

毕竟，星空道极宗是东脉通天河的源头宗门，修士若是被星空道极宗驱逐后，无论是中游的宗门，还是下游的宗门，都不会接收，如此一来，只能成为散修！

而散修在通天界内地位极低，更是难以光明正大地待在通天河附近的区域，只能偷偷地修行，一旦被发现，立刻就会遭到驱逐。除非能成为元婴修士，境况才会好一些。

所以李元圣才说出这句话，他明白，按照星空道极宗的规则，他与青龙会魁首毕竟是同门，就算想要弄死对方，也没有什么办法，难度较大，不如借助家族的力量，运作一番，将对方赶出宗门。

一旦对方离开了宗门，没有了宗门的保护，是生是死，就在他一念之间！

他不知道白小纯是什么来头，他也不在乎。就算白小纯有私人之地又如何，空域彩虹上，十堂堂主都有资格在空城内拥有私产，此事外人看来艰难无比，可在他看来，不过是小事而已，再大……也大不过他的背景。

白小纯听到这句话后，竟身体一抖，猛地睁大眼，强行收回右手，念头一动，无数冰刺刹那间倒退，消失在半空中。

"你说什么？"白小纯倒吸一口凉气，直勾勾地看向李元圣，带着不确定的语气问道。

所有人都被白小纯的强大震惊了，此刻看到白小纯突然收手，形势好像要逆转，不由得怔了一下。

白小纯的变化太明显了，之前还气势汹汹的，被李元圣这么一威胁，似乎立刻就软了下来。

就连李元圣都愣住了。

此刻，他内心还在哆嗦，方才那句话是惊慌之中勉强说的，一看居然有效，他不由得大喜，深吸一口气后，态度更加傲慢。

“哼，现在知道怕了？已经晚了，不管你什么来头，最多三天，李某就让你失去星空道极宗弟子的身份，滚出此地！”

李元圣背着手，声音传遍四方，整个人在这一刻显得威武不凡。

他可以想象，下一刻，眼前这个青龙会魁首必定会惊慌失措，要么是极其不甘心，要么是苦涩地向自己低头，他很想知道，对方到底是哪一种反应。

“这就是身份的区别，哼，我倒要看看此人是否能屈能伸。”李元圣不屑地笑了笑。

与此同时，观望之人也互相对视了几眼，都觉得事情变化得实在太快了，方才还是猛人，没想到下一瞬，竟如此紧张。

让所有人都无法预料的是，听到李元圣那确定的话语后，白小纯竟激动起来。

“真的吗？哈哈，太好了，太好了，李兄是吧，刚才多有得罪，我也不是故意的，你若是早说能让我在三天之内离开星空道极宗，我哪能跟你动手啊？”白小纯精神振奋地开口，说完，似乎还是有些不确定，又问了一句，“李兄，你确定啊，一定要确定好，三天内就让我离开。”

白小纯说完，观望之人都傻眼了，李元圣也一脸茫然。

他呆呆地看着白小纯，不理解白小纯为何如此高兴。

“你……”李元圣彻底迷茫了，他觉得自己与白小纯不在一个世界，他忍不住又说了一句，“你听清我方才说什么了吗？我说，三天内，让你滚出星空道极宗啊！我说的是滚出，是被星空道极宗驱逐出去，是驱逐出去啊！”

白小纯赶紧点头，显得更高兴了。

“你确定就好，李兄，你真是我的贵人啊！”

说着，白小纯向客栈内的许宝财等人高声喊道。

“许宝财，大师兄，哼哼子，还不感谢李道友，他有办法让我们离开星空道极宗，我不用在这里做质子了，我们可以回家了！”

客栈内，神算子、张大胖、许宝财三人干咳一声，同情地看向李元圣。

李元圣一脸茫然，听到白小纯说出“质子”二字后，神色大变。他睁大眼，一副见了鬼的样子，指着白小纯，失声惊呼。

“你是质子？”

“是啊，我是质子！”白小纯一甩袖子，大声说道。

别人若是质子，谈起这个身份时往往苦涩万分，都会夹着尾巴做人，白小纯却不这样，露出一副极为嚣张的模样，声音传遍四方。

若是换了其他时候，白小纯每次想起自己的身份，都会感到郁闷，可现在，看到李元圣那一副见了鬼的样子，白小纯忽然觉得，做质子也挺好的……

众人听到这句话后，顿时发出无数惊呼。天空会的首领更是如遭天雷轰顶，目瞪口呆。

他终于明白为何自己始终无法查到青龙会魁首的来历了。

“该死的，他居然是质子。那他还如此嚣张，质子不都十分悲愤与苦涩吗？”天空会首领欲哭无泪。

“你……你……”

李元圣只觉得大脑嗡的一声，整个人如遭重击，什么话都说不出来了。他就算本事再大，也不能将一个质子从宗门赶出去，这是涉及两个宗门的事情。别说是他，就算是元婴修士也做不到，只有天人出面，才有权力做决定。

自己放出了狠话，却被对方狠狠打脸，李元圣觉得脸都火辣辣的。他怒火攻心，气得直接喷出一口鲜血。他的双眼赤红，整个人都快要抓狂了，可又毫无办法。他大吼一声，头也不回地直奔彩虹而去，不愿再停留。

“咦，你怎么走了？李兄别走啊，你答应过我，三天之内让我离开啊！”白小纯连忙跳起来招手，他的话传入李元圣耳中，李元圣再次喷出一口鲜血，吼声震天。

“你欺人太甚！”

为了尽快逃离现场，李元圣不由得再次加速。

至于李元圣带过来的那十几个结丹修士，此刻一个个都打着哆嗦，看向白小纯时，露出敬畏之意。他们觉得白小纯的手段实在太狠了，连忙低下头来，在其中三人的搀扶下快速遁走。

白小纯干咳一声，看着众人离去的身影，得意地一甩袖子，状若失望地叹了口气。

“我最讨厌那种没本事，却偏偏装得很厉害的人，不能让我离开就别说啊，这不是逗我玩儿吗？”

白小纯感慨着，摇着头，得意地回到客栈，进入密室，继续修炼。

神算子等人看着他的背影，哭笑不得。

很快，青龙会魁首是质子的事情就传遍了整个空城，由此解开了许多人的疑惑。

后来，就连其他三个城池的人都听说了此事，无比震惊。

其他三个城池内有星河院、极河院以及道河院的质子，他们听说了此事，全部目瞪口呆，连连吸气。

“做质子，居然能嚣张到如此程度……”

“我一定要去拜会白小纯！”

得知白小纯的生活之后，他们又看了看自己，一个个都打定主意，一定要去见一见白小纯，跟白小纯交流一下做质子的经验，说不定自己的生活能变好一些。

而天空会对白小纯已彻彻底底没了办法，最终商议之后，天空会首领狠狠一咬牙：“我们惹不起他，将他送走总可以吧！”

第 405 章

送你上天

星空道极宗的晋升规则是，弟子可以在贡献点达到百万后，通过祭献晋升，除此之外还有另一种方式，就是自身的贡献点达到一定数目后，被星空道极宗的阵法感应到，从而强行晋升。

这样做是为了防止贡献点储量太大，搅乱星空道极宗内的物价，算是符合星空道极宗的利益。且这不是人力可控的，靠的是星空道极宗的阵法之力，毕竟所有的身份令牌上面都有星空道极宗的阵法之眼。

只不过通过第二种方式晋升的人很少，贡献点需要达到一定数目，一旦少了，将无法引起阵法的重视。

其实说得直接一些，就是让一个人的贡献点暴增，仿佛黑夜里的火把，引起阵法注意，便会被强制晋升。

之前，白小纯将青龙会的大量贡献点送给宋缺，使得宋缺刚飞到半空，就被阵法察觉，发出接引之光，强制让他晋升为黄袍弟子。

天空会已怕了白小纯，那头领红着眼，打定主意要将白小纯送走。

“机会只有一次，一旦这一次因贡献点少了没成功，让青龙会魁首有了提防，我们下一次要这么做，就难了。”

“所以，这一次我们豁出去了，这笔贡献点，我们天空会出了，为了把他送走，再多的贡献点也值了！”

天空会众人一个个咬着牙，下定决心，又等了数日，等到星空道极宗阵法之力最强的月圆之夜，便开始行动。

这一天深夜，圆月高挂，月光洒满大地，使得整个世界都像落了一层霜。哪怕是深夜，空城内依旧很热闹，人声鼎沸。

西城边缘沙漠，长生客栈里也是如此，来来往往的修士并没有因为月夜而休息，依旧有人去遗迹内做任务。

此刻，白小纯坐在桌子旁，身后有两个侍女拿着扇子给他扇风。

许宝财、神算子、张大胖坐在白小纯身边，酒足饭饱，几人正在笑谈。陈曼瑶乖巧地坐在白小纯身边，拿着一把扇子，不时轻笑。

“那李元圣说话果然不算数，三天早就过去了，他还是没让我们离开。”白小纯摸了摸肚子，打了个饱嗝，开口道。

“少祖，其实我们在这里挺好的，不管是吃的穿的用的，都是最好的，以前在逆河宗，我们可没有这待遇。只不过，我就是有点好奇，不知道彩虹上面是什么样子。”许宝财在一旁笑道。

“瞧瞧。”白小纯咳嗽一声，一指许宝财，冲着身边的张大胖说道。

“瞧瞧这人，就这么点儿志气，当年咱们没让他进火灶房，就是对的。许宝财，你要有志气一些，知道吗？这里比彩虹上好多了，傻子才晋升。我白小纯要一辈子待在这里！”白小纯一挥手，豪气冲天。

神算子与张大胖哄笑，许宝财有些尴尬，正要说些什么，白小纯再次挥手。

“你们听我……”

白小纯正要炫耀一下自己去彩虹上面的经历，好让这些人知道彩虹上是多么冷清，可话刚说到这里，他忽然一愣，感受到储物袋在震动，随手一拍，取出身份令牌，灵识一扫，顿时呆住。

他看到身份令牌内的贡献点竟在不断增多。

“怎么回事？”

白小纯十分不解，只能睁大眼睛，看着自己的贡献点眨眼间突破一百万，然后突破二百万、三百万，直至突破四百万！

白小纯恐惧万分，哀号一声，来不及向神算子等人解释，就要将多出来的贡献点送给其他人，可他再快，也还是慢了。

轰的一声，他的贡献点竟突破了五百万。

在阵法之力超强的月圆之夜里，如此多的贡献点就如同明亮刺目的火把，刹那间就引起了阵法的注意。

轰鸣间，阵法之力降临长生客栈，到了白小纯房内！

“不！”白小纯尖叫时，神算子等人也十分惊骇，他们很快反应过来，白小纯这是要被强制晋升。

下一瞬，接引之光直接从天空射下来，穿透一切壁障，直接笼罩在白小纯身上。

接引之光出现时，白小纯身上的贡献点还在暴增，居然到了七百多万。

如此一来，阵法像是被惹怒了一般，接引之光不再柔和，而是强行一拽，直接将白小纯从这房间拽向天空。

白小纯的惨叫在这一刻传遍四方，神算子等人面色大变，齐齐飞出，却没有办法，只能看着白小纯飞走。

“我不想走，我舍不得这里，我不想做黄袍弟子，我觉得我应该还是赤袍弟子……”白小纯欲哭无泪，他已然明白，自己是被天空会给阴了，而他的贡献点居然还在增加，可以看出天空会下了多大的决心。

他的接引之光比其他人的接引之光耀眼了许多，此时正好是黑夜，这道接引之光格外明显，整个空城都能看到，天空会的人自然也看到了这一幕，内心十分激动。

那些对白小纯有误会，因置换丹与超级辟谷丹而受到委屈的空城修士，注意到这一幕后，激动得手舞足蹈，甚至有人在敲锣打鼓，不断欢呼。

“白老魔终于走了！”

“苍天有眼啊，这青龙会魁首竟晋升了！”

“哈哈，这毒魔是我空城第一霸，他这一走，如搬走了我等身上的一座大山啊！”

全城欢呼，白小纯惨叫，神算子等人目瞪口呆。

白小纯被接引之光拽着直奔苍穹，冲向空域彩虹。

空域彩虹上，负责接引下方弟子的修士站在接引台上，感到不可思议。他们听到空城内的修士在欢呼，可想而知空城内现在有多热闹。

两个接引修士看到接引之光一把将白小纯拽上来，不由得面面相觑。

“我不想成为黄袍弟子啊！”

白小纯刚上来，感受到四周的冷清，立马开始哀号，眼泪都要出来了。他心中悔恨，自己之前不该太得意，居然没想到天空会用这种方式送走自己。

此刻，他内心悲愤，就连声音也十分悲切。

那两个接引修士一听见他的话，顿时愣住了。他们在这里接引多年，每一次上来的人都激动万分，这还是首次看到有人这么悲哀。

白小纯长吁短叹，哭丧着脸，跟着两个接引修士离开接引台。尽管这里风景如画，灵力充沛，可白小纯只觉得越走越冷清，更加认为还是自己的客栈比较好。

无奈，他无力改变现状，只能接受这个事实。

“做人不能太优秀，唉，没想到我白小纯这么低调，还是告别了凡尘，成了黄袍弟子。”白小纯内心遗憾，长叹一声。

第 406 章

空域

“空域彩虹上，共有十堂，所有晋升黄袍弟子的修士都会被某一堂选走，不过十堂不会为单独一人开放，每年只在固定的日期开启，只选一次。”

接引白小纯的那两个修士穿着黄色长袍，这一路上，他们打量了白小纯多次，对白小纯有些拿捏不准。

毕竟，白小纯上来的时候动静太大，这两个黄袍弟子平日对其他晋升之人态度有些冷傲，问了白小纯的名字之后，说话客气了许多。

“不过白道友你运气不错，如今距离下一次十堂选人只有四个月。”二人一路为白小纯介绍空域彩虹，这是他们的职责所在。

“整个空域彩虹，也因十堂的存在划分出了五环，其中内环是掌座所在，没有召唤不得入内，其他区域则分属十堂。”

负责接引的二人说得很详细，白小纯之前来的时候，完全是走马看花，此刻听着对方的介绍，对空域彩虹的了解才慢慢多了起来。

此地说是彩虹，可实际上与平地没有太大区别，可以看成是飘在半空的七彩大地，只不过地面几乎看不到七彩泥土，大部分都是青石板。

在一些仙山倒是可以看到七彩泥土，最让白小纯印象深刻的，是这里的灵气很柔和，吸收起来更容易，消耗也不如空城那样恐怖，回到了正常状态。

与此同时，站在这里，看向远处，一侧能看到青山绿水的通天大地，还有那条川流不息的通天河，另一侧则能看到汪洋大海！

上一次，白小纯来的时候，因在内环，所以看不到太远，可眼下他在外环，一眼就看到了那片大海。

金色大海给人的感觉极为壮观，白小纯忍不住倒吸一口凉气，内心激动。

这海上的灵气浓郁到了极致，波涛层层推进，时而传来轰轰巨响。

“这……就是通天海？”白小纯心念一动，喃喃低语。

那两个负责接引的修士难免自傲，以身为黄袍弟子为荣。其中一人笑道：“没错，只有晋升为黄袍弟子之后，才有资格在这里长久居住，可以在观赏通天海的同时，感受通天海的磅礴！此海毕竟是整个通天大地的核心所在，是一切灵气的根源，此海不枯，则我通天大地永远昌盛！”

白小纯深吸一口气，他看着通天海，内心有种说不出的情绪。他忽然很想乘风破浪，踏在通天海上，半晌后目光慢慢收回，落在瀑布前面那艘庞大的古老战舟上。

这战舟通体漆黑，很多地方残破不堪，就连船帆也破了，依稀间，似乎有一个个幽灵在船内飘来飘去，很瘆人。

白小纯看得心底发毛，赶紧收回目光。

一路上，他还遇到了一些空域彩虹的修士，大都是黄袍弟子，至于绿袍弟子，白小纯一个都没看到。要么是那些弟子十分稀少，要么就是那些弟子不在这一片区域。

空域彩虹的修士与白小纯印象中的一样，大部分都是自傲且冷漠的，相互之间很少说话，最多只是目光一扫，便各自离去，这使得整个空域彩虹都很安静。

白小纯有些不适应这种安静，但也没办法。他跟着那两个接引的修士，来到负责弟子登记的地方，递出身份令牌，拿到黄袍弟子的衣衫。

那两个接引的修士又交代了几句，这才离去。

白小纯举目四望，只觉得一切都十分陌生。他一个人愁眉苦脸地按照玉简的指示，终于在五环之外，一个靠近边缘的地方找到了自己的洞府。

这是一个很普通的洞府，唯一的好处就是站在门口，可以看到远处的大海，除此之外，再没什么了。

洞府也不大，里面的格局一般。若是换了其他晋升的修士，得到洞府之后必定会十分激动，觉得比自己在空城的待遇好太多。

可是，对白小纯而言，这里根本就无法与长生客栈相比。

白小纯叹了口气，站在洞府外发了一会儿呆，这才认命地走入洞府，打理一番后，盘膝打坐，开始修炼。

白小纯慢慢平静下来，发现在这里修炼确实比在空城好很多，消耗几乎可以忽略不计。

每一次吐纳，都有源源不绝的灵气涌现，被白小纯吸入体内，运转一圈之后又扩散开来。渐渐地，白小纯沉浸在了修炼中，时间一晃就过去了十天。

这十天，他除了修炼，就是外出熟悉四周的环境。也遇到了一些同门弟子，可他们都很冷淡，白小纯想打招呼，却无人理会。

与此同时，这十天里白小纯真正感受到了星空道极宗的底蕴，空域彩虹上的黄袍弟子居然大半都是结丹修士！

即便有筑基修士，也都达到了假丹境界，本身有不俗的战力，这让白小纯很心惊。

同时，他也打探到了修炼人山诀的地方，只可惜，那地方并不在空域彩虹，而在第二层的彩虹之上。

“第二层彩虹，左侧是天人居所，右侧是掌门居所以及试炼之地……”

白小纯抬头，看着上方两道更为庞大的彩虹，喃喃低语。在这里，人人冷漠，他初来乍到，获得的消息不多。

而一旦成为黄袍弟子，想要去空城，会多一些限制。这些限制对李元圣等人不起作用，对白小纯还是有效的，使得他无法轻易下去。

不过，幸好还能玉简传音，通过与神算子等人传音，白小纯知道自己离开后，青龙会萧条了一些，不过当收益的分成比例再次下调后，倒也勉强过得去。

天空会虽然也会挑衅，但毕竟还是有些忌惮白小纯，倒也没有特别过分。神算子等人告诉白小纯，他们准备在近期处理一下客栈的事情，然后一一晋升。

白小纯内心十分期待，神算子等人不在彩虹上，他很无聊，整天只能修炼不死长生功与寒门养念诀。

一个月后，一天晌午，白小纯正在修炼，忽然神色一动，袖子一甩，洞府大门开启，外面的阳光照了进来。远处一人正朝大门走来，由于逆光，白小纯没看清那人的长相。

那人看到白小纯的洞府大门打开后，脚步一停，沉默片刻，还是走了过来。

等到那人走近，白小纯才看清那张俊朗且阴冷的脸。

来者正是宋缺!

“缺儿！”白小纯高兴地站起身，正要迎接宋缺。宋缺冷哼一声，退后几步，站在洞府外。

“白小纯，我晋升黄袍弟子之事，不管如何，都是我宋缺欠你的，你刚刚上来，很多事情不了解，我要提醒你两件事！”宋缺硬邦邦地开口。

“一是三个月后的堂口选择，我一样会参与。有些堂口是肥缺，生死之事较少，收获颇多，如功法堂、护域堂、炼灵堂，可有些堂口极其危险，拜入后总会遇到很多生死之事，那些堂口当中，暗行堂和降魔堂格外危险！你选择时需留意!

“二是你上来之后的这一个月，已经有一股势力在针对你了。你想想自己都得罪谁了，做好准备！”宋缺看了白小纯一眼，交代完后，转身一晃，迅速远去，似乎他来这里，就是为了报答白小纯给他贡献点的事情。

第 407 章

降……降魔堂

白小纯闻言，若有所思，宋缺已快速远去。看着宋缺的背影，白小纯微微一笑。

对于宋缺，白小纯实际上已经没什么好介意的了，他只觉得宋缺活得太累，整天都绷着脸，一副凶神恶煞的样子。

白小纯感谢宋缺能来提醒自己，他沉吟片刻，心想宋缺提到的针对自己的人应该与天空会有些关联，十有八九是李元圣。

白小纯很无奈，这里毕竟是星空道极宗，他没什么办法对付李元圣，只能多加提防。

白小纯哼了一声，琢磨着若他是李元圣，该怎么整治与自己作对之人，想着想着，他忽然抬头。

“十堂选人！”

白小纯身体一抖，神色一变，他越想越觉得李元圣会在他选择堂口的时候整他，只是他想不到该如何化解，便打算去找空域掌座。

只是空域掌座居住在内环，没有掌座召唤，弟子无法进入，即便是拜见，也需掌座同意才行。白小纯一连几天去拜见，没有一次被召唤，只能郁闷地回来。

好在神算子、张大胖、陈曼瑶这些天一个个都选择了祭献，从空城内飞了上来。

唯独许宝财，因长生客栈还在运营，且是几个人在彩虹上的主要经济来源，自愿在空城多留一段时间，为众人打理客栈。

在接引修士的带领下，神算子、张大胖、陈曼瑶各自取到衣服与令牌，找到白小纯的洞府，相聚时满是喜悦。经过前段时间的接触，就连陈曼瑶也融入了几人之中，算是成了自己人。

“你们帮我想想办法，选择堂口该怎么办？”

众人坐在白小纯的洞府内，说了白小纯离去之后客栈的事情。白小纯将自己知道的消息告诉他们，这才问道。

神算子和张大胖皱起眉头，两人冥思苦想，可彩虹之上实在是人生地不熟，想不出应对之法，最后只好看向陈曼瑶。

白小纯赶紧看过去，陈曼瑶来自蛮荒，星空道极宗内有很多蛮荒的暗桩，若真要应付此事，她的作用更大一些。

陈曼瑶微微一笑。

“小纯你放心，此事我应该可以处理，你告诉我你想进哪一堂？”

“瑶儿你真是好样的，我选择护域堂！”白小纯眼睛一亮，哈哈笑道。

陈曼瑶拿出玉简开始联系在星空道极宗的同门，半晌后，她才朝白小纯露出一个肯定的笑容。

白小纯异常兴奋，张大胖也赶紧开口，要去炼灵堂，神算子也提出打算去功法堂。

时间流逝，神算子等人到来后，白小纯终于不那么寂寞了，就连修炼的速度也快了很多。

渐渐地，三个月过去了。

算上他自己在彩虹上待的一个月，他飞上彩虹已经四个月了，空域彩虹一年一次的十堂选人终于要开始了。

这一天清晨，随着钟声回荡在整个空域彩虹，这一年内晋升为黄袍弟子的修士全都严肃且忐忑地从各自的洞府内走出。

他们知道，这一天对自己很重要，被哪一堂选走决定了他们未来的发展，关乎生死，由不得他们不谨慎。

只不过，星空道极宗的规矩是，只让十堂选人，不让人选十堂，如此一来，决定权不在自己手中，众人只能忐忑不安。

白小纯一大早就整理好了衣衫，钟声回荡时，他容光焕发，迈着大步走出洞府，对未来自己所在的护域堂满是期待。

他这几个月都在利用贡献点开路，得到了很多消息，知道护域堂是极好的一个地方，负责守护整个空域彩虹。而这里是星空道极宗，几乎不会遇到外敌入侵的情况，于是护域堂的修士平日做得最多的工作就是内部执法。

总之，护域堂很威武，如当年灵溪宗的执法堂。

白小纯对此极为动心，他一想到自己进了护域堂之后，能够凭着护域堂的身份，昂首挺胸地走在空域彩虹上，就更期待了。

很快，整个空域彩虹，这一年来晋升的黄袍弟子，一共二百多人，从各个地方出现，直奔内环区域。

对很多弟子来说，在空域彩虹上多年，或许只有这一次机会，可以踏入内环，在七彩山下的广场上，目睹内环的磅礴气势。

此地白小纯是第二次来，于是显得轻车熟路，很快，他看到了人群中的张大胖、神算子以及陈曼瑶，还有宋缺也在。

几人只是彼此对望了几眼，因隔得较远，就没有说话，都肃然地站在广场上。

钟声消失后，内环立刻关闭，广场上一片寂静，又等了片刻，十道长虹骤然出现，直奔广场。

强大的威压降临，使得白小纯等人脸色一变，只觉得身体一沉。

十道长虹出现在广场上方，十个人的身影显现出来。

这十人，有男有女，有老有少，全部都是元婴修士，其中三个女子看起来明媚动人，只不过神色严肃。

至于其他人，有的苍老得满脸皱纹，有的只是青年模样，还有的慈眉善目，更有人一身煞气，一看就是凶狠之辈。

“拜见十位堂主！”不知是谁第一个开口，众人全部低头，齐齐拜见。这十个元婴修士，正是空域十堂堂主。

白小纯一样高呼，低头前余光一扫，看清这十人的样子后，心想也不知道哪一个人才是护域堂的堂主，同时内心也十分吃惊，对星空道极宗的强悍再一次有了体会。

要知道这仅仅是空域彩虹，就有这么多元婴修士，可以说，不加上天人，空域彩虹也足以横扫中游任何一个宗门了。

“如空域这样的彩虹，还有三个，星域、极域、道域。”白小纯小声嘀咕时，广场上方的人说话了。

“被我等唤出名字的人，到我等各自身边来。”

“陈彪！”

“许柯！”

“周松立！”

很快，不同的声音，从半空中的十人口中传出。众人纷纷抬头，但凡被叫到名字的人，都会立刻恭敬地飞起，来到召唤自己的元婴修士身边。

“宋缺！”那一身煞气的元婴修士开口后，宋缺深吸一口气，利落地飞出，站在其身旁。慢慢地，陈曼瑶被一个元婴女修士叫走了，张大胖不知什么运气，竟也被一个元婴女修士喊了过去。

白小纯看到神算子被一个看起来冷冰冰的青年模样的元婴修士叫走了。眼看四周修士越来越少，白小纯有些着急了，不时看向那十个元婴修士，用目光提醒他们自己的存在。

可那十个元婴修士都面无表情，看都不看白小纯一眼，而白小纯则发现了这十人中，居然有一人从始至终都没有开口。

那个没开口的人，正是十人中看起来最慈眉善目的老者，他始终笑眯眯地望着地面上的修士，不知在想些什么。

很快，当下方的二百多人被挑得只剩下十几人时，白小纯愣了。他眨了眨眼，觉得有些不对劲，连忙看向陈曼瑶，发现陈曼瑶居然一脸诧异，他的心立刻悬了起来。

此刻，其他九位元婴修士不再开口，而是看向那慈眉善目的老者。选择了张大胖的那个元婴女修士微微一笑，开口说道：“冯兄，我们选完了。”

那慈眉善目的老者哈哈一笑，大袖一甩。

“好吧，这些你们不要的，老夫要了。”

老者一指包括白小纯在内的十多人，白小纯等人脚下立刻出现了七彩之光，竟直接飞起，直奔老者而去。

“那么老夫就先告辞了。”老者温和一笑，与其他几个元婴修士打了招呼，转身带着白小纯等人，直奔远处。

白小纯此刻内心直打鼓，他看到其他修士也很紧张，于是忍不住问了一句：“前辈，我们是什么堂啊？”

“恭喜你选择了……降魔堂！”老者回头看了白小纯一眼，微微一笑，原本慈眉善目的脸，在这一瞬竟露出了浓郁的煞气，看得白小纯倒吸一口凉气。

听清老者的话后，白小纯内心顿时哀号起来。

“降……降魔堂……”

白小纯眼神露出恐惧，身体颤抖，他没想到有陈曼瑶帮忙，自己居然还是被降魔堂选走了，一时之间悲愤莫名。

而其他弟子则一个个脸色大变。

“空域彩虹有史以来，死亡人数最多，危险程度最高的……降魔堂！”

“天啊……我听说十几年前，降魔堂外出执行任务，曾经死了数千人……”

“我也听说了，降魔堂的弟子，执行任务都是外出历练，经常涉及生死……”

“不……”

第 408 章

这里才是广场

众人哗然，一个个颤抖着惊呼出声，他们怎么也没想到，自己居然被降魔堂带走了，此刻都心神震颤，而前方老者忽然眼睛一瞪。

“都闭嘴！”

这声音如雷霆，传遍四方，白小纯等人立刻安静下来，看向老者。之前还慈眉善目的老者，此刻目光冷厉。

“降魔堂，降妖除魔，杀敌为道，这种至高的荣耀，你们居然还嫌弃？你们都听好了，老夫在速度上，只花一成之力，你们都跟上老夫。等老夫到了降魔堂大殿广场后，最后一个到来的人，老夫要给他安排一个大任务！老夫赏罚分明，若是有人能超越老夫，那么三年之内，此人不需要完成任何任务！”

老者冷哼一声，转身一晃，骤然飞出，直奔远方。

众人都吸了一口气，那种所谓的大任务，一听就不是什么好事，顿时一个个急速飞出，拼了全力跟随老者。

白小纯在人群中，哭丧着脸。他觉得自己被坑了，心中愤恨，更有对降魔堂的恐惧。白小纯一路疾驰时，满脑子都是这段日子听说的关于降魔堂的种种传闻。

尤其是方才四周弟子的那些颤声话语，更让白小纯心肝颤抖。

“应该不是陈曼瑶，她没有坑我的动机，应该是有人插手，就连陈曼瑶也无力改变。插手的人十有八九还是天人家族的李元圣，此人为了置我于死地，已用全力！”

白小纯咬牙，看了看四周的同伴，他们速度一个比一个快，彼此拉开了一定距离。

白小纯深吸一口气，眼神执着，轰的一声，直接冲出，不断加速，破空之音刺耳，眨眼间他就追上了前方所有人。

他可不想成为最后一个人，他想要老者所说的奖励。如果能超越老者，接下来的三年，就可以免除一切任务，这话刺激得他如同打了鸡血，双眼出现血丝。

白小纯咬牙疾驰，渐渐地看到了前方的那位元婴老者。那元婴老者看似速度很快，可实际上只是优哉游哉地向前迈着步，一步走出，就是数十丈开外。

原本按照他的想法，后面那些弟子能跟上就不错了，他本就打算给这些弟子一个下马威，毕竟他也知道降魔堂苦，所以每年来选人时，都要威慑一番。

忽然听到身后的呼啸声，老者一愣，神识扫过后，立刻就看到白小纯一骑绝尘，超出了其他人很多，距离自己这里也很近了。

“咦？”老者很惊奇，这些年他选择降魔堂修士，还从来没遇到速度这么快的，此刻不由得身体一晃，认真了一些，速度一下子飙升，刹那间飞跃到数百丈开外。

白小纯在后面飞奔，眼看就要追上老者，眨眼间，老者竟速度飙升，瞬间就拉开了与他的距离。他顿时急了，背后出现了一双翅膀，狠狠一扇，速度再次爆发，比之前还要快几分，直奔老者而去。

二人一前一后，速度飞快，仔细去看，能发现白小纯的速度比老者还快一些。

白小纯渐渐拉近与老者的距离，之前的数百丈，变成了现在的十丈左右。

老者眼睛一瞪，速度再次加快。他已将一成修为内的速度提升到极致，多少年来，他多次选择降魔堂弟子，从来没遇到弟子能在速度上超越自己的，没想到这回竟遇到了白小纯。

白小纯终于追到了老者身边，此刻，他额头青筋鼓起，眼神执着，似已玩命。

白小纯的确在玩命，他看到前方有一座大山，此山云雾缭绕，四周修建了无数亭台阁楼，可以看到修士来来往往。那座大山上，正对着白小纯的地方，刻着三个大字！

降魔堂！

每个字都有百丈大小，全都被涂成了红色，似有一股逼人的煞气从这三个字内扩散开来。

白小纯眉头一皱，速度更快，他想着自己一定要超越老者，争取三年内免任务。

“这小子干什么，非要和老夫过不去是不是？”

老者一瞪眼，他身为元婴真人，且修为高深，哪怕只用一成之力，若是让一个小辈追上了，也会很丢人。眼看降魔堂就在眼前，他正迟疑时，突然……

在距离降魔大殿只有不到千丈时，白小纯轰然爆发，直接施展撼山撞，嗖的一声，冲了出去，刹那间就超越了老者，眼看就要到达大殿广场。

老者眼珠子都快要瞪了出来，他暗骂一声，突然走出一步，竟直接施展了瞬移。

就在老者瞬移的刹那，白小纯全身寒气轰然扩散，笼罩周围千丈范围，他居然也在这一刻如同瞬移一般，出现在大殿广场上。

这一幕，让老者猛地张大了嘴，一副见了鬼的样子，可是，他眼珠一转，依旧瞬移而去。

“我第一个到了，哈哈哈！”白小纯喘着粗气，激动地大吼起来。他很确定自己是第一个到达的，正兴奋时，突然，一个苍老的声音从远处悠悠传来。

“不错，你的确是第一个，不过你站在那里干什么？老夫说的广场，是这里。”声音传来时，白小纯一愣，连忙看去，立刻就看到老者，也就是降魔堂的堂主站在不远处，另一个广场上，笑眯眯地看着自己。

白小纯愣了一下，看了看自己所处的正殿广场，又看了看老者所在的偏殿广场，立刻变得神色黯然，内心沮丧。

“你……”白小纯欲哭无泪，觉得这老家伙实在太无耻了，却又不能说什么，只能悲愤地长叹一口气，赶紧跑了过去，向着老者抱拳一拜。

“弟子白小纯，拜见堂主。”

老者微微一笑，摆出一副慈眉善目的样子，心中却冷哼一声，对白小纯敢超越自己已重重地记了一笔。

随着老者的到来，很快，降魔堂内有不少人急速赶来，最快的是一个留着山羊胡的中年修士。这修士的修为已是结丹后期，此刻快速赶到，赶紧抱拳拜见老者，极为恭敬，更有阿谀之意，丝毫不怕被白小纯听到。

老者微微一笑，点了点头，那中年修士站在一旁，这才看了白小纯一眼，若有所思。

不多时，其他修士陆续赶来，而最后一人是个筑基大圆满后的假丹修士。那人发现自己是最后一名，整个人都开始颤抖。

老者淡淡地看了此人一眼，便收回目光，即便如此，那个留着山羊胡的中年修士还是注意到了老者的反应。

“老夫冯有德，降魔堂堂主，你等从此之后，就是我降魔堂修士，所做之事都要遵从降魔堂的规矩，云道子，你来安排好了！”

降魔堂堂主冯有德交代几句，转身朝着山顶而去。就在众人茫然时，被冯有德称为云道子的中年修士皮笑肉不笑地看了看白小纯等人。

“诸位不用惊慌，鄙人是降魔堂的执事，到了降魔堂，以后大家就都是自己人了，不过所有人第一次来到这里，都需要执行一次试炼任务，现在我来给你们安排。”云道子微微一笑，目光扫过众人，看向白小纯时，眼神微变。

第 409 章

执行任务

“赵柯，你去九影洲，击杀魔修周武，此人一个月前于九影洲内，肆意杀人，炼邪功法器，务必将其击杀！陆鹏，你的任务是击杀云尘家族的尘凡，此人有结丹初期的修为，可根据线索，此人如今受了重伤，你去将其击杀！韩平，你去宾莱州，督促刘氏家族，将贡品送上，然后一路守护！”

很快，云道子就安排了一个个任务，有的任务轻松，有的任务有一定的困难，可看起来难度相差都不大。毕竟是他们进入降魔堂后的第一个任务，云道子似乎没有刻意刁难人，且每一个任务给的贡献点都不少，多的给了数万，少的给了一两万。

至于最后一个到来的修士，他的任务听起来也不难，只是让他去一个叫作万林山的地方，送一封信而已。

这些修士听到各自的任务后，不少人心底都松了一口气。白小纯也在忐忑不安地等待，很快，云道子就说出了白小纯的任务。

“白小纯，去永动洲内，白林崖之地，击杀左恒峰，此人修为达到了筑基后期。任务完成后，奖贡献点三万。”云道子淡淡开口，说完给了白小纯一枚玉简，又开始安排其他人的任务。

很快，云道子就安排好了十多人的任务，目光在众人身上一扫，脸上露出微笑。

“诸位道友，首次任务的难度不大，希望你们都能顺利完成。你们若敢蔑视我降魔堂的安排，那么一定会出现你们不愿意看到的惩罚。现在，给你们一个时辰准备，一个时辰后，开始执行任务！”

云道子袖子一甩，不远处的弟子走过来，给白小纯等人发放降魔堂的身份令牌。

安排妥当一切之后，云道子离去。

众人面面相觑，心有不安，却也无心交谈，而是带着自己的任务，一个个匆匆走开。毕竟一个时辰太短，需要准备的又太多。

白小纯也是如此，他离开降魔堂后，直奔自己的洞府，心底始终在琢磨这一次的任务，有心不去，可也知道这里不是逆河宗，自己没有选择权。

“击杀左恒峰？此人的修为真的是筑基后期吗？如果是真的，这个任务不难啊！”白小纯隐隐觉得不对劲，有陈曼瑶在，自己竟还是被安排到了降魔堂。他虽不知道李元圣用的什么方法，可总觉得自己执行的第一个任务存在很大的风险。

在这种不安中，白小纯回到了洞府，张大胖以及陈曼瑶等人陆续到来，尤其是陈曼瑶，担心白小纯误会，来了后赶紧解释。

“少祖，此事我真的尽力了，也打探到了正是李元圣暗中安排……”陈曼瑶也郁闷，看向白小纯时面带歉意。

张大胖与神算子也在一旁发愁，他们被选的堂口还好，不算很危险，可一想到白小纯所在的降魔堂，他们就不由得吸气。

白小纯叹了口气，他现在关心的不是自己为何会到降魔堂，他关心的是这一次任务的危险性到底有多大。

“你们不用说了，赶紧帮我调查一下，这一次的任务到底有多危险，我马上就要出去执行任务了。”白小纯哭丧着脸，把自己的任务告诉了三人。

张大胖三人听到后，都点了点头，知道此事比较重要，于是没有久留，纷纷离去，用各自的力量去打探消息。

只是时间太短，容不得白小纯自己去打探，他只能快速整理行装。拿着任务玉简，看着时间一点点流逝，就在距离外出时间不到一炷香的时候，白小纯哭丧着脸，走出了洞府。

此刻，张大胖与陈曼瑶都还没有消息传来，唯独神算子，给白小纯算了一卦。

“少祖放心，我神算子一向算得很准，你这一次虽有一些危险，但必定会逢凶化吉，有大贵人相助啊！”神算子严肃地对白小纯说道。

白小纯愁眉苦脸，长叹一声，正要说些什么，手中的任务玉简突然发出耀眼的光芒，这是在催促他尽快离开宗门去执行任务。

白小纯狠狠一咬牙，心想豁出去了，直接转身飞向远处。很快，就到了传送阵所在之地，按照任务玉简的要求，去了永动洲。

永动洲是星空道极宗势力范围内的九十七洲之一，并非十分偏僻的地方，可距离星空道极宗还是有一段距离。

即便白小纯依靠星空道极宗覆盖了全境的传送阵，也只能出现在永动洲内而已，距离他要去的白林崖还有一段路程。

永动洲几乎一直是夏季，一座座大山蜿蜒而去，丛林密布，湿气很重，一眼望去根本看不到人，就算是传送阵所在之地，也是如此。

星空道极宗位于永动洲的传送阵修在一个山谷内，四周有阵法守护，除非是星空道极宗的修士，外人不可踏入半步。

此刻，传送阵光芒闪耀，白小纯耷拉着脸走了出来。

“希望此行能顺利……”

白小纯心底惴惴不安，想起当年在落星山脉，最开始的时候也是比较安全的，没想到最后那么危险。

“不管了，我就来意思一下，不能把自己小命丢了，若真的无法完成任务，我就不做了。”白小纯一咬牙，检查了一下自己的法宝，尤其是逆龙角、古魔鳞以及九州图，这三样至宝让白小纯多了一些底气。

“李元圣，等我回来，此事咱们没完！”

白小纯恨得咬牙切齿，内心却在叹息。他还是怀念在空城的生活，自从到了彩虹上面后，他觉得自己仿佛从天堂掉进了地狱。

此刻，白小纯咬着牙，按照任务玉简内的地图，确定自己的方位后，向着白林崖所在之地，慢悠悠地飞过去。

地面上，一棵棵参天大树遮挡住了阳光，丛林内仿佛太久没有人到来了，以至于地面上堆积了厚厚的落叶。这些落叶不知落在此处多少年，下面的都腐烂了，有一层像淤泥一样的泥土。

天空上，乌云弥漫，笼罩四方，明明没有下雨，却有雷霆之声轰隆隆地传出。

那种荒凉之感，让白小纯觉得整个世界似乎只剩下自己一个人，他不由得连连吸气。

“最好能遇到一些本地的修士，打探一下左恒峰的消息。”白小纯喃喃低语，想了想后，脱下星空道极宗的衣服，穿上一套寻常长衫，不断寻找本洲修士。

可这里似乎太偏僻了，白小纯花了十天，竟然没有看到一个修士，反倒时常看见一些凶兽，比如足有百丈长的大蛇，还有一群长着人脸的飞鸟时常在天上飞翔。他甚至看到一棵大树，张开大口，将飞过的一只大鸟吞下去了。

白小纯头皮发麻，赶紧飞得更高了一些。

“不对劲，这永动洲不会没人吧……”

白小纯看着这一幕幕，深吸一口气，尤其是深入丛林后，他看到一些凶兽的修为堪比结丹修士，于是脚步猛地一顿。

“能居住在这里的修士，怎么可能是筑基后期？哪个筑基后期修士敢居住在这里？”

白小纯倒吸一口凉气，心里正这么想着，竟然看到远处丛林内有一条巨大的蜥蜴，轰的一声飞向天空。其身体居然在飞起时不断变长，也就是十多息的时间，他便看到那蜥蜴变成了一条蛟龙！

这蛟龙于云层内飞舞时，阵阵恐怖的威压扩散四方，白小纯再次吸了一口气，立刻后退。

“这任务，我不做了，我就不信完不成任务，星空道极宗还能弄死我不成！”白小纯目中出现血丝，狠狠一咬牙，身体骤然后退，就要回传送阵所在之地。

第 410 章

冯有德的惊喜

此刻，星空道极宗内，张大胖等十分焦急，白小纯离开降魔堂也有十天了。他们花费了不少贡献点，从各个地方打探出，白小纯要解决的那个筑基修士似乎来头不小。

只是当他们试图联系白小纯，要告诉他这一切时，却不知什么原因，竟与白小纯联系不上！可能永动洲距离这里太远，又或者有其他缘故，难以联系。

就在张大胖等人焦急时，空域彩虹上，降魔堂的堂主正盘膝坐在大殿内，闭目打坐。他不是很在意给新人安排的任务，一般来说，作为首次任务，危险性都不高，往往都是可以完成的任务。他之前问了问云道子，便回到了大殿内，静心修炼。

此刻，冯有德正盘膝修炼时，忽然，他身上的储物袋内有光芒闪耀。这看起来慈眉善目的老者蓦然睁开双眼，皱起眉头，对于有人打断自己修炼，似乎很不悦。他低头从储物袋内取出玉简，神识扫过后，忽然神色一变，眼睛都睁大了。

冯有德吸了一口气，感到不可思议，甚至还有一些惊疑不定。

“这是……通天使者……召见我！”

关于通天使者，他略知一二，知道此人神秘莫测，据说来自通天海，在星空道极宗内短暂停留，就连星空道极宗内那位强悍的半神老祖都敬其三分。

在此之前，冯有德只是远远地看过一眼这种大人物，没想到，眼下通天使者居然会单独召见他，这让他内心忐忑不安。他完全不敢耽搁，立即起身，迟疑了一下后，匆匆走出大殿，化作长虹飞出，跃过第二层彩虹后，直奔最顶层的彩虹飞去。

此地有禁制，可这禁制扫过冯有德后，立刻就散开，让其通过。

冯有德一路十分紧张，慢慢接近了第一层彩虹。

居住在第一层彩虹内的正是整个星空道极宗的半神老祖，而通天使者到来后，也居住在这里。

此刻，冯有德忐忑地靠近第一层彩虹，不敢踏入，而是在外抱拳深深一拜。

“空域彩虹降魔堂堂主，冯有德，求见通天使者。”

此话一出，冯有德前方立刻出现了一个模糊的身影，这身影打量了冯有德一眼，示意冯有德跟在自己后头，然后转身走向彩虹。

冯有德深吸一口气，带着紧张与不安，跟随那模糊的身影，慢慢走到彩虹之上，来到一个鸟语花香，灵气浓郁的山谷内。山谷里还有一个水潭，里面有不少七彩鱼儿正在游动，时而露出水面，那鱼头看起来仿佛幼龙。

水潭旁有一个木屋，隐隐可见木屋内坐着一个人。那人正在弹琴，琴声回荡，蕴含了一股杀伐之意，似乎可以影响四周的灵气，使得灵气在山谷内环绕，凝聚成一个又一个凶兽的身影，栩栩如生，震撼人心。

冯有德倒吸一口凉气，放慢脚步，距离木屋百丈的时候，他感受到了一股强烈的威压，不敢靠近，而是低头抱拳，深深一拜。

“冯有德，拜见通天使者。”

冯有德心知肚明，这种连半神老祖都敬三分的存在，不是自己可以招惹的。

“冯有德……”

半晌后，从木屋内传出一个女子的声音，这声音带着无上威严，仅仅喊出一个名字，就让冯有德神色更为肃然，再次一拜。

“不要紧张，召你来此地，是本座有一件事情，需让你去做……”

“使者请说！冯某必当倾尽全力，完成使者所说之事！”冯有德深吸一口气，斩钉截铁地答道。

“降魔堂内有一个弟子，名为白小纯。此人在空域彩虹的这段时间，不可有任何闪失，你若保他周全，等他成为元婴修士进入长老会后，本座送你一场成就天人的造化！”沉默片刻后，木屋内再次传出声音。

冯有德一愣，他身为元婴修士，又是降魔堂的堂主，老谋深算，知道有些事情了解得越少越好。尤其是涉及眼前这个大人物，自己越发要小心谨慎。

此刻，冯有德也顾不上了解太多，当他听到“成就天人的造化”这几个字后，眼睛都瞪大了。这话若是别人说，他不会信，可现在是通天使者开口，他就没什么好怀疑的了。

“天人……”

冯有德目露渴望，他对天人境极其执着，以他如今的修为与年纪，想要成为天人，虽不是不可能，但机会很渺茫。

听到通天使者的话，他呼吸急促，赶紧抱拳再次一拜。

“使者放心，此事在下一定办得万无一失！”

冯有德强忍着激动，大声开口，然后才离开此地，化作一道长虹，直奔空域彩虹。

一路上他都激动不已，这种造化，让他觉得自己时来运转，数次吸气后，他才平静下来，可眼神依旧火热。

“白小纯是谁？居然能让通天使者许诺……”冯有德觉得这名字有些熟悉，却没想起来。此刻他打定主意，不管白小纯是谁，自己好好招待就是，不能让白小纯涉险，就让白小纯在降魔堂内，顺顺利利地成为元婴修士。如此一来，通天使者满意，自己也有天人造化。

“哈哈，我的天人之机，指日可待！”冯有德想了想，又激动起来，速度更快，回到空域彩虹之后，内心喜悦，很快就到了降魔堂。

“让云道子速来见我！”

刚回来，冯有德就立刻下令。降魔堂内的弟子太多，他不可能都认识，想要了解堂内修士，只需询问云道子便可。

整个降魔堂内的修士名单以及任务安排，都是云道子在负责，而作为冯有德的心腹，云道子这些年来处理事情都让他很满意。

冯有德回到大殿不久，云道子就从外面急速而来，生怕冯有德等久了，甚至不惜施展秘法，使得速度再快一些，刹那间就来到了大殿外。

云道子深吸一口气后，整理了一下衣衫，脸上露出笑容，快速走进大殿。

刚进来，云道子就看到了降魔堂堂主冯有德。这回，冯有德竟没有端坐在椅子上等他，而是在那里，走来走去，身为冯有德的心腹，云道子一眼就看出冯有德必定遇到了大喜之事。

“云道子，拜见堂主！”云道子深吸一口气，连忙开口。

“恭喜堂主，贺喜堂主，今日弟子一看到堂主，立刻就看出堂主全身泛出红光，必定是有天大的喜事！”云道子笑着说道。

冯有德闻言哈哈一笑，指了下云道子，摇头笑道。

“你啊，以后少察言观色，多修炼，想要突破，也不是不可能。”

“弟子……”云道子笑了笑，知道自己没看错，冯有德此刻一定心情非常好，于是弯腰打算继续吹捧几句。

没想到，冯有德袖子一甩，目露期待，打断云道子的话，立刻问道：“得了，先别吹捧，我问你，我们降魔堂有没有一个叫白小纯的弟子？”

“啊？白小纯？”云道子一愣。

第 411 章

你……你在说我

“有没有？”冯有德看到云道子的神情，眉头一皱，声音大了一些。

“有……就是上次来的那一批弟子当中的一个……”云道子不知冯有德为何突然问起白小纯，此刻有些紧张，赶紧点头。

“我想起来了，是他啊，你立刻将他带……不，去将他请来，记得一定要客气。”冯有德哈哈一笑，立刻吩咐下去，他也想起了白小纯是谁。想到对方竟然在速度上超越了自己，他之前还有些不舒服，现在却不这么想了，只认为白小纯毕竟是能让大人物关注的人，果然不一般。

“啊？”

云道子睁大眼，脑袋嗡的一声，面色大变，额头都开始冒汗了。他觉得不对劲，尤其是冯有德居然说“请”这个字，这个字代表的意义让他紧张起来。

“嗯？还不下去？”冯有德眼看云道子听到“白小纯”这个名字后开始冒汗，内心觉得疑惑，目光也冷厉起来。

“堂主……这白小纯……他……他来不了，他去执行任务了。”云道子硬着头皮说道，内心却在咒骂李元圣。实际上他第一次看到白小纯，就立刻认出了白小纯，而白小纯之所以最终被降魔堂选走，也是云道子花费一些心思，帮忙做到的。

按照李元圣与他的约定，只要他弄死白小纯，那么好处少不了。这种事情云道子也不是第一次做，在他看来，白小纯不过是一个弟子而已，就算是质子又如何，在降魔堂，他想让谁死，谁就必须要死。

可眼下，云道子内心颤抖了。

“任务？”

冯有德一愣，他看了云道子一眼，目光如刀。身为降魔堂堂主，他虽然平日里不管事情，可对整个降魔堂内的一些龌龊之事还是了解的，知道白小纯一定是得罪了谁，不然的话，云道子不可能是这副表情。

“去执行什么任务？”冯有德的语气已有不悦。

“是……是去执行击杀左恒峰的任务……”云道子苦着脸，赶紧开口。

“去哪里执行，如实道来！”冯有德眼皮一跳，盯着云道子，一字一字地开口，语气严厉。

“去……地煞老怪的洞府，这……这左恒峰是地煞老怪新收的弟子……”

这一次，云道子真是郁闷极了，对李元圣已经怀恨在心，同时也觉得委屈，心想白小纯既然有这么硬的关系，能引起堂主关注，那就早说啊……

“什么？！”

冯有德眼珠子都要瞪出来了，袖子一甩，狂风吹拂，这大殿内摆放的物品顿时全部化为飞灰，被吹到大殿之外。

“你让白小纯去元婴修士地煞老怪的洞府，击杀他的弟子？！”冯有德此时怒火滔天。

“赶紧让他回来，他不需要执行任何任务！”冯有德怒吼一声，声音如天雷，传遍整个降魔堂。

“来……来不及了，他都去了十多天了，按照时间来算，早就到了……而且我……我给他的玉简上做了手脚，出了宗门就没法用了……”云道子被冯有德吓得直打哆嗦，赶紧跪拜下来，哭丧着脸说道。

“你……你……”冯有德心都凉了，只觉得一个晴天霹雳传来，出了一身冷汗。

那地煞老怪是元婴后期的修士，其洞府内更聚集了不少散修，实力不弱。

冯有德内心紧张起来，若通天使者没有召见他，白小纯死在外面也就罢了，可偏偏通天使者召见了他，若是白小纯在外面有个三长两短，此事的后果难以预料。

一想到连半神老祖都敬通天使者三分，冯有德顿时颤抖了几下，眼睛都变红了，脸色严肃，大吼一声。

“你干的好事！”

冯有德怒气冲天，一巴掌扇过去，轰的一声，云道子被扇出了大殿。

冯有德瞬间飞出，到了半空后，大声说道。

“所有降魔堂修士，十息之内，在此集合！给我开启降魔战舟！永动洲传送阵，全面开启，立刻！”

冯有德发狂地大吼，整个降魔堂的人都听到了他的话，面色大变，不敢耽搁，齐齐飞出。眨眼间，上万降魔堂修士，一个个出现在半空中，齐齐拜见冯有德。

与此同时，一艘艘足有万丈长的惊人战舟也运转起来，飞到半空中。放眼看去，这十艘战舟通体漆黑，造型狰狞。

通往永动洲的传送阵也全面运转起来，轰鸣之声回荡。降魔堂的动静，引起了其他堂的注意，就连空域掌座都察觉了这件事。

没等他们问询，冯有德就带着降魔堂的修士踏上战舟，依靠传送之力，朝着永动洲而去。

因传送人数太多，传送阵光芒闪耀，其他彩虹的修士也看到了，一个个吃惊不已。

“空域彩虹发生了什么事情？”

“这……这是空域降魔堂？如此大规模的传送，莫非是去灭某个宗门？”

众人议论纷纷，李元圣也在人群中，他隐隐有种不安之感。

在整个降魔堂出动的时候，永动洲内，白小纯准备放弃这一次的任务，此刻他正小心翼翼地向着传送阵的方向飞奔。

按照他的速度，预计三天左右就可以到达。他心底也在叹息，不知道自己放弃任务回去后，会有什么惩罚等待着他。

“再怎么惩罚，也不会真要了我的小命吧。”

白小纯愁眉苦脸地给自己打气，忽然脚步一停，看向远方，发现有三人正向自己飞来。

三人当中有一个白净的青年，这青年很俊朗，手中还拿着一把扇子，穿着一身大红长袍，看起来很不俗，只是有些无精打采。青年的身边是两个老者，这两人竟有结丹中期的修为，此刻神色冷漠，随着青年前行。

在白小纯看向三人时，三人也看到了白小纯，彼此都愣了一下，此地荒凉，很难看到修士。

白小纯立刻警惕，尤其是看到那青年的脸后，内心更是咯噔一声。

任务玉简里有青年的画像，此人，正是他要击杀的左恒峰。

“居然遇到了……这任务果然有问题，筑基修士身边居然跟着两个结丹修士，该死，我身为逆河宗少祖，出门都没有这种待遇！”

白小纯内心一颤，眨了眨眼，装作没看到对方，就要快速离去。

白小纯正要离去，左恒峰却猛地打开手中的扇子，扇了几下后，嘴角露出一丝笑容。

“好久没看到如此年轻的修士了，眼睛还亮亮的，可真好。”左恒峰笑声传出，直勾勾地看向白小纯。

白小纯转头看了左恒峰一眼，只觉得头皮发麻。

“你……你在说我？”白小纯有些蒙。

“两位长老，拿下此人，这就是我要送给师尊的寿礼！”左恒峰哈哈一笑，手中扇子一指白小纯。

那两个结丹中期的老者微微皱眉，他们也看出白小纯修为不俗，若是换了其他时候，他们大都会选择避让。可是，既然左恒峰说了要以白小纯为寿礼，他们也只能朝白小纯飞来。

“你别着急，我们有的是时间。”左恒峰说道。

白小纯怒吼一声：“你有病吧！”

“别气，你怎会出现在这荒凉之地，着实少见啊！”左恒峰嘿嘿一笑。

两个老者已逼近白小纯。

第 412 章

小纯大怒

这两个老者修为不低，更擅长联手击杀，此刻几乎不分先后，从左右两侧袭向白小纯。

左侧老者掐诀，其手掌立刻释放出大量黑气，于身前凝聚成一条巨大的黑龙。黑龙全身虽由雾气组成，却透出阵阵腐气，所过之处，就连空气都仿佛要被腐蚀了。更有腥风扑面，使得落叶顷刻间成为飞灰。

与此同时，右侧的老者在前行途中，脚下竟出现了一朵朵赤色的莲花，这些莲花居然形成了一个阵法，笼罩四方，仿佛要封锁四周。

阵法形成之时，右侧老者的双目内赫然出现了一道道复杂难懂的符文印记，使得四周充满了压抑感。

"一个以死气化腐，一个以身炼阵……"

白小纯面色变化，内心十分郁闷。他本不想完成这一次的任务，可偏偏与对方遇到了。原本按照他的想法，装作没认出来直接走了就是，他不愿惹事，没想到左恒峰竟如此嚣张，直接要对他下手。

这就让白小纯不高兴了，尤其是左恒峰的话，让白小纯觉得全身恶寒，怒火中烧。一想到自己若真的被对方擒住，白小纯就觉得背后凉飕飕的，于是怒吼一声，煞气骤然散开。

那两个结丹修士临近的瞬间，白小纯不但没有后退，反而向前踏出一步。

寒门养念诀骤然运转，向着四周轰然扩散。中寒之气笼罩四周，竟将此地化作隆冬，甚至还有雪花出现。那两个结丹修士没有逃过，就连左恒峰也在眨眼间被寒气影响了。

“寒道功法！”那两个结丹老者心惊不已，只觉得对方能将寒气修炼到这种程度，极其少见，一定天赋异禀。

两个结丹老者的速度都慢了一些。

这一切说来话长，实际上只是电光石火间发生的。随着寒气散开，白小纯一步落下，左侧老者的黑龙，距离白小纯已不到一丈。

可这最后的距离，那黑龙再也无法飞跃，从头部开始，眨眼间，这条狰狞的黑龙竟被彻底冰封，化作了冰龙。

白小纯看都不看冰龙一眼，刹那消失，再次出现时，就到了左侧老者身前。他抬起右手，向着面前的老者，狠狠一拳砸去。

轰的一声，那老者一脸不可思议，嘴角溢出鲜血，急速后退，失声惊呼。

“瞬移！”

不单他骇然，右侧的老者同样倒吸一口凉气，十分震惊。

白小纯快如闪电，直奔左侧老者，右手抬起，施展碎喉锁，更有吸力从其手中散出！

左侧老者瞬间有了一股危机感，他呼吸急促，来不及多想，危急关头，双手掐诀，释放出更多黑气。

黑气笼罩他的四周，形成了一个巨大的骷髅头，在白小纯靠近时，他大吼一声，爆发修为之力，要阻挡白小纯的杀招。

还有右侧那位结丹中期的老者，此刻也是十分焦急，知道这一次他们招惹了一个恐怖的人，一旦同伴死亡，自己怕也活不了多久。于是，他双目赤红，低吼一声，目中符文闪耀，甚至全身都有符文游走，强行提升速度，要去阻止白小纯。

白小纯冷哼一声，不但没有减慢速度，背后甚至出现了翅膀，发动了撼山撞。这使得他的速度瞬间加快，直接与左侧老者身前的黑雾撞在了一起。

这可以腐蚀一切的黑雾，在与白小纯的身体接触后，发出刺刺之声，却无法伤到白小纯。

白小纯的右手掐在了左侧老者的脖子上。

“你……”左侧老者睁大眼，感到难以置信。他话还没说完，白小纯右手狠狠一捏，他惨叫一声，身体急速后退，嘴角还溢出了鲜血，可结丹修士庞大的生命力支撑着他。他眼中露出恐惧，还没等他退出太远，白小纯便抬起右手遥遥一指。

逆龙角立刻从白小纯的储物袋内呼啸而出，如一道匹练划破苍穹，直接刺入老者的眉心。

老者瞪大了眼，身体如断线的风筝，坠落大地。直至死亡，老者都不敢相信，自己只有一次失误，对方便瞬间占了上风，一路碾压自己。

左侧老者死亡的同时，那全身闪耀着符文的另一个结丹老者内心咯噔一声，倒吸一口凉气，全身的符文竟在这一刻脱离身体，飞向白小纯。可还没等靠近白小纯，符文就全部崩溃了。

轰鸣之声震天，一股巨大的冲击力扩散，推着那结丹老者不断后退。老者内心颤抖，目中带着恐惧，刹那间就到了被寒气冻得定在半空的左恒峰身边，他一掌拍在左恒峰身上。

砰的一声，左恒峰全身一震，喷出一口鲜血，一脸惶然。

老者抓住左恒峰的手臂，向着远处急速逃遁。

老者这一系列动作可谓行云流水，反应极快。

“想走？！”白小纯猛地转身，眉心第三目蓦然睁开，爆发出紫色光芒。

紫色光芒一瞬间就笼罩在了结丹老者的身上，使得结丹老者脚步一停，身体竟不受控制，倒退回来。

眼看如此，这结丹老者有些绝望，狠狠一咬牙，开始嘶吼。

“少主快走，此人……不是寻常结丹修士！”

说完，结丹老者狠狠一推左恒峰。

左恒峰嘴角溢出鲜血，身体化作一道长虹直奔远方。此刻，他内心无比后悔，无论如何也没想到，随意遇到的一个看起来很好欺负的修士居然如此强悍。

“该死，该死……”左恒峰不惜施展耗费寿元的术法，急速遁去。

就在左恒峰遁去的同时，一声凄厉的惨叫传出，左恒峰听到那声惨叫，身体开始不住地颤抖。

那个结丹老者被束缚住了身体。随着白小纯右手狠狠一捏，四周的寒气瞬间钻入老者体内，刹那冰封，使其成为雕像，接着，白小纯一指落下，雕像碎裂。

“还有你，都是你逼我的！”

白小纯恶狠狠地盯着左恒峰远去的背影，他一想到左恒峰方才的话与笑容，就觉得背后凉飕飕的，右脚在地上狠狠一踏，肉身之力全面爆发。

轰的一声，大地深陷，出现了一个深坑，白小纯借力冲出，背后翅膀急速扇动。哪怕左恒峰再快，也无法逃出，很快就被白小纯追上了。

他刚临近，寒气立即扩散，左恒峰身体颤抖，双腿僵硬，速度也慢了下来！

随着白小纯右手狠狠一指，笼罩在左恒峰身边的寒气，立刻化作一道道冰刃，向着左恒峰刺去！

“你敢杀我，我师父……”

左恒峰发出凄厉的惨叫，话刚说到这里，那些冰刃就刺中了他的身体，当即使其气绝身亡！

第 413 章

宗门对我太好了

“哼，你师父又如何？像你这等奸邪之人，死有余辜。”白小纯咬牙开口，这一次，他是真的被气到了，嘀咕了几句。突然，小乌龟从储物袋内露出了头。

“按照龟爷我以往的经验，那些有背景的家伙，只要临死前这么一喊，他们的靠山就会出现……”小乌龟摇着脑袋，傲然开口。

白小纯头皮一麻，低吼一声。

“闭嘴！”

白小纯有些紧张，心虚地看了看四周，内心不安，正要离去，突然，一声怒吼从远处传来。

“是谁杀我爱徒？！”

这声音之大，竟掀起了风暴，使得天地变色，风云倒卷，就连下方的树林也在摇晃。

白小纯面色大变，哀号一声。

“都怪你，你这是什么嘴啊！”

白小纯哭丧着脸，心里明白，刚刚大吼的人，极有可能是元婴修士。

一想到对方是元婴修士，白小纯就全身汗毛竖立，拼命地朝着传送阵的方向急速逃遁。

“无视老夫的存在，居然敢在老夫的洞府前，击杀老夫的爱徒，你找死！”那带着滔天怒意的声音再次传出时，距离白小纯更近了。

白小纯紧张地回头看了一眼，立刻就看到远处天地间，有一片足有数千丈大小的黑云，排山倒海，呼啸而来。

黑云之上站着一个穿着黑袍的老者，正是左恒峰的师父——地煞老怪。他背着手，脸色阴沉，目有怒意。

白小纯与他相隔千丈，两人对视一眼，白小纯只觉得脑海轰的一声，竟站立不稳。

“真的是元婴修士！”

白小纯惨叫一声，眼泪都快出来了，他一想到对方的话，就心中委屈。

“我都要走了，是他来惹我的啊！还有降魔堂，说给我安排个任务，击杀一个筑基后期修士，却没告诉我，那家伙的师尊是元婴修士。”

白小纯越想越委屈，施展不死长生功，释放寒气，打算利用瞬移逃遁，可是，那片黑云很快就追了上来。

“给我死！”

一声怒吼从白小纯头顶传来，黑云笼罩，一只足有百丈大小的手从黑云内落下，向着白小纯轰来。

大手气势惊人，更有一股封印之力封锁四方，大地震动，草木刹那枯萎，白小纯体内的生命力都快被抽出来了。

眼看大手就要落下，危急关头，白小纯尖叫一声，立刻利用九州图，罩住自己，释放传送之力。

在大手落下的瞬间，白小纯骤然消失，再次出现时，人已在数十里外。他面色苍白，来不及回头，再次全速逃遁。

“你逃不掉，等老夫抓住你之后，必定饶不了你！”

地煞老怪脚下的黑云再次追上来，又一次飘在白小纯上方，遮挡了阳光，地煞老怪右手掐诀，向着地面一指。

大地震动，白小纯四周的草木全部枯萎，化作黑气升空。眨眼间，以白小纯为中心，千丈范围内形成了一个圆圈，如同封印，白小纯难以冲出这片区域。

白小纯面色大变，那只黑色的大手第二次从云层内伸出。白小纯惨叫一声，正要再次利用九州图逃脱。

没想到，再次出现时，他还在黑气围起来的范围之内，原来，黑气形成了壁障，强行阻断了他的瞬移。

黑色大手再次来临，白小纯目露绝望之色，被元婴修士追杀，他根本就无法逃走。

眼看危机降临，白小纯猛地大吼起来。

“你敢杀我，我背景可硬了，你敢动我一下，你就死定了！”白小纯说完，地煞老怪冷哼一声，黑色大手速度更快，眼看就要拍下。

“就算拿出龟纹锅，也没用啊！”

白小纯眼泪都出来了，他觉得不服，凭什么左恒峰一说这种话，他师父地煞老怪立马就来了，自己说这种话，怎么没人来？

白小纯双目赤红，正当他准备豁出去拼一拼时，突然……

“地煞老怪，你敢！”一声气急败坏的怒吼从远处传来。

那声怒吼传来，黑色大手一顿。

地煞老怪猛地抬头，吸了一口气，目中露出几分震惊。

白小纯也愣住了，赶紧看向远方，只见云层翻滚，似有千军万马在内，使得天地变色，风云狂卷。他隐隐看到十艘巨大的战舟正以极快的速度，直奔此地。

战舟上足有上万修士，他们全都做好了作战的准备，其灵力波动使得整个天地仿佛成了大海，掀起无穷无尽的惊涛骇浪。

那十艘战舟前方有刺目的光芒凝聚，锁定地煞老怪。

在白小纯看去的瞬间，十艘战舟发出阵阵巨响，声音之大，震耳欲聋，甚至能够让大地震动。

那十道刺目的光芒化作十道长虹，呼啸而来，瞬间便临近，轰在地煞老怪面前。

地煞老怪面色大变，狂甩袖子，无心理会白小纯，猛地后退。

在地煞老怪后退的同时，黑色大手直接被十道长虹撕裂了，就连半空中的黑云也慢慢散去。而地煞老怪虽抵挡住了一道道长虹，但是后退了千丈，面色不断变化，那十道长虹直接在大地上轰出了十个巨大的深坑。

大地震动，白小纯不断吸气，只见一个人从战舟上飞出，直奔此地而来，人还没到，声音就传遍了四方。

“地煞老怪，你敢伤我降魔堂弟子！”

此人正是降魔堂堂主冯有德，他全力加速，呼啸而来，刹那间就出现在地煞老怪面前，右手抬起，狠狠一拍。

“冯有德，你疯了不成！”

地煞老怪心中一惊，怒吼一声，再次后退，感到恐惧与茫然。他觉得自己没招惹降魔堂啊，他们至于吗？居然出动了这么多人。

那十艘战舟前方再次出现刺目之光，轰然爆发，射向地煞老怪。

巨响震天，地煞老怪口吐鲜血，惨叫着急速后退。他披头散发，很狼狈，一条手臂都断了。

此刻，地煞老怪愤怒地向着冯有德大吼。

“十艘灭婴舟啊！你你你……你疯了！为了杀我，你们至于吗？搞这么大场面，出动十艘灭婴舟，消耗那么多资源，值得吗？”

地煞老怪胆战心惊，大吼之余，不惜一切代价施展秘术，急速逃遁。

其实，地煞老怪内心有些绝望，他觉得自己这一次真的完了。无论如何，他也想不到，星空道极宗为了杀自己，居然搞这么大手笔。

“这么死，我也认了……”地煞老怪虽然绝望，但是求生之意还是爆发了，急速逃遁时，他忽然觉得不对劲，回头一看，冯有德居然没追来。

地煞老怪狂喜，加速离去，劫后余生，激动不已。

白小纯呆呆地看着那十艘巨大的战舟，看着降魔堂堂主在半空中发威，有些感动。

“宗门对我太好了……”

白小纯眼圈都红了，他觉得自己之前不该怀疑宗门，此刻内心激动，连忙向半空中的降魔堂堂主抱拳一拜。

“弟子……”

白小纯话还没说完，冯有德就紧张地看了过来。

“白小纯，你还好吗？”

第 414 章

降魔堂是你的家

白小纯更感动了，他觉得宗门对自己太好了，降魔堂堂主不但亲自前来，还带来了一万多人和那十艘一看就极其不凡的战舟。而且，降魔堂堂主还记得自己的名字。

这一切让白小纯感慨之余，也有些疑惑。他不懂为何四周的上万修士都迷茫地看着自己，可他还是大声地开口。

“弟子白小纯没事！”

冯有德深吸一口气，露出慈祥的笑容，满脸关切。

“有没有受伤？”

说完，他仔细地看了看白小纯，确定他身上没有伤后，又从储物袋内取出一些丹药，递给白小纯。

“回去后吃下，别有什么内伤在身，我降魔堂不能让弟子流血又流泪！”

冯有德面露欣慰之色，拍了拍白小纯的肩膀。

“以结丹修为，竟在元婴真人手下坚持了这么久，白小纯，你为我降魔堂立下了大功！”

冯有德大笑，话语传出，四周的上万修士都面面相觑。他们不知道白小纯到底立下了什么大功，一个个心中生出各种猜测，觉得冯有德对白小纯似乎太好了一些。

尤其是一些降魔堂的老弟子，他们了解冯有德，看到这一幕后，一个个睁大了眼，心中不断揣测，他们从未见过冯有德这么对一个弟子……

要知道平日里冯有德看似慈眉善目，实际上却小肚鸡肠，睚眦必报，稍有不悦，便会让人如置隆冬。弟子们甚至暗中称其为冯阎王。

可眼下，看到冯阎王对白小纯如此亲切，所有人都非常震惊，他们想到之前冯阎王那么着急地召唤自己，甚至不惜调动十艘灭婴舟，显然就是为了救白小纯。

“这白小纯……他是谁？什么来头？”

“白小纯与堂主什么关系？”

众人议论纷纷，不断猜测。

云道子在人群中，此刻身体抖得如同筛糠一般，不断吸气，内心哀号，惶恐到了极致，对于唆使自己暗算白小纯的李元圣更是恨之入骨。

“该死的李元圣，你这是要害死我啊！”

白小纯听到冯有德的话，愣了一下，感到很诧异，可既然冯有德都这么说了，那一定是自己无意中立下了大功。于是他挺起胸膛，摆出一副悍不畏死的模样，大声开口。

“这点伤不算什么，弟子之前只不过是击败了二十多个结丹修士，又斩杀了上百个筑基强者，最后又与那元婴老怪缠斗了一番。我白小纯誓死守护降魔堂，愿为降魔堂肝脑涂地，在所不辞，小小功劳，不足挂齿！”

听闻此话，四周的降魔堂修士一个个瞠目结舌，想笑又要忍住，于是表情变得很奇怪。

冯有德忍不住干咳一声，他之前本是为了照顾白小纯，才故意这么说的，没想到白小纯顺着杆就往上爬了。如此一来，回到宗门后，他少不得要给白小纯赏赐大量贡献点。

白小纯说得如此夸张，冯有德觉得无比尴尬，眼看白小纯还要开口，冯有德连忙打断白小纯。

“好，咱们回宗门再说！”

冯有德袖子一甩，带着所有人，化作一道道长虹，直奔传送阵。

一行人浩浩荡荡，很快就通过传送阵回到了星空道极宗。

这一次，雷霆出击，白小纯的名字立刻传遍了整个降魔堂，降魔堂的所有弟子印象都极为深刻。尤其是感受到冯有德对白小纯的态度与众不同之后，其他人看到白小纯，都有了敬畏之心。

降魔堂大殿内，冯有德召见了白小纯。云道子身为冯有德的心腹，不安地跟随在冯有德身边。看到冯有德那温和的微笑，目中更有鼓励之色，云道子心头颤抖，他几乎没见过这样的冯有德，知道自己这一次算是惹了大祸。

“小纯，这一次你做得非常好，既然你立下了绝世功劳，那么老夫便做主，从此之后，降魔堂的所有任务都给你免了，在这里，你可以放心修炼！”冯有德目中的欣赏越来越浓，看着白小纯笑道。

白小纯这一路始终沉浸在感动之中，此刻听到冯有德的话后，他内心受到震动，看向冯有德。

“堂主，你对我太好了。”白小纯感动地开口。

“何止是太好，这是前所未有的事情……”云道子在旁边看着冯有德与白小纯交谈，心底忍不住暗道。

“哈哈，这是你应得的，以后就把降魔堂当成你的家，在这里，你不会有任何危险，不要担心，要好好修炼，争取早日突破，踏入元婴！”冯有德笑道，声音越发温柔。

白小纯深吸一口气，觉得自己太幸福了，幸福来得太突然了。他心底琢磨，自己到底立下了什么功劳。

“在修炼中，但凡有不懂的，你就来找老夫。凭着你这次的功劳，你可以从降魔堂内，换取你修炼所需之物！”

“堂主……”白小纯身体一震。

“哈哈，不要露出这种小孩子一样的表情。小纯，降魔堂是你的家，老夫是这个家的家长，对你好是应该的。这是老夫从药堂内，专门给你取来的，适合结丹修士修炼的丹药，你拿好，记得一定要尽快突破，踏入元婴，这就是对老夫，对我降魔堂，最好的报答。”冯有德笑容更为和蔼，递给白小纯一个储物袋。

“堂主……”

白小纯接过储物袋，他感动得难以形容，于是向着冯有德抱拳一拜。

冯有德又鼓励了白小纯几句，这才让他退下。

白小纯离开大殿后，冯有德脸上的笑容瞬间消失，脸色阴沉。他狠狠地看向身边的云道子。

“云道子，你干的好事！”

云道子扑通一声，立刻跪拜下来，脸上神色灰败，不断求饶。

“堂主，我错了，我错了……”

“好在白小纯无碍，否则的话，你就坏了老夫的大事！”

冯有德冷哼一声，袖子一甩，一股狂风吹向云道子，直接将其卷出大殿。云道子口吐鲜血，勉强站稳。

“若非看在这些年你忠心耿耿的分上，这一次老夫定饶不了你！从现在开始，白小纯在降魔堂内，有一丝一毫的损伤，老夫让你好看！”

冯有德声音冰冷，传入云道子耳中。云道子身体颤抖，在大殿外连忙抱拳，大声开口。

“堂主放心，弟子誓死完成任务！”

半晌之后，大殿内再没有声音传出，云道子嘴角又溢出一股鲜血，他擦去血迹，看向远处，眼神怨毒。当然，这次他针对的不是白小纯，而是李元圣！

“李元圣！”

云道子咬牙切齿，身体一晃，骤然飞出，直接冲出降魔堂，飞向李元圣的洞府。

不多时，云道子就来到了李元圣的洞府前，抬起右手，向着洞府大门狠狠一挥，轰的一声，洞府震动。

李元圣正在打坐，听到外面的动静之后，睁开双目，皱着眉头走出洞府，一眼就看到了洞府外气势汹汹的云道子。

“云道兄，你……”

李元圣刚开口，还没说完，云道子便怒吼一声，直奔李元圣而去。

“李元圣，枉我云道子认为你是一个可交的朋友，你竟如此害我！”

“我怎么害你了？”

李元圣愣住，立刻后退，勉强避开云道子的术法，大声问道。

“你让我去灭白小纯，你这根本就是要借他的手，来弄死我！你知道白小纯是什么人吗？李元圣，我云道子可有得罪过你？”云道子眼中布满血丝，他速度极快，轰的一声，一掌拍在李元圣胸口。

“不可能，此人只是一个中游宗门的质子而已，他……”李元圣嘴角溢出鲜血，不断后退，听了云道子的话，他也大吃一惊。

“他根本不是一般人，冯堂主一听他有危险，脸色都变了，然后带着降魔堂所有弟子，还有十艘灭婴舟，直接杀过去了。”

李元圣听到这里，目瞪口呆，呼吸急促，失声惊呼。

“这怎么可能……”

“你都不知道，那地煞老怪伤得有多惨！”云道子怒道，对李元圣恨之入骨。可毕竟对方的家族势力太大，云道子发泄一番之后，袖子一甩，带着怒意离去。

第 415 章

谁敢要白小纯小命

直至云道子离去，李元圣还站在洞府外，面色阴晴不定，嘴角还残留着鲜血，他呼吸急促，渐渐握紧了拳头。

“那白小纯只是一个中游宗门的质子而已，且逆河宗至今没有天人境强者出现，根基不稳，随时可能覆灭。这么一个质子，能有多大的来头？”

李元圣咬牙，有心放弃，却又觉得这口气咽不下去，一想到当日在空城内受到的羞辱，心高气傲的他就失去了冷静。

“这一次一定只是巧合，是降魔堂元婴真人与地煞老怪之间有矛盾，我不信白小纯的后台比我的还大！”

“云道子既然不肯帮我，那么这一次，我自己动手，定要让白小纯知道天高地厚！”李元圣狠狠一咬牙，取出玉简，思索半晌后，利用家族的力量，请人相助。

数日后，李元圣走出洞府，神色阴冷，直接通过传送阵，离开空域彩虹，去了下方的空城，然后直奔长生客栈。

此刻，客栈内，只有许宝财和一群修士坐镇，每天看着大笔贡献点入账，许宝财心中很满意。

突然，一声惊天动地的巨响从外面传来，眨眼间，整个客栈的房顶都被掀开了。

一时间，惨叫声传出，整个客栈竟直接坍塌。许宝财赶紧冲出，内心颤抖的同时也有怒意，正要开口骂人，就看到了半空中穿着黄色长袍的李元圣。

“给你一炷香的时间，联系白小纯，让他给我滚下来，一炷香后若他不出现，李某将拔下封地旗！”

李元圣冷冷开口，右手一挥，顿时，客栈燃烧起来。

在客栈中间插着一面小旗，那面旗，正是白小纯的封地旗。

许宝财眼睛都红了，看着四周的废墟，看着一个个重伤的青龙会修士，他呼吸急促，明知道对方这是要引白小纯下来，却没有别的办法，此事必须要通知白小纯。于是，他立刻拿出玉简，向白小纯传音。

与此同时，空域彩虹上，白小纯盘膝坐在洞府内，吞下冯有德给自己的丹药，打坐吐纳后，他睁开双眼，长长吐出一口浊气。

白小纯多次回想数日前永动洲的一幕，都觉得不可思议，他想过很多种可能，后来又都推翻了那些猜测。

“先是空域掌座，而后又是冯有德，这里面有问题啊，要不要找个机会试探一下呢？”

白小纯摸着下巴，正琢磨时，忽然心念一动，低头从储物袋内拿出一枚玉简，灵识一扫，就听到了许宝财哭诉的声音。

“少祖救命……少祖，李元圣又来了，他把咱们的客栈烧了，很多兄弟都受了重伤……那李元圣让我告诉你，一炷香后你若不来，他就要拔旗。少祖，怎么办啊……”

许宝财哭诉的声音传出，白小纯听到后，立刻吸了一口气，生出怒意。

“要拔旗？那是我的私产！还烧我客栈，李元圣啊李元圣，你之前暗中要害我，此事我还没和你算账，现在你竟又如此欺负人！”

白小纯怒了，许宝财被欺负，客栈被烧，旗要被拔，这一件件事情真的刺激到他了。

他猛地站起身，自言自语：“要引我下去吗？在空域彩虹不方便对我动手，是吗？也好，正如我意！”

白小纯从储物袋内取出降魔堂的令牌，挂在自己身上后，立刻飞出洞府。

“我以降魔堂的身份去，李元圣若敢对我动手，就是对降魔堂不敬！”

白小纯一路气势汹汹，很快到了传送阵前。临走前，他想了想，给降魔堂的堂主冯有德传了消息，这才放心地踏入传送阵，再次出现时，已到了空城。

他一路飞奔，很快就到了长生客栈附近。

远远地，他就看到有大量修士围观，滚滚黑烟升空，火光漫天，那里正是长生客栈。

看到长生客栈成了废墟，看到许宝财以及青龙会众人面色苍白，嘴角溢着鲜血，而李元圣则站在岩浆海内，他的面前正是白小纯的封地旗。

“李元圣，你敢拔我的旗！”

白小纯大吼一声，蓦然飞出，人还没到，寒气骤然扩散，使得火势小了许多，大火似乎立马就要熄灭。

李元圣抬起头，看向白小纯，嘴角露出一丝冷笑，右手抬起，向着白小纯一指，白小纯四周的空间瞬间开始扭曲，有四个人从虚无内一步走出。

白小纯面色一变，停下脚步，寒气更盛，冷眼看着从虚无内走出的四个人。

这四人都是青年，相貌有些相似，全都穿着一身绿袍，修为达到了结丹中期。他们明显与之前跟着李元圣下来的纨绔子弟不一样，一个个神色阴冷，煞气弥漫，显然是真正的天骄，实战经验丰富。

这四人一出来，立即有人将他们认出来了。

“炎火四子！”

“星空道极榜上，排名前三百的……炎火四子！”

白小纯皱起眉头，这四个绿袍弟子，每个人身上的威压都不弱，甚至比左恒峰身边的两个结丹修士还要强悍一些。

李元圣哈哈一笑，向着四人抱拳一拜，看向白小纯时，目光锐利。

“白小纯，无论如何，你这客栈是不可能开下去了，今天，这里的封地旗，李某拔定了！”

李元圣大笑，他这一次请动了炎火四子，信心十足。这四人一起出面，在他看来，足以碾压白小纯了。

“我不但要拔你的旗，还要让你知晓，有些人，不是你可以得罪的！”

李元圣右手一挥，大火再起，四周的废墟瞬间化为焦土。

“动手！”

李元圣下令，炎火四子同时向前走出一步，火焰顿时从四人身上燃烧起来。远远一看，四人如同四尊火焰巨人，向着白小纯袭来。

他们没有击杀白小纯的意思，却打定主意，要让白小纯遭受重创。

白小纯右手掐诀，猛地一挥，寒气爆发，不断向外扩散。

白小纯后退数步，仰天大吼。

“太欺负人了，你们太过分了，四个打我一个，还要拔我的旗，毁我的家业，你们这是想要我的小命啊！堂主快来，有人要杀我！”

白小纯大声吼道，声音传遍四方。没等炎火四子与李元圣反应过来，突然，雷霆轰鸣，风起云涌，似有无穷之力从天空降下。

半空中，走来一个老者，这老者一脸阴沉。

随着老者出现，威压更强，大地震动，所有人身体颤抖，内心无比震惊。

这老者正是降魔堂堂主——冯有德！

“谁敢要白小纯小命！”老者的声音，带着怒意，响彻天地。

第 416 章

星空道极榜

这声音带着元婴之威，立刻让炎火四子面色大变，身体一颤。若对方是寻常的元婴修士也就罢了，以炎火四子的实力，完全可以应付。

可冯有德的修为达到了元婴后期，超越了很多元婴修士，炎火四子不得不心存畏惧。

而最让炎火四子畏惧的，则是冯有德的身份，星空道极宗内有不少元婴修士，可是能成为四域彩虹堂主的，只有几十人而已。

尤其是降魔堂堂主，无论在哪一域，都是凶悍之人，这样的元婴老怪，少有人敢去招惹。眼看对方带着怒气而来，炎火四子立刻哆嗦起来。

他们尚且如此，更不用说李元圣。李元圣虽是天人家族的人，天人家族也不会忌惮一个降魔堂堂主，但那是他家族的力量，并非他个人的。

对于天人家族而言，因为一个族人，去得罪一个不仅是堂主，而且可能成为天人的修士，是不可能的事情。

李元圣深刻地明白这一点，所以他的恐惧更为强烈，内心更是哀号起来，他想起了云道子的话。

“怎么可能……这白小纯到底什么来头？”

李元圣有些后悔自己鲁莽行事，尤其是发现炎火四子在打哆嗦，并且怨恨地看了自己一眼后，他就更后悔了。

“冯前辈，晚辈……”李元圣硬着头皮，抱拳正要开口。

一听李元圣要开口，白小纯反应很快，立刻一指炎火四子，向着天空上的冯有德开口。

“堂主，就是他们想要我的小命，还有下面那个人，那个人要拔我封地旗。堂主，旗在人在，旗倒人亡啊！”

其实，白小纯看到冯有德到来，也愣了一下。他之前虽传递了消息，也存着试探之意，但是没想到冯有德真的会来，毕竟这不是在彩虹上，而是在彩虹下发生的事情，冯有德在意他的程度，也超出了他的想象。

“不是这样的，冯前辈您听我说……”

李元圣一听这句话，顿时紧张起来，连忙准备辩解，炎火四子也要开口辩解。

天空上的冯有德有些郁闷，之前，他收到白小纯的传音后，也迟疑了一下，觉得以自己的身份，总不能跟个守护者一样守着白小纯，可一想到那位大人物对自己的承诺，他就咬牙做了决定。

等到看到炎火四子出手，冯有德想着自己既然已经有了决断，那就干脆完全配合白小纯，震慑所有欲招惹白小纯的弟子，一次性解决所有后患，免得经常发生这种事，自己也不胜其烦。

于是，冯有德冷哼一声，打断李元圣的话，袖子一甩，一股大力骤然从云层内散开，在白小纯的四周一震，形成冲击。

炎火四子口吐鲜血，被狠狠推出数百丈。

“滚回去好好修行，不要来参与这种事情！”冯有德淡淡开口。

白小纯眼看如此，也在一旁开口。

“没错，回去好好修行，不要来参与这种事情！”

四人面色苍白，勉强站稳，却不敢还口，一个个低头抱拳，怨毒地扫了李元圣一眼，这才咬牙化作长虹离去。

李元圣内心惶恐，身体下意识地后退，可还没退出多远，冯有德冷冷看去，袖子再次一甩，一股狂风出现在李元圣四周。李元圣惨叫一声，被卷着翻滚了几圈。

“老夫不管你与白小纯之间有什么矛盾，从今天开始，你若再顽固不化，休怪老夫下令将你调入降魔堂磨炼一番。”

冯有德缓缓开口，这话传入李元圣耳中，让李元圣直打哆嗦。他可不想去降魔堂，此刻心里无比后悔，赶紧低头抱拳，快速离去，打定主意绝不再招惹白小纯。

“没错，李元圣你若再来招惹我，就来降魔堂陪我吧！”白小纯得意地开口，眼看李元圣要走，他忽然想起一件事，赶紧大吼一声。

“慢着，毁了我的客栈，你要赔偿！”

李元圣内心滴血，咬了咬牙，扔出一个储物袋，匆匆遁走。

这一次的事情就这么解决了，白小纯很高兴，抬头望着冯有德，抱拳一拜。

“多谢堂主！”

冯有德无奈地看了看白小纯，干咳一声，勉励了几句后，也转身离开，不愿在这里久留。他很不适应，觉得替白小纯摆平这种事情有些没面子。

冯有德一走，许宝财以及青龙会的那些修士看向白小纯，如看神人一样，他们怎么也没想到，这次的危机居然就这么化解了。

尤其是白小纯一招手，居然来了一个元婴修士，这一幕，不但让他们震撼，四周所有观望的修士，全都吸气不止。

白小纯得意地走到许宝财等人面前，拍着胸脯吹嘘一番，收获无数狂热的目光后，才大摇大摆地回到空域彩虹。直至回到了洞府内，他目中深处有精光一闪。

“冯有德竟如此关注我，居然真的来了，而且看起来不是心甘情愿来的，还有当初那个空域掌座，也不是心甘情愿的样子……如此看来，是有人要求他们这么做的……此人会是谁呢？”白小纯若有所思。

时间流逝，很快过去了一个月。这一个月来，李元圣果然安静了，没有招惹白小纯，而白小纯也不需要执行任务。

白小纯日子渐渐过得滋润的同时，修为也在慢慢提升。

修炼人山诀要去第二层彩虹，所需的令牌，白小纯也在降魔堂内买到了，虽价格不菲，但他还是一口气买了好几块。

依靠令牌，白小纯被传送到了第二层右侧的彩虹上，左侧是天人所在，而右侧则是星空道极宗掌门之地。

此地有一个名字，叫作万星彩虹。

万星彩虹同样存在诸多特殊之地，弟子只要持有令牌，都可进入其中修行。

万星彩虹之所以叫这个名字，正是因为这里有名震星空道极宗，甚至名震整个东脉修真界的……星空道极榜！

星空道极榜极为浩瀚，万星彩虹上有三成区域都被星空道极榜占据，放眼看去，那三成区域内有无数璀璨的星星。

这些星星分布在彩虹上，其中赤色部分的星星最多，密密麻麻，不计其数，橙色部分的星星也有数万，黄色部分的星星数千，绿色部分的星星有一千多，青色部分的星星只有四五百，蓝色部分的星星上百，而紫色部分的星星最少，只有八颗！

每一种颜色的彩虹就是一处试炼之地，每一颗星都代表了一个天骄！

还有更多修士，没有资格升起星星，因为无法升起星星的人太多，也就使得能够升起星星的人备受羡慕，而排名越高的人，越受瞩目。

为了让这些有资格升起星星的人更耀眼，星空道极宗的阵法不断运转，使得所有在彩虹上的弟子只要抬头，仔细去看那些星星，全神贯注之后，他们脑海中就会自动浮现出天骄的名字。

但凡能进入星空道极榜的人，都不是凡人。星空道极宗正是以这种方法，使得无数弟子对星空道极榜充满向往，极为执着。

（本册完）

《一念永恒8》即将上市，敬请期待！